W0397572

Gletsjer

*Van dezelfde auteur*

All-inclusive
De vlucht
Zomertijd
Cruise
Après-ski
De suite
Zwarte piste
Bella Italia
Noorderlicht
Bon Bini Beach
Het chalet
Route du soleil
Winterberg
Goudkust
Mont Blanc
Costa del Sol
Sneeuwengelen
Hittegolf
Lawinegevaar
Het paradijs
Winternacht
Super de luxe
IJskoud
Het strandhuis
Zuidenwind
De eilanden
Sneeuwexpress
Lentevuur
Souvenir
Waterland
Midwinter
Zomeravond
Dwaalspoor
Nachtvorst
Roadtrip
Koraalrif

Volg Suzanne Vermeer op:
Facebook.com/SuzanneVermeerFanpage
www.suzannevermeer.nl
www.awbruna.nl

Suzanne Vermeer

# Gletsjer

A.W. Bruna Uitgevers

*Omslagontwerp*
Wil Immink Design

ISBN 978 94 005 1450 8
NUR 332

*Disclaimer*
Dit verhaal is fictie. Namen, personages, plaatsen en gebeurtenissen zijn een product van de fantasie van de auteur of zijn gebruikt in een fictionele omgeving. Elke gelijkenis met bestaande personen of organisaties berust op toeval.

# Proloog

*'Kijk me aan!'*

*Ik krimp in elkaar als hij de woorden naar me schreeuwt. Zijn stem is rauw en de meedogenloosheid van zijn karakter klinkt erdoorheen. Hoewel zijn gebalde vuisten achter glas zitten en hij me niet kan slaan, raakt hij me toch. Elk woord voelt als een vuistslag, een stomp in mijn buik die mijn maag doet omdraaien.*

*'Kijk me aan, trut!' schreeuwt hij nogmaals en ik kan niet anders dan mijn blik verplaatsen van de verkrampte handen in mijn schoot naar zijn gezicht. Nou ja, gezicht, ik zie alleen maar helblauwe ogen. De rest zit verstopt achter een zwarte vliegeniersmuts. Ik heb geen idee wie hij is of hoe hij eruitziet. Dat maakt het alleen maar enger. Misschien ben ik hem vandaag wel tegengekomen bij de supermarkt of was hij de man die een tijdje stond te wachten tegenover mijn kapper. Niet weten welk gezicht van hem is, maakt dat ik me nergens meer veilig voel en continu achterom moet kijken. Ik weet niet hoe lang ik het nog volhoud. De macht die hij over me heeft, zelfs op afstand, is angstaanjagend. Ik ben de marionet en hij heeft de touwtjes strak in handen.*

*Het ergste is dat ik aan niemand kan vertellen wat me dag en nacht bezighoudt. Dat ik niet naar de politie of wie dan ook kan stappen voor bescherming. Als ik dat doe, dan moet ik mijn geheim onthullen en dat zou een hele hoop andere ellende voor me veroorzaken. En niet alleen voor mij. Ik zou veel meer meenemen in mijn val dan verantwoord is. Als de gevolgen niet te overzien zijn, dan is het beter om je ogen te sluiten. Dat is iets wat ik inmiddels wel geleerd heb.*

*'Is het gelukt?' snauwt hij me toe. Ik begin te trillen en het koude zweet loopt in straaltjes langs mijn rug.*

*'Ik heb alles gedaan wat ik kon,' jammer ik.*

*'En? Is het gelukt, vroeg ik?'*

*'Ik denk het niet. Er zijn meer mensen die luisteren naar haar dan naar mij. Ze is te machtig.'*

*'Heb je alle argumenten wel goed benadrukt?'*

*'Ja, meerdere malen! Maar zolang zij er niet in meegaat, kunnen we het wel vergeten. Het gros loopt als een mak schaap achter haar aan. Ik heb echt alles geprobeerd, je moet me geloven.'*

*'Als je alles had geprobeerd dan was je geslaagd. Ik denk dat het tijd wordt dat we het op mijn manier gaan oplossen.'*

*'Wat bedoel je daarmee?' Mijn mond wordt droog en ik kan bijna niet meer slikken.*

*'Je komt er vanzelf wel achter wat ik daarmee bedoel.'*

*'Alsjeblieft, geef me nog een kans. Er is misschien nog één ding dat ik kan proberen.'*

*'Hoorde ik je net niet zeggen dat je álles al had geprobeerd? Zit je tegen me te liegen?'*

*'Nee, nee, natuurlijk niet. Er schiet me nu ineens nog iets te binnen. Iets waar ik niet eerder aan heb gedacht.'*

*'Dat had je eerder moeten bedenken. Je hebt genoeg kansen gehad. Als ik dingen op mijn manier regel, dan weet ik tenminste dat het voor elkaar komt.'*

*Van het ene op het andere moment gaat het scherm op zwart en is hij weg. 'Het is haar schuld!' krijs ik nog, maar ik weet bijna zeker dat hij het niet meer heeft gehoord. Mijn FaceTime-gesprek met de man die me al een tijd bedreigt is voorbij, maar op de een of andere manier heb ik het gevoel dat alles nu pas begint.*

Breda
December 2022

# 1

Ik lig op mijn zij in bed. Mijn hand ondersteunt mijn hoofd. Ondanks het feit dat de kamer nog in duisternis is gehuld, ben ik al een tijdje wakker. Ik kijk naar de contouren naast me. Kleine Keesje met zijn wipneusje en blonde haren. Ook zonder licht weet ik dat zijn wangetjes rood zijn van de slaap en dat zijn fragiele oogleden zijn blauwe ogen afdekken als een dekentje. Ik ken elk detail van het mannetje. Elk sproetje, vlekje, pukkeltje. Zijn geur, zijn warme kronkelende lijfje, zijn lach, zijn zachte ademhaling die ruikt naar vredige slaap.

Kon ik hem maar voor altijd bij me houden en beschermen tegen alle gevaren en meedogenloosheid waar de wereld vol van is. Maar de tijd gaat zo snel en ik weet dat er een dag komt dat ik hem los moet laten. Dat hij zijn eigen weg moet zoeken om weerbaar en zelfstandig te worden. Gelukkig is het nog lang niet zover, maar ik weet dat de dag sneller komt dan ik zou willen. We kunnen als mens veel sturen en beheersen, maar de tijd hebben we nog steeds niet in de hand. We kunnen hem niet stopzetten, langzamer of sneller laten lopen omdat het ons beter uitkomt. De tijd laat zich niet beïnvloeden. Net zoals Sophia en ik ook onze eigen weg willen kiezen. Twee vrouwen met een kind, het duurde even voordat onze omgeving gewend was aan het idee. Het gefluister achter onze rug, de blikken die werden uitgewisseld, het ongemak. Vooral Sophia heeft het er in het begin moeilijk mee gehad. Zij had ook veel meer te verliezen. Ze was getrouwd en haar hele toekomst was al zo'n beetje uitgestippeld. En toen kwam ik en gooide ik haar hele wereld overhoop. De vonk tussen ons was zo groot dat hij niet meer viel te blussen. We hebben het zeker geprobeerd, maar er was geen beginnen aan. Wat wij voor elkaar voelden, dat hadden we nog nooit voor iemand gevoeld. Het overkwam ons en zorgde ervoor dat puzzelstukjes op hun plek vielen. De onrust die ik mijn hele leven al had, het gevoel nooit ergens echt bij te horen of mijn ei kwijt te kunnen, dat was allemaal weg toen ik Sophia voor het eerst zag. Bij haar kwam ik eindelijk thuis.

Toen ik mijn zus Judith zes jaar geleden vertelde dat ik verliefd was geworden op een vrouw, zei ze dat ze het altijd wel geweten had. Maar hoe kan zij het geweten hebben als ik het zelf nog niet doorhad? Het maakt ook niet uit. Judith heeft me altijd gesteund, nooit veroordeeld en Sophia vanaf het begin omarmd. Judith is altijd progressief geweest, een idealist. Ze gelooft in een blije, vrije en eerlijke wereld waarin iedereen zijn hart mag volgen, zijn eigen God mag kiezen en welvaart gelijk wordt verdeeld. De zorg voor medemens en natuur is een van haar speerpunten. Ze is lief, vasthoudend en soms een beetje drammerig. Principieel ook wel. Het was voor mij dan ook niet meer dan logisch dat ze uiteindelijk in de politiek zou belanden. Judith las in haar studententijd uit principe NRC en *de Volkskrant* omdat die kranten tenminste 'niveau' hadden, terwijl ik met een *De Telegraaf* onder mijn arm naar het eerste het beste koffietentje liep en genoot van de luchtigheid en de showbizzrubriek. Na een week hard studeren waren mijn hersenen wel toe aan een beetje rust en onbekommerd ontspannen terwijl Judith altijd op zoek was naar achtergronden, opinies en politieke overtuigingen die haar eigen opvattingen bevestigden en haar tot nadenken prikkelden. Ze is inmiddels een belangrijk kopstuk van LINN (Later Is Now or Never), een politieke beweging van voornamelijk jonge mensen die de wereld en de mensheid willen redden door op te komen voor het milieu en voor mensenrechten in de breedste zin van het woord: alles voor een betere wereld. Ze presenteren zich niet als een groene partij, maar werken op Europees niveau wel veel samen met partijen als Die Grünen.

Nu ik aan mijn zus denk mis ik haar ineens heel erg. Sinds ze voor LINN de portefeuille Milieuzaken in het Europees Parlement bekleedt en naar Brussel is verhuisd, zien we elkaar nog amper. Hoe anders was dat vroeger toen we ondanks het leeftijdsverschil van drie jaar elkaars beste vriendinnen waren. De onverwachte dood van papa bracht ons vijftien jaar geleden alleen maar nader tot elkaar. Judith was net achttien en ik eenentwintig. We zorgden voor elkaar en voor onze moeder die verzoop in haar verdriet. Door de week waren we allebei te vinden op de UvA (Judith Politicologie en ik de lerarenopleiding Kunstgeschiedenis en Culturele en Kunstzinnige Vorming), in ons knusse gezamenlijke appartementje vlak bij de uni of in het uitgaansleven van Amsterdam. De weekenden brachten we thuis door bij mama in Brabant.

Het samen studeren versterkte onze band, maar bracht de grote verschillen tussen ons ook steeds meer aan het licht. Voor Judith kwamen ambitie en carrière steeds meer voorop te staan terwijl ik juist veel meer hechtte aan de andere dingen die het leven me te bieden had. Vriendschappen en sociale contacten kwamen bij mij op de eerste plaats en van gewoon ongedwongen lol maken en dingen doen zonder dat er een hoger doel achter zat, was ik ook niet vies. Natuurlijk zorgde ik er wel voor dat mijn studieresultaten keurig op peil bleven. Ik was geen losbol, maar een levensgenieter en dat ben ik nog steeds. Judith werd onder invloed van haar studiegenoten steeds meer een streber en haar behoefte om een stempel op de wereld te drukken werd met het jaar groter. 'Ik wil dat mijn leven zin heeft gehad, Maaike, ik wil ertoe doen in het grote plaatje. Dingen beter maken voor huidige en toekomstige generaties en niet alleen maar bezig zijn met mezelf zoals de meeste mensen.'

Ik heb haar altijd bewonderd om haar idealisme, dat veel verder reikt dan dat van mij. In vergelijking met Judith geniet en denk ik in het 'klein'. Mijn gezin, Sophia en Kees, zijn mijn alles. Zij komen altijd op de eerste plaats, daarna komen mijn familie en vrienden en dan pas mijn werk als docent culturele en kunstzinnige vorming op een middelbare school in Breda. Ik houd ervan om mijn kennis en kunde over te brengen op mijn leerlingen, om ze schoonheid op een andere manier te laten ervaren, om ze anders naar dingen te laten kijken, maar dat is niet mijn levensdoel. Voor Judith ligt dat anders, zij is haar identiteit steeds meer gaan ontlenen aan haar werk voor LINN. Het slokt haar al tijden volledig op en soms vraag ik me af of dat wel zo gezond is. Ik mis het ouderwets samen lachen, de ongedwongenheid, gesprekken over niets die niet worden overschaduwd door wereldproblemen. Ik mis gewoon mijn kleine zusje.

Een zachte warme hand pakt de mijne. Sophia is wakker en kijkt me slaperig aan. Haar prachtige lange donkere haren liggen uitgewaaierd over haar kussen. Ze is echt een verschijning. Zo iemand die een hele kamer stil krijgt als ze binnenloopt op een feestje. Alles klopt aan haar. Alsof Michelangelo zich persoonlijk met haar schepping heeft bemoeid. Sophia is het mooiste kunstwerk dat ik in mijn leven heb gezien en ik verbaas me er nog steeds over dat ze mij heeft uitgekozen als haar levenspartner. Ik kruip dichter naar haar en Kees toe en samen bakeren we ons mannetje in.

'Konden we maar altijd zo blijven liggen,' fluistert Sophia

terwijl ze zachtjes over mijn wang streelt.

'Zullen we vandaag spijbelen?' stel ik voor. 'Gewoon één dagje lekker cocoonen met zijn drietjes. Iedereen loopt te snotteren dus een extra ziekmelding valt niet op.'

'Als ik die presentatie vandaag niet had, dan zou ik onmiddellijk ja zeggen,' verzucht ze.

'O ja, die presentatie, sorry, helemaal vergeten.' Sophia is grafisch ontwerper bij een groot marketingbureau en ontwerpt reclamecampagnes voor grote bedrijven.

'Was je al vroeg wakker?' vraagt ze.

'Halfuurtje of zo. Ik lag wat te mijmeren over vroeger.'

'Zussie?'

'Je kent me te goed.'

'En je papa? Het is bijna vijftien jaar geleden, toch?'

Ik knik. 'Waar blijft de tijd?' zeg ik terwijl ik naar ons kleine mannetje kijk. Hij ligt nog steeds diep te slapen ondanks ons zachte geklets.

'Jammer, hè, dat je vader hem nooit heeft gekend.'

'O, hij zou zo trots zijn geweest. Een kleinzoon! En hij zou ook dol zijn geweest op jou. Papa was nog ruimdenkender dan mama. "Als je maar gelukkig bent, mèske," zou hij gezegd hebben met dat heerlijke Brabantse accent van hem.'

'Zou je het niet fijn vinden om hem samen met Judith en je moeder te herdenken op een speciale plek? Gewoon jullie met zijn drietjes, herinneringen ophalen.'

'En jij en Keesje dan?'

'Over ons hoef je je geen zorgen te maken. Wij redden ons wel, hè Kees?' Ze geeft hem een kusje op zijn kruin en snuift zijn geur op.

'Maar ik weet niet of ik het zonder jullie red.' Ik zeg het met een lach, maar er zit wel een kern van waarheid in. Sinds Kees is geboren, zijn Sophia en ik nooit meer los van elkaar op pad geweest en al helemaal niet zonder Kees.

Noem het tuttig of overdreven, maar hij is ons cadeautje waar we elke dag zelf van willen genieten.

'Slijmerd.' Sophia knijpt me plagend in mijn zij. 'Jullie gingen vroeger toch altijd skiën in Duitsland?'

'Klopt. Elke kerstvakantie gingen we naar Garmisch-Partenkirchen en voor we naar huis gingen, pikten we dan nog het schansspringen op nieuwjaarsdag mee. Als toeschouwer, hè. Pap was er dol op. Na zijn dood zijn we er nooit meer geweest.'

'Misschien wordt het eens tijd om die oude traditie weer op te pakken?'

'Ik zou best weer een keer terug willen met Judith en mama naar Garmisch-Partenkirchen, maar niet met kerst. Geen denken aan dat ik de feestdagen zonder jou en Kees doorbreng. Bovendien denk ik niet dat jouw familie het kan waarderen als we niet meehelpen om die grote kalkoen op te eten die je moeder elk jaar op tafel zet.'

'Mama en haar kalkoen,' zegt Sophia grinnikend. 'Dat is ónze familietraditie.'

'Maar misschien is de voorjaarsvakantie wel een mooi moment. Met de sneeuwzekerheid zit het daar door de gletsjer op de Zugspitzplatt tot ver in het voorjaar wel goed. Ik zal Judith en mijn moeder eens polsen of ze er wat voor voelen.'

Het schelle geluid van de wekker verstoort de rust en de vredige sfeer. Ik geef een klap op het apparaat om hem op snooze te zetten. Samen met Sophia kus ik Keesje wakker. Ik smelt van de dromerige blik in zijn ogen en zijn slaperige lach en wil voor altijd in dit moment blijven hangen. De wekker gaat voor een tweede keer en brengt me terug naar de realiteit. Er is nog een wereld daarbuiten die op me wacht. Nou ja, misschien niet een hele wereld, maar wel een klas met pubers.

# 2

Kees laat mijn hand los zodra we het speelpleintje van het kinderdagverblijf op lopen. Guus en Tess – de kinderen met wie hij het meeste optrekt – prikken met takjes in de buik van de indrukwekkende sneeuwman die sinds gisteren midden op het plein staat. Miek, een van de vaste krachten, staat ernaast met haar handen in haar zakken en haar gezicht grotendeels verstopt achter een sjaal. Ze draagt een roze gebreide muts op haar hoofd en de pompon die erbovenop zit gaat eigenwijs heen en weer als ze haar hoofd beweegt. Ze is omringd door vaders die speciaal voor haar de kou hebben getrotseerd en haar stuk voor stuk proberen te imponeren.

Glimlachend loop ik samen met Kees door de platgetrapte sneeuw naar het groepje toe en Miek kijkt me dankbaar aan. 'Ik kom je redden,' zeg ik geluidloos. Nadat ik iedereen gegroet heb, trekken de kinderen onze aandacht. Guus en Tess laten de sneeuwpop voor wat hij is en lopen naar Kees toe. Ze geven hem tegelijkertijd een kus op zijn wangen. Guus links, Tess rechts. Hij geniet zichtbaar van de liefkozingen en mijn hart stroomt over van liefde voor die peuters. Daarna lopen ze hand in hand naar de ingang van het kinderdagverblijf en geven Miek daarmee een legitiem excuus om de vaders gedag te zeggen en de kinderen mee naar binnen te nemen. Ik loop met haar mee naar de deur en vraag Kees om een kus. Hij geeft me een kleffe pakkerd op mijn mond en laat zich braaf door me omhelzen. 'Mama Sophia komt je straks ophalen.'

'Kee.' Daarna glipt hij naar binnen en kijkt niet meer om. Hoe anders was dat een jaar geleden toen Sophia en ik hem voor het eerst naar de opvang brachten. Moord en brand was er niets bij.

Ik kijk op mijn horloge en zie dat ik moet rennen. De school waar ik werk is aan de andere kant van de stad en op dit tijdstip altijd lastig bereikbaar door de drukte. Het lukt me altijd maar net om op tijd te zijn als ik vroeg ben ingeroosterd op de nieuwe dependance. Het hoofdgebouw van mijn school zit vlak bij Kees' kinderdagverblijf en dat was, buiten dat het heel goed aangeschreven stond, een van de voornaamste redenen om Kees hier in te schrijven. Het wegbrengen van Kees ging in éénn moeite door als ik naar mijn werk ging. Tot een halfjaar geleden. Toen opende mijn school een nieuwe dependance aan de andere kant van Breda en werd het grootste deel van mijn lessen daarheen verplaatst. Ik kon het niet over mijn hart verkrijgen om Kees bij een kinderdagverblijf onder te brengen dat meer op de route lag. Los van de wachttijden heeft hij het zo naar zijn zin op zijn huidige plek. En wat voor mij en Sophia minstens zo zwaar telt, is dat we hier geen gekke opmerkingen krijgen omdat Kees twee moeders heeft en ze hem net zo behandelen als de andere kinderen. We zouden het niet kunnen verdragen als Kees gepest zou worden vanwege keuzes die wij hebben gemaakt.

In gedachten verzonken steek ik de straat over en spring snel weer op de stoep als ik opschrik van luid getoeter. Het is de vader van Yolande, die gelukkig beter oplet dan ik. Ik zwaai verontschuldigend naar hem en hij steekt zijn duim op. Aan zijn bleke gezicht zie ik dat hij nog erger geschrokken is dan ik. Ik maak een pas op de plaats, kijk naar rechts, naar links en weer naar rechts zoals ik dat Kees al honderden malen heb ingeprent. Soms zou ik wat beter naar mezelf moeten luisteren. De weg is deze keer echt vrij en ik sprint naar mijn auto. Terwijl ik de motor start en de gordel omdoe, denk ik terug aan Sophia's idee om mijn vader te gaan herdenken met Judith en mama in Garmisch-Partenkirchen. Hoewel ik er als een berg tegen opzie om Sophia en Kees een week te moeten missen, spreekt het idee me steeds meer aan. En wat is een week? Ik mis mijn vader al vijftien jaar en dat heb ik ook overleefd. Ik verbaas me er nog steeds over dat ik zo huismusserig ben geworden. Het is een schril contrast met het actieve uitgaansleven dat ik vroeger had. De liefde en het moederschap hebben iets met me gedaan. Ik zou voor geen goud meer terug willen naar de tijd ervoor.

Ik doe mijn oortje in, scrol door mijn contacten naar Judiths nummer en zoek verbinding. Ik maak me al op voor het inspreken van haar voicemail als ik haar heldere stem in mijn oor hoor. Het maakt niet uit hoe vroeg het is, Judith staat altijd aan.

'Maaik!'

Op de achtergrond hoor ik een hoop geroezemoes. 'Zit je in de trein?'

'Yep. Op weg naar kantoor en daarna een werkbezoek.'

'Druk zeker?'

'Jazeker, ik kon nog net een zitplaats krijgen.'

'Reis je niet eersteklas?'

'Nee joh, veel te decadent. Ik werk voor de "gewone mens" dus daar wil ik ook tussen zitten. Levert veel interessante praatjes en nieuwe inzichten op.'

'Dus eigenlijk is elke treinreis een werkbezoek.'

'Ha, ja, zo zou je het wel kunnen zeggen. Is er iets?'

'Moet er altijd iets zijn om mijn zus te bellen?'

'Nee, zeker niet, maar we hebben elkaar al even niet gesproken en normaal bel je niet zo vroeg.'

'Nou, het is gewoon alweer veel te lang geleden dat we elkaar spraken. Ik heb Keesje net naar de opvang gebracht en ben op weg naar mijn werk.'

'Met de auto?'

'Ja.'

'Heb je al een elektrische?'

'Nee, Juut, dat kan ik niet betalen. Ik hou net als jij ook erg van de natuur, maar ik moet roeien met de riemen die ik heb.'

'En de trein dan?'

'Dat kost me minstens twee keer zoveel tijd. Ik moet helemaal naar de andere kant van de stad en ik moet al voor dag en dauw mijn nest uit. Je weet dat ik geen ochtendmens ben. Dus, stop maar met je poging om me te heropvoeden, want dat heeft geen zin.'

'Hm, we hebben het er wel een andere keer over.'

'Hé, luister, ik heb een ideetje. In februari is het vijftien jaar geleden dat papa stierf en misschien is dat een mooi moment om hem samen met mama te herdenken in de voorjaarsvakantie? In Garmisch-Partenkirchen.'

Het valt stil aan de andere kant van de lijn en even denk ik dat de verbinding is verbroken. 'Juut?'

'Ja, ik ben er nog, ik denk na.'

'Waar moet je over nadenken?'

'Over hoe ik dat in godsnaam in mijn schema kan passen.'

'Doe jij naast werken ook nog weleens iets anders? Het leven bestaat echt uit meer.'

'Op dit moment kan ik dat "meer" er niet bij hebben. Misschien over een tijdje.'

'Ik maak me zorgen om je, Judith. Je begeeft je zo'n beetje

dag en nacht in een politiek wespennest. Buiten je werk om heb je niks meer. Geen relatie, geen vrienden, mama en ik spreken je nog amper en Keesje weet niet eens hoe zijn tante eruitziet. Ik mis je. Ik mis mijn kleine zusje.'

'Qua relatie ben ik de juiste gewoon nog niet tegengekomen. Het is lastig om een gelijkgestemde te vinden, hoor. Jij hebt gewoon heel veel mazzel met Sophia. En vrienden heb ik ook heus wel. Ik ga met een paar leuke collega's regelmatig nog een afzakkertje doen.'

'Collega's zijn geen vrienden, Judith, en een relatie gaat ook niet vanzelf. Daar moet je in investeren. Dat kost tijd, maar je krijgt er ook heel veel voor terug.'

'Tijd is nou precies waar ik een chronisch gebrek aan heb. Je kunt niet investeren als de middelen je ontbreken.'

'Jaja, oké. Maar ik wil gewoon even met mijn zus kletsen. Of is dat door je tijdgebrek ook te veel gevraagd?'

'Sorry, Maaik, maar je moet begrijpen dat ik overloop. Ik heb zoveel dossiers op mijn bordje.'

'Garmisch-Partenkirchen,' herinner ik haar aan het doel van mijn telefoontje. 'Voorjaarsvakantie. Weekje skiën. Eén weekje moet er toch wel afkunnen, Judith? Voor papa.'

'O, ga nou niet die emotionele kaart trekken. Alsof ik niks om papa zou geven als ik niet meega.'

'Dat hoor je mij niet zeggen.'

'Nee, maar zo voelt het wel.'

'Ik wil gewoon echt heel graag dat je meegaat. Even qualitytime. We hadden zoveel lol vroeger.'

'Je hebt Sophia nu toch om lol mee te maken?'

'Sophia is een verrijking, geen vervanging. Ik heb maar één zus. Dat geldt voor jou ook trouwens. Ik zou maar een beetje zuinig op haar zijn. Je hebt gezien bij papa hoe snel het kan gaan. Niks is vanzelfsprekend, Judith, als iemand dat zou moeten weten, dan zijn wij het wel.'

Weer is het even stil. Dan een diepe zucht. 'En mama komt ook?'

'Mama weet nog van niks. Ik wilde eerst jou even polsen.'

'De voorjaarsvakantie zei je?'

Ik hoor geblader op de achtergrond als ik dat beaam.

'Als ik het combineer met een werkbezoek kan ik er misschien wat dagen aan vastplakken.'

Nu zucht ik diep. 'Natuurlijk, een werkbezoek, want je familie alleen is niet genoeg reden om te komen.'

'Doe niet zo flauw, Maaik. Je weet dat ik het niet zo bedoel.'

Bijna herhaal ik haar eigen woorden: dat ze het misschien niet zo bedoelt, maar dat het voor mij wel zo voelt, maar ik slik ze toch maar in. 'Wat valt er in vredesnaam te werkbezoeken in Garmisch-Partenkirchen?' mompel ik in plaats daarvan.

'De gletsjer, Maaike, de gletsjer! We proberen met nieuwe wetgeving te voorkomen dat het ding nog verder smelt dan het al doet. Ik sta mede aan de basis van een aanpassing in de conceptwet Europese Natuurgebieden die gletsjergebieden extra moet gaan beschermen. We moeten de wet er nog door zien te krijgen, maar zoals het er nu naar uitziet wordt dat nog slechts een formaliteit. LINN, Die Grünen en nog wat andere partijen met hart voor de natuur zullen allemaal voor stemmen. Dit wordt echt een enorme overwinning voor het milieu. Historisch!'

*Eerder hysterisch*, denk ik een beetje cynisch als Judith hoogdravende dingen in mijn oor blijft tetteren.

'Juut, luister even naar me,' probeer ik haar te overschreeuwen. 'Klinkt allemaal prachtig en groots, maar ik wil gewoon een weekje ouderwets skiën met je en daarna de kroeg in om te hossen op après-skinummers, meebrullen met schlagers en de polonaise lopen met mama voorop.

Gewoon even echt samen zijn. Denk je dat je het misschien een weekje kunt opbrengen om je familiebanden te beschermen in plaats van een gletsjer?' Ik kan de ergernis en teleurstelling in mijn stem niet langer verbergen ook al weet ik dat ik haar ermee kwets.

'Leg het maar aan mama voor. Als zij meegaat, dan kom ik ook,' zegt ze met vlakke stem. 'Maar ik weet niet of ik het kan maken om te gaan skiën. Weet je wel hoeveel schade het toerisme dat gebied toebrengt? Ik strijd er met mijn partij juist voor om de commercie terug te dringen en de natuur weer meer ruimte te geven. Ik moet dat echt even overleggen in de partij.'

'Oké, ik bel je nog.' Ik mompel iets van een groet en hang op. Ik kan het even niet meer opbrengen om haar aan te horen of met haar in discussie te gaan. Alles wat ze doet, alles wat ze is, is politiek. Er gaat niets meer spontaan, alles wordt tig keer uitgedacht en moet de goedkeuring hebben van spindokters. Het is toch belachelijk dat ik op mijn kop moet gaan staan om mijn zus eens een paar dagen voor mezelf te hebben? Ik acht de kans dat mama meegaat niet heel groot. Sinds ze een paar maanden geleden haar knie heeft verdraaid met tennis legt ze liever een kaartje op de bridgeclub dan dat ze fysiek actief bezig is. De helft van de tijd in een appartement doorbrengen terwijl Judith en ik aan het skiën zijn, daar is voor haar geen lol aan. Want noem me naïef, maar er gaat geskied worden! Als ik me goed voorbereid en genoeg argumenten verzamel, dan lukt het me vast om Judith op die latten te krijgen.

# 3

*Als ik de telefoon neerleg word ik door paniek overvallen. Het voorstel dat me net is gedaan brengt me in een extreem lastig parket. Ze wil me ontmoeten op die ene plek, maar ik kan daar eigenlijk niet heen gaan. Als iemand me ziet... Als iemand ontdekt dat ik daar ben geweest, dan is alles voorbij. Maar als ik niet ga, dan heb ik misschien wel meer te verliezen. Ik raak steeds verder verstrikt in een zaak waar ik allang geen controle meer over heb. Eén domme fout en mijn hele leven staat op zijn kop. Wat dacht ik toen ik hieraan begon? Dat ik alles kon maken en dat het geen consequenties zou hebben? Ik had beter moeten weten. Elke beslissing heeft gevolgen, zeker in de wereld waarin ik leef. Alles komt met een prijs. Misschien hoef je niet meteen te betalen, maar de rekening komt uiteindelijk altijd. Ik heb het vaak genoeg gezien bij anderen maar ik heb altijd mijn kop in het zand gestoken. Het moet arrogantie zijn geweest, overmoed om te denken dat ík er wel mee weg zou komen. Achteraf gezien weet ik niet wat me op dat moment bezielde.*

*Ik heb geprobeerd wat uitstel te krijgen. Wat moeilijk gedaan over mijn beschikbaarheid, maar ik vrees dat het niet het gewenste resultaat gaat opleveren. Dat ik er hoe dan ook toch aan zal moeten geloven. Dus moet ik nu gaan bedenken hoe ik de schade op de een of andere manier kan beperken. Maar hoe? Hoe blijf ik onzichtbaar? Onder de radar? Ik heb niet genoeg ervaring met dit soort stiekeme dingen en werke-*

*lijk geen flauw idee. Er is niemand aan wie ik het kan vragen zonder mezelf in diskrediet te brengen. Er is niemand die ik genoeg vertrouw, zelfs niet de persoon voor wie ik dit allemaal heb gedaan. Het is heel verdrietig om te ontwaken uit je sprookjeswereld en je te realiseren dat je er alleen voor staat. Dat jij dingen voor iemand hebt gedaan die andersom nooit worden terugbetaald. Dat zit me dwars, heel erg dwars. Ik ben erachter gekomen dat altruïsme toch niet mijn ding is. Voor wat, hoort wat past me beter. Ik had het eerder moeten bedenken, want nu is het te laat. Het enige wat me nu nog rest is damagecontrol. Proberen dit tot een zo goed mogelijk einde te brengen zonder dat het mij of anderen gezichtsverlies oplevert. Maar hoe?*

# Garmisch-Partenkirchen
# Februari 2023

# 4

Ik gooi mijn zware koffer op bed en plof ernaast. Mijn hele lijf voelt stijf aan van de reis. Ik ben ruim elf uur onderweg geweest naar het Ferienhaus waar Judith en ik een appartement hebben gehuurd en dat is me niet in de koude kleren gaan zitten. Omdat mama het – zoals ik al voorspeld had – niet zag zitten om mee te gaan naar Garmisch-Partenkirchen moest ik iets anders verzinnen om Judith over te halen en tevreden te stellen. Vliegschaamte was de inzet en ze stond erop dat we beiden met de trein zouden reizen. Op zich is de verbinding best oké, er gaan vanaf Amsterdam-Centraal zestien treinen per dag naar het Duitse skioord. Bij de snelste verbinding hoef je maar twee keer over te stappen. Maar de reis duurt voor mij veel te lang. Naast de ruim negen uur vanaf Amsterdam-Centraal is het van Breda naar Amsterdam nog bijna anderhalf uur reizen.

Gelukkig konden Sophia en Kees me vanochtend voor dag en dauw naar het station brengen. Vanaf Amsterdam zouden Judith en ik samen reizen. Met de nadruk op zóúden, want dat het niet gelukt is, bewijst het feit dat ik hier in mijn eentje in ons appartement zit. Toen ik haar gestrest belde met de vraag waar ze bleef omdat we op het punt stonden om onze trein te missen, kreeg ik een gehaast excuus naar mijn hoofd geslingerd. 'Sorry Maaik, het spijt me heel erg, er kwam nog iets tussendoor wat echt niet kon wachten. Ga maar vast, ik probeer de volgende trein te halen maar geen garantie.' Dat 'geen garantie' was voor mij reden genoeg om inderdaad mijn geplande trein maar te pakken en niet op haar te wachten. Het zou namelijk niet de eerste keer zijn dat ik tevergeefs toch op Judith wachtte. En al bleek duidelijk dat ze het zelf heel rot vond, toch baal ik van dit begin van onze vakantie.

Ik neem het appartement in me op. Het is lekker ruim, net als het tweepersoonsbed. Op de vloer ligt een grenen plankenvloer. De wanden zijn zo strak en hagelwit dat het lijkt alsof ze zeer recent nog gestuukt zijn. Met moeite kom ik van het bed af dat uitnodigt om er languit op in slaap te vallen. Ik loop naar het badkamertje en inspecteer het sanitair. Altijd een van de eerste dingen die ik doe als ik niet thuis slaap. Ook hier is het net als in de rest van het appartement brandschoon. Geen haartje te vinden in het doucheputje, een schone wc en een wasbak zonder achtergebleven tandpastaresten. Grote witte handdoeken hangen keurig over een sierradiator en de hele badkamer heeft een aangenaam frisse geur. Ook op het keukentje valt niets aan te merken. Klein, maar schoon en van alle gemakken voorzien. Bij het grenen eettafeltje met een rood-wit geruit kleedje staan een zitbank en twee stoelen waar pastelrode kussens op liggen. Bij de gedachte aan een dampende pan eten op dat tafeltje begint mijn maag flink te knorren. Het is zeker een halve dag geleden dat ik voor het laatst een fatsoenlijke maaltijd heb gegeten.

Ik kijk op mijn horloge en hoop dat Juut hier nu echt bijna is. Het loopt al tegen kwart voor negen en ik val om van de honger. Nog even en er is in dit oord niets eetbaars meer te krijgen. In gedachten hoor ik dat ze me corrigeert: 'Wij hebben geen honger, Maaike, wij hebben trek. Wij mogen het woord honger met onze volgevreten buiken niet eens in de mond nemen.'

Ook zo’n dingetje van Judith: klagen is verboden, want er zijn altijd mensen op de wereld die het erger hebben. Ik kan gedeeltelijk meegaan in die gedachte want ja, er is altijd wel iemand te vinden die het zwaarder heeft dan jij, maar ik vind ook dat ieder mens recht heeft op zijn eigen stukje leed binnen zijn eigen referentiekader. Klagen is soms ook gewoon lekker, ongeacht of het terecht is of niet.

Mijn maag knort weer en ik probeer mijn zus te bellen. Ze neemt niet op. Dan app ik haar maar of ze er bijna is. Terwijl ik wacht op antwoord loop ik naar het raam en kijk naar de donkere contouren van de bergen die het mooie Ferienhaus omringen. Bergen die ik morgen met mijn ski’s hoop te bedwingen. Ik viel voor deze locatie omdat ze adverteerden met ‘skiën tot aan de deur’. De dichtstbijzijnde skilift ligt hier slechts honderd meter vandaan.

Mijn telefoon piept. *Ik hoop er met een halfuurtje, max drie kwartier te zijn. Vertraging. Bestel maar vast iets vegetarisch voor me bij Kandahar 2* ☺.

Ik app haar een duimpje terug en krijg nostalgische gevoelens bij het lezen van de naam Kandahar 2. Vroeger gingen we met onze ouders vaak naar dat café voor een drankje en een snelle hap. Ik ben benieuwd of de oude jukebox van toen er nog staat en of de toog nog steeds behangen is met snowboards in alle kleuren van de regenboog.

Ik pak mijn toilettas uit mijn koffer en knap mezelf een beetje op. Haren los, kam erdoor, make-up straktrekken, wat sproeien met deo en parfum. De warme broek en trui die ik vanochtend heb aangetrokken houd ik lekker aan. Het appartement ligt ongeveer een halve kilometer bij het café vandaan en het lopen zal me goeddoen. Even die stijve spieren losschudden van de lange zit in de trein. Ik haal mijn betaalpas, creditcard en rijbewijs uit mijn tas en stop ze goed weg in mijn diepe broekzak. Ik wil op pad zonder een zware handtas te hoeven meeslepen, zodat ik vrij kan wandelen. Ik check mijn jaszak of het kleine zaklampje dat ik altijd bij me heb er nog in zit. Onmisbaar tijdens een avondwandeling, dat is al vaker gebleken. Voordat ik het appartement afsluit stuur ik Sophia een appje dat ik goed ben aangekomen en dat ik haar en Kees nu al ontzettend mis. Ik sluit af met heel veel hartjes en stop het toestel in mijn jas voordat ik het appartement afsluit.

De grote kleurrijke sjaal die Sophia's moeder me met kerst heeft gegeven hangt losjes om mijn nek maar ik trek hem snel strakker om me heen als ik naar buiten stap. Het contrast tussen de kou van buiten en de warmte in het Ferienhaus is groter dan ik dacht. Even twijfel ik of het wel zo verstandig is om mezelf in die ijzige kou te begeven. De temperatuur is niet eens zo heel veel onder nul gezakt, maar een stevige oostenwind brengt de gevoelstemperatuur zeker een graad of tien naar beneden. Maar ik kan er maar beter aan wennen.

Ik klik mijn zaklamp aan en ga op pad. De sneeuw moedigt me met een krakend geluid aan bij elke stap die ik zet. Al snel heb ik een lekker tempo te pakken. Mijn gedachten dwalen af naar het knusse appartement waar ik een week met mijn zus ga doorbrengen. Een hele week! Het is jaren geleden dat ik haar langer dan een paar uurtjes achter elkaar heb gezien. Het grote tweepersoonsbed roept herinneringen op aan vroeger toen we samen op ons eigen verzoek een slaapkamer gingen delen. Vooral de eerste weken voelden als één lange logeerpartij waarin we tot diep in de nacht kletsten en giechelden en uiteindelijk uitgeput tegen elkaar aan in slaap vielen. De ongedwongenheid die er toen tussen ons was mis ik nog het meest. Ik hoop dat we deze week iets van dat gevoel weer kunnen terugkrijgen en neem me voor mijn ergernis over haar late aankomst hier in de kou achter te laten.

# 5

Ik stamp de sneeuw van mijn boots af voordat ik het café binnenloop waar ik al ruim vijftien jaar niet meer ben geweest. Papa's gezicht staat ineens zo levendig op mijn netvlies dat het lijkt of ik hem kan aanraken. In gedachten laat ik mijn hand over zijn stoppelige wangen gaan. Ik moet iets wegslikken voordat ik naar binnen kan gaan. Als ik mezelf weer bij elkaar heb geraapt en naar binnen loop, voelt het alsof ik over een drempel het verleden binnenstap. De kozijnen hebben ongetwijfeld in de loop der jaren een nieuwe lik verf gehad, maar verder ziet het er nog precies zo uit als ik me herinner. De wanden met houten schrootjes, de donkere, bijna zwarte vloer en de boomstamtafeltjes met de ongemakkelijke krukjes. De kleurige snowboards hangen inderdaad nog steeds aan de toog en zelfs de jukebox staat er nog. 'Roxanne' van The Police neemt net het stokje over van 'Suspicious Minds' van Elvis. Een gevoel van thuiskomen overvalt me en er verschijnt meteen een brede glimlach op mijn gezicht. Het was een goede keuze om terug te gaan naar deze plek om oude herinneringen te herbeleven en nieuwe herinneringen te maken.

Ik rits mijn jas los en bevrijd mijn hals van de enorme sjaal. De afmeting blijft onhandig, maar hij heeft me heerlijk warm gehouden. Ik trek mijn handschoenen uit en prop ze in mijn jaszak. Mijn ogen scannen de ruimte op zoek naar een vrij tafeltje. Je kunt zo'n beetje over de hoofden lopen, dus de moed zakt me in de schoenen tot mijn oog valt op een zitje dat net nog buiten mijn zicht viel omdat er mensen in mijn blikveld stonden. Er gaat een schok door mijn buik. Er zitten twee mensen aan dat tafeltje en een van hen ken ik maar al te goed. Het is mijn zusje dat hier volgens haar laatste bericht nog helemaal niet zou moeten zijn. Naast haar stoel staat de grote trekkingrugzak die ik haar ooit voor haar verjaardag heb gegeven. Het ding oogt inmiddels wat versleten door het intensieve gebruik, maar ziet er nog steeds uitstekend bruikbaar uit.

Met open mond staar ik haar aan, maar ze heeft het niet in de gaten. Ze zit geanimeerd te praten met een of andere kerel met een kale kop. In het oor dat ik kan zien draagt hij een zwarte *stud*. Hij heeft zijn jas nog aan, een soort bomberjack, dus ik kan niet zien of hij nu echt zo breed is of dat het door de jas komt. De blik in zijn ogen is mij wat te fanatiek, maar Judith lijkt er niet van terug te schrikken. Ze zit zo ver naar voren gebogen dat haar voorhoofd dat van hem bijna raakt. Even denk ik dat ze ter plekke gaan zoenen. De boosheid die ik er net uit had gelopen komt weer op. Terwijl ik daar in mijn eentje in dat appartement zat te wachten en die wandeling hiernaartoe door weer en wind maakte, zat mijn zus blijkbaar doodleuk hier in het café met die vent. En dat terwijl ze mij wijsmaakte dat ze vertraging had en nog later zou komen dan gepland. Waarom? Waarom heeft ze tegen me gelogen?

Ik wurm me door de mensenmassa heen naar de bar en bestel een pul bier. Ik bekijk de krijtborden waar de menu's in sierlijke letters op staan geschreven en kies voor de spareribs. Alleen al omdat Judith een hekel heeft aan dat gekluif. Het is kinderachtig, maar ik kan het in deze situatie niet laten. Voor haar bestel ik een vegetarische pita. Die vent zoekt het zelf maar uit. Wat mij betreft is hij niet uitgenodigd en neem ik zijn plek in. Ik laat de barman weten dat het eten naar het tafeltje van mijn zus gebracht kan worden. Met de pul bier in mijn hand observeer ik mijn zus en de man. Ik doe geen moeite om uit het zicht te blijven, want ze gaan zo in elkaar op dat ze me toch niet zien.

Het valt me op dat het gesprek grimmiger is geworden. De lach is van Judiths gezicht verdwenen en ze heeft haar ogen tot spleetjes geknepen. De man pakt een bierviltje van tafel en begint het in kleine stukjes kapot te scheuren. Ook zijn gezicht staat verbeten. Hij blijft wel tegen Judith praten en ze gaat met de minuut ongelukkiger kijken. Moet ik ingrijpen? Besluiteloos verleg ik mijn gewicht van mijn linkervoet naar mijn rechter en vice versa. Ineens slaat de man met zijn vuist op tafel. Judith deinst achteruit en een paar snippers van het bierviltje komen even los van de tafel door de klap. Oké, nu is het genoeg. Ik drink mezelf een slok moed in en stamp voortvarend naar Judiths tafeltje. Ik zie dat ze schrikt als ze me ziet. 'Je bent er al,' zeg ik droog. Niet bepaald de welkomsttekst die ik in gedachten had voor mijn zus die ik al veel te lang niet heb gezien.

'Hé, Maaik. Hai,' zegt ze terwijl ze wat heen en weer schuift op haar stoel. Ze komt niet overeind en de warme omhelzing waar ik me zo op had verheugd blijft uit. Alles aan de situatie is ongemakkelijk. Alsof Judith en ik geen zussen, maar vreemden zijn.

'Zou je me niet eens voorstellen?' Voordat Judith iets kan zeggen staat de man op, geeft me een hand en zegt '*Guten Abend*'. Hij is nog langer dan ik dacht maar zijn stem klinkt een stuk zachter dan je zou verwachten bij zo'n grote kerel. Hij trekt zijn hand weer terug, geeft Judith een kneepje in haar schouder, draait zich om en weg is hij. Zijn naam weet ik nog steeds niet en in de mijne is hij blijkbaar ook niet geïnteresseerd. Samen met Judith kijk ik hem na. Met een klap zet ik mijn pul op tafel en ga op de plek van die vent zitten. De zitting is nog warm van zijn aanwezigheid en daaruit concludeer ik dat hij en Judith hier al een tijdje hebben gezeten. Nu begrijp ik ook waarom Judith haar telefoon niet opnam toen ik haar belde. De kroeggeluiden zouden haar meteen verraden hebben.

Ik trek mijn wenkbrauwen op en blijf haar strak aankijken. Even beantwoordt ze mijn blik, maar dan draait ze weg van mijn starende ogen. Ze heeft er nooit goed tegen gekund als ik haar zo aankijk. 'Wat was dat nou allemaal?' Het ergert me dat ik het initiatief moet nemen om uitleg te krijgen en dat ze zelf nog geen boe of bah heeft gezegd. 'Hoe valt dit te rijmen met je "vertraging"?' Ik heb mijn handen heel stevig om mijn pul geklemd. Het glas geeft een onaangename vochtige kou af aan mijn huid, maar toch laat ik het niet los. Judith reikt met haar arm over tafel en legt haar warme hand tegen mijn wang die nog steeds natintelt van de koude buitenlucht. Automatisch laat ik mijn hoofd in haar hand rusten en sluit mijn ogen even. Een oude gewoonte van vroeger die blijkbaar diep in mijn systeem zit.

'Hi zussie,' zegt ze zachtjes terwijl ze met haar duim over mijn wang streelt en er nog een 'Sorry' achteraan fluistert. Nu ze een beginnend excuus heeft uitgesproken ga ik wat meer rechtop zitten en wacht op de verdere uitleg. Het blijft stil en ik trek mijn wenkbrauwen nog maar eens vragend op. 'Hoe zit dat nou met die zogenaamde vertraging van je?' herhaal ik uiteindelijk.

'Het ging uiteindelijk toch allemaal wat sneller dan ik dacht,' hakkelt ze.

'En je vond het niet nodig om me dat even te laten weten aangezien we deze week met zijn tweeën hebben geboekt? Ik heb de reis al alleen gemaakt, terwijl we samen zouden reizen en ik zat daar maar op je te wachten in dat appartement terwijl jij hier blijkbaar al gezellig in de kroeg zat te keuvelen met een of andere weirdo. Wie was die engerd?'

'Hij is geen engerd. Oké, het was een werkdingetje dat ik mooi kon combineren op deze manier. Ik wist dat je zou gaan flippen als ik je zou vertellen dat ik vanavond nog een werkbespreking had, dus...'

'Dus besloot je dat het net zo makkelijk was om je zus voor de gek te houden en tegen haar te liegen?'

'Ik heb toch sorry gezegd? Ik wist gewoon even niet hoe ik het moest doen. Ik wilde alle partijen tevreden houden en de manier waarop ik dat heb gedaan was misschien niet de beste. Ik had gewoon eerlijk tegen je moeten zijn.'

'Is het nou zo moeilijk om even een paar dagen niet te werken en wat aandacht aan je zus te besteden?'

'In de politiek heb je nooit vrij, Maaike, die gaat 24/7 door. Er is altijd wel een nieuw probleem, altijd wel iemand die je een hak wil zetten als je even niet oplet.'

'Maar dat is toch geen leven, Judith? Altijd maar complotten omzeilen en nooit eens een moment om te ontspannen. Continu op je hoede zijn.'

'Het is het leven waar ik voor heb gekozen, Maaike.'

'Maar waarom? Waarom offer je alles op?'

'Omdat ik idealen heb. Daarom. Hoeveel mensen roepen in het wilde weg dat ze iets willen betekenen voor hun medemens, voor de wereld? Loze woorden. Ik geef die woorden wél inhoud, althans dat probeer ik. Dat kost offers ja, daar ben ik me maar al te goed van bewust, maar voor mij zijn die offers acceptabel. Ik heb ervoor gekozen om te leven voor mijn idealen en mijn best te doen om de wereld een beetje mooier te maken. Bij LINN en ook bij andere partijen in Europa vind ik mensen die er hetzelfde in staan als ik. Als we maar met genoeg mensen zijn dan kunnen we echt een vuist maken. Onze politieke beweging wordt steeds groter. Steeds meer mensen zijn zich ervan bewust dat we zo niet eeuwig door kunnen gaan. De grootste vijand van de mens en de natuur zijn we zelf. Jij denkt wel dat ik mijn familie vergeet, maar dat is niet zo.'

'Kees weet niet eens meer hoe zijn tante eruitziet,' val ik haar in de rede.

'Maar snap je dan niet dat ik dit juist doe voor Kees en voor zijn eventuele kinderen? Zodat ze op een betere wereld kunnen leven en een toekomst hebben. Echt, Maaike, als we zo door blijven gaan, dan blijft er van de aarde en van de mensheid op termijn niets meer over. Kijk alleen al naar de gletsjer hier, die smelt! We moeten de opwarming van de aarde stoppen voordat het te laat is en stoppen met de economie voorrang te geven op de natuur. Dáár ging het gesprek over dat ik zojuist heb gevoerd. Ik heb je toch verteld over die conceptwet Europese Natuurgebieden? Het is zo belangrijk dat die wet er komt en ik kan alle steun die me wordt aangeboden gebruiken.'

'En die vent is een van je steunpilaren?' schamper ik. 'Nou, dan komt het vast dik in orde, de wereld is gered.'

'Weet je, Maaik, hier komen we niet verder mee. Kunnen we het onderwerp laten rusten? Vanaf nu heb je me helemaal voor jezelf.' Demonstratief pakt ze haar telefoon uit haar tas en zet hem voor mijn ogen uit. 'Zie, ik verbreek nu letterlijk mijn contact met de buitenwereld. Deze week ben jij mijn wereld.'

Ik besluit het ter kennisgeving aan te nemen en haar het voordeel van de twijfel te geven, ook al heb ik op dat vlak al vaker het deksel op mijn neus gekregen. Ik heb geen zin om een week te gaan balen. Er komt een man met twee dampende borden eten naar ons tafeltje lopen en mijn humeur klaart meteen op. 'Ik heb voor jou een vegetarische pita besteld. Ik nam aan dat jij net als ik nog niet hebt gegeten.'

Judith glimlacht als de borden voor onze neus op tafel worden gezet en knikt een vriendelijk bedankje naar de ober. Mijn maag rammelt ongeduldig als de etensgeuren mijn neus binnendringen. Ik grijp meteen naar een stuk sparerib en doop het royaal in de huisgemaakte barbecuesaus voordat ik een hap neem. Judith kijkt me aan met een kritische blik. 'Wat?' vraag ik met volle mond.

'Heb je weleens overwogen om minder vlees te eten? Goed voor je lichaam en het is minder belastend voor het milieu. Scheelt broeikasgassen.'

'Jemig, Judith, je hebt je telefoon uitgezet, maar kun je de politica in jezelf ook even on hold zetten en gewoon alleen maar mijn zus zijn? Laat me alsjeblieft even genieten van mijn maaltijd.'

Ze steekt haar handen in de lucht in een gebaar van overgave. 'Oké, oké, ik zeg al niks meer.'

'Mooi. Smakelijk eten dan.' Ik stort me weer op mijn spareribs en Judith neemt aarzelend een hap van haar pitabroodje en spoelt die weg met een slok van de thee die al voor haar op tafel stond toen ik binnenkwam. 'Is die nog te drinken of moet ik nieuwe voor je halen?'

'Dank je wel, maar ik drink hem wel op. Zonde om weg te gooien.'

Natuurlijk zou mijn zus niet zomaar iets weggooien. Hoezeer het me soms misschien ook ergert, Judith hééft principes en staat er ook voor. Ze brengt ze in de praktijk en van hoeveel mensen kun je dat tegenwoordig nou nog zeggen? Mezelf meegerekend, als ik heel eerlijk ben. Judith is met haar drieëndertig jaar drie jaar jonger dan ik, maar steekt op een aantal vlakken met kop en schouders boven me uit. In plaats van op haar te mopperen zou ik eens wat vaker trots op haar moeten zijn. Dat verdient ze. 'Het is fijn om je te zien, Judith. Ik heb je gemist,' zeg ik, terwijl mijn hart vervuld wordt van liefde voor haar.

'Dito,' antwoordt ze terug. Ons stopwoordje van vroeger dat we altijd gebruikten als we het met elkaar eens waren. Dat simpele woordje breekt de muur tussen ons af tot er niets meer dan gruis van over is. De band die we altijd hadden is weer voelbaar en mijn schouders ontspannen nu het ongemakkelijke en onwennige gevoel smelt als de restanten sneeuw op mijn laarzen.

# 6

Judith ligt naast me in het grote tweepersoonsbed. We zijn allebei een beetje aangeschoten en giechelig. Uiteindelijk heeft Judith haar thee laten staan en is ze net als ik aan het bier gegaan. 'Ik drink eigenlijk bijna nooit meer alcohol, dus ik zal wel snel tipsy zijn,' waarschuwde ze me toen de ober de eerste pul voor haar neus zette. En inderdaad, voordat ze het glas leeg had, keek ze al niet meer helemaal helder uit haar ogen en klonk haar stem anders. Maar met de drank kwam ook de ontspanning. Er kwam een rust over haar heen die ik al jaren niet gezien had. De zware last die ze altijd met zich meedraagt leek van haar schouders af te vallen en van de scherpe zorgelijke blik die altijd in haar ogen is terug te vinden, was aan het einde van de avond even niets meer over.

Judith smakt. Haar mond is droog van de drank en ze draait haar rug naar me toe om wat te drinken uit het glas water dat op haar nachtkastje staat. Als ze klaar is met drinken laat ze haar hoofd in het dikke kussen vallen en blijft zo liggen. Met mijn wijsvinger begin ik op haar rug te tekenen. Twee poppetjes die elkaars hand vasthouden. Op haar onderrug schrijf ik het woord ijspret. Vroeger als kind deden we dat spelletje altijd. We schreven woorden op elkaars rug of maakten tekeningetjes en moesten dan raden wat we tekenden. De jaren vallen weg en we zijn weer die twee kleine meisjes die nog een moeder én een vader hadden, die schaterlachten om de mopjes die we elkaar vertelden en die zich nog niet bewust waren van de gevaren en het verdriet dat het leven naast vreugde ook brengt. Ik merk dat Judith ook in de nostalgische modus schiet als ze diep zucht en zegt: 'Mis jij die tijd soms ook zo?'

'Ja', schrijf ik op haar rug.

'Sorry dat ik er zo weinig voor je ben, Maaik. Mijn werk slokt me nogal op.'

'Joh, je meent het...' antwoord ik nu.

'Soms voel ik me zo klem zitten. In mijn pogingen om niemand teleur te stellen, doe ik juist vaak mensen tekort, maar ik weet niet hoe ik het anders moet doen. Mijn werk voor LINN is echt belangrijk voor me. Ik geloof heilig in wat ik doe, zoals die gletsjer hier.'

'Ik weet zeker dat papa heel trots op je is. Je weet hoeveel hij van die gletsjer hield. Dat jij strijdt voor zijn behoud zou hij alleen maar kunnen waarderen.'

'Die wereldwijde terugtrekking van de gletsjers, dat smelten, dat is echt zorgelijk aan het worden. Veel mensen denken dat het wel meevalt omdat ze het ter plekke niet duidelijk "zien". Maar als je iets niet ziet, wil het niet zeggen dat het er niet is.'

'Het is net zoiets als met religie. Je kunt God, of Allah of hoe je hem ook wilt noemen niet zien, maar toch zijn er nog steeds heel veel mensen die heilig geloven in zijn bestaan.'

'Die vergelijking gaat niet helemaal op, denk ik. Voor het bestaan van God is geen wetenschappelijk bewijs terwijl dat er wel is voor het smelten van de gletsjers door de opwarming van de aarde. En soms is het al wel te zien. Heb je meegekregen dat er afgelopen juli in Italië een stuk gletsjer afbrak in de Dolomieten?'

'Ja, nu je het zegt, daar staat me iets van bij. Een aantal doden en gewonden, toch?'

‘Klopt. Er waren daar net twee groepen klimmers met hun gidsen aanwezig die op weg waren naar de top van de Marmolada toen het gebeurde. Na de breuk ontstond er een ijslawine. Dat soort drama’s gaan we in de toekomst alleen maar vaker meemaken. Van het ene op het andere moment verandert zo’n prachtige ijsberg in een kille moordenaar en dat hebben we allemaal aan onszelf te danken. In het weekend dat de top van de Marmolada afbrak, werd er een temperatuur van tien graden gemeten terwijl het er normaal rond die tijd rond het vriespunt was. Dat soort buitensporige temperaturen werkt weer smeltwater in de hand waardoor stukken ijs van de gletsjers los kunnen komen. Je ziet ook dat de gletsjers zich steeds verder terugtrekken. Berghutten die voorheen aan de rand van zo’n ijsberg stonden, staan er nu soms niet eens meer in de buurt.’

‘Dat zal allemaal wel, maar mensen worden zich pas bewust van dingen als het echt dicht bij henzelf komt. Pas als ze echt bij zo’n gletsjer staan en zien wat er gebeurt, gaat er misschien een lampje branden. Van de term “opwarming van de aarde” krijgen veel mensen tegenwoordig de kriebels. We worden er te veel mee doodgegooid.’

‘Maar dat is precies het hele probleem. Mensen willen niet luisteren dus je moet wel heel hard schreeuwen en veel herhalen om tot ze door te dringen. We hebben geen zin om ons druk te maken over problemen die geen acute gevolgen hebben, maar dat is dus waar het faliekant misgaat. Je kunt niet blijven doorgaan met alles doorschuiven naar de volgende generatie. Uiteindelijk loopt het spaak en dat is nu juist wat ik met LINN probeer te voorkomen.’

‘Maar deze week even niet, hè? Het blijft bij die afspraak die je vanavond had met die kale gast, toch? Morgen gaan we skiën.’ Ik probeer het gesprek weer weg te leiden van haar werk zodat de ontspannen sfeer niet verloren gaat, maar het is al te laat.

'Skiën zolang het nog kan... Door de steeds matigere sneeuwval en toename van hittegolven loopt de sneeuwzekerheid steeds verder terug, ook in gletsjergebieden. In de Alpen lag deze zomer maar een dun laagje, terwijl daar vorig jaar rond dezelfde tijd nog een flink pak lag.'

'Maar we zijn niet in de Alpen en de pistes in Garmin-Partenkirchen liggen er volgens de berichten mooi bij. Ik kan niet wachten om ze uit te gaan testen.'

'Ik zat eens te denken, kunnen we ook gaan wandelen? Dat is minder belastend voor het gebied dan dat gescheur op die lange latten. Je hebt hier prachtige wandelroutes.'

'Ah, Judith, hou nou eens op. De hele zooi stort hier echt niet in als wij een dagje skiën, hoor.'

'Nee, maar als iedereen dat denkt dan...'

'Ja, die druppel op die gloeiende plaat, bladiebla.'

'Nou ja, onze spindokter vindt het gewoon niet zo'n goed idee als ik gespot word op ski's qua imago en zo. Van mezelf en van de partij.'

'Die spindokter van je kan de pot op. Het is niet vol te houden, Judith, als je 24/7 in een strak keurslijf zit. Soms moet je de boel even losgooien om op te laden. We zetten morgen een grote helm en een zonnebril op je kop en dan geef ik je op een briefje dat niemand je herkent. Vergeet niet te leven, zusje, daar was je vroeger zo goed in. Je werkt om te leven, je leeft niet om te werken.'

'Dus we gaan niet wandelen?'

'Nee, Judith, we gaan niet wandelen maar skiën,' zeg ik met een diepe zucht. Ik begin een beetje moedeloos te worden. Haar ontspannen houding was blijkbaar maar een oppervlakkig laagje en waarschijnlijk moet ik haar bijna verzuipen in een emmer bier voordat ze alles wat haar bezighoudt echt even loslaat. Blijkbaar hoort Judith aan mijn stem dat ze zich in de gevarenzone begeeft, want ineens verandert ze weer in mijn zusje.

'Maaik?'

'Ja.'

'Wil je me even vasthouden, net als vroeger? Dat voelde altijd zo veilig.'

Ik kruip naar haar toe en sla mijn arm om haar heen. Ze nestelt zich tegen me aan en ik laat mijn neus verdwijnen in haar haren. Ik snuif haar geur op en de vertrouwdheid ervan stelt me enigszins gerust. Hoewel ze de laatste jaren soms echt een vreemde voor me is, ruikt ze in elk geval nog wel als mijn zusje.

# 7

*Ik ben weer drijfnat van het zweet wakker geworden vanochtend. Mijn lijf voelt zwaar van de uitputting na die vreselijke nachtmerries. Ook vannacht ben ik weer uren achtervolgd door een man zonder gezicht aan wie ik ternauwernood wist te ontkomen. Ik vrees de nacht waarin hij me te pakken krijgt en nog banger ben ik voor wat hij dan met me gaat doen. Lukt het me dan om op tijd wakker te worden en mezelf alsnog te bevrijden? Ik merk dat het steeds moeilijker wordt om nog enige controle uit te oefenen op de spookbeelden waar mijn brein me 's nachts op trakteert. Als kind lukte het me altijd om mezelf wakker te maken als ik een nare droom had. Het besef dat het niet echt was, was dan altijd aanwezig. Nu weet ik vaak het verschil niet meer tussen dag en nacht. 's Nachts leef ik in een nachtmerrie en als ik mijn ogen overdag opendoe nog steeds.*

*Ik draai me op mijn rug en wurm mezelf wat onder het dikke dekbed vandaan zodat mijn oververhitte lijf een beetje kan afkoelen. Naast me wordt nog zachtjes gesnurkt. Even is de verleiding groot om de persoon naast me wakker te maken en alles op te biechten. Uit te schreeuwen hoe bang ik ben en in welk doolhof ik door mijn eigen toedoen ben verdwaald. Want zo voelt het, een doolhof waar ik nooit meer uit kom. Misschien zie ik het te somber in, maar de weg terug lijkt steeds vaker voorgoed afgesloten. De behoefte aan de veiligheid van troostende armen om me heen wordt steeds groter.*

*Soms sta ik het mezelf even toe, zoals gisteren, maar het gros van de tijd weer ik ze af. Het is schijnveiligheid, want als het erop aankomt is er niemand die me kan beschermen.*

*Mijn ademhaling begint steeds meer op hyperventilatie te lijken en de hoofdpijn die me vrijwel dagelijks plaagt steekt de kop weer op. Ik verlang naar dat pilletje dat mij rust brengt, mijn hart rustiger laat slaan, mijn gedachten ordent en er tegelijkertijd de scherpe randen van afhaalt. Niemand weet dat ik ze slik en dat moet ook zo blijven. Het zou mijn carrière voorgoed om zeep helpen en is mijn carrière niet juist waar het allemaal om te doen is?*

*Om me heen wordt gefluisterd dat ik een ijskonijn ben, dat ik over lijken ga om mijn zin te krijgen. Hoe anders is de werkelijkheid, hoe anders ben ik? Maar laat ze dat maar denken, ik moet mensen op afstand houden. Kan niet het achterste van mijn tong laten zien. Aan niemand. Het is te gevaarlijk en brengt me alleen maar in grotere problemen. Als ik iets heb geleerd dan is het dat je een geheim met niemand moet delen, hoe verleidelijk het ook is om juist die ene persoon in wie je zo gelooft wel in vertrouwen te nemen. Ook als mensen zweren hun mond te houden kun je er gevoeglijk van uitgaan dat ze het in elk geval aan één iemand vertellen. Die persoon moet het ook aan iemand kwijt en voor je het weet zingt het rond. Zeker met geheimen zoals de mijne en de mensen die in de rij staan om mij pootje te haken. Want dat is inherent aan de baan die ik heb. Er is altijd wel iemand die van je baalt, je kunt het nooit voor iedereen goed doen. Maar de mensen die ik nu achter me aan heb zijn wel van de buitencategorie. Van het eerste leugentje niet gebarsten en geweld wordt niet geschuwd. Als ik mijn eigen hachje wil redden, zal ik anderen in diskrediet moeten brengen. Er was een tijd dat ik daar moeite mee had, maar inmiddels ben ik tot alles bereid. Zelfs als dat dwars door vriendschappen of familiebanden heen gaat.*

*Naast mij wordt nog steeds vredig geslapen. Ikzelf houd het niet langer uit in bed. Als ik overeind kom en op de rand van het bed ga zitten, klinkt het zachte gekreun van iemand die mooie dromen heeft gehad en zich er nog niet van los wil maken. Een steek van jaloezie gaat door me heen. Zal ik ook ooit weer zo rustig en ongedwongen kunnen slapen? Dromend over mooie, fijne dingen.*

*'Lekker geslapen?' klinkt het naast me.*

*Ik span mijn lachspieren aan en draai me om. 'Heerlijk. Helemaal uitgerust voor de nieuwe dag.' Het lukt me zowaar om energiek van de bedrand af te springen. Demonstratief rek ik me uit en ik huiver als mijn blote voeten in contact komen met de koude houten vloer. Het nachtelijke zweet werkt als een soort lijm tussen mijn huid en mijn warme pyjama en ik bevrijd mijn rug met een snelle handbeweging van de kleffe stof. 'Ik spring even snel onder de douche, dan kunnen we zo gezellig samen ontbijten.'*

*'Dan draai ik me nog heel kort even om.'*

*'Groot gelijk.' Ik verdwijn in de badkamer en moet me bedwingen om de deur niet op slot te doen. Maar dat zou opvallen. Als kind douchte ik met open deur en er is geen enkele reden om daar nu mee te stoppen. Niet zonder dat ik uitleg moet geven. Ik loop naar de wasbak en leun er met mijn handen op. Als ik in de spiegel die erboven hangt kijk, schrik ik me kapot van wat ik zie.*

# 8

Mijn ademhaling hapert even als ik het Ferienhaus uit loop. De frisse ochtendlucht zet zich schrijnend vast in mijn longen en veroorzaakt een hoestprikkel. Ik draai me om naar Judith. 'Nou, als je die temperatuur zo voelt, dan zou je niet zeggen dat de aarde aan het opwarmen is,' zeg ik met een knipoog.

'Toch is het zo, dus geloof het maar,' zegt ze nors. Net als ik draagt ze haar gehuurde ski's op haar rug evenals een lawinerugzak met skiuitrusting, een klimgordel en lawinepieper. Omdat we in het voorjaar skiën, hebben we gekozen voor bredere ski's die beter door papsneeuw glijden. Ook hebben we wat extra betaald om de ski's te laten behandelen met een speciale wax die skiën bij hogere temperaturen makkelijker maakt. We hebben uitgebreid de tijd genomen om onze bindingen goed af te stellen en de ski's zorgvuldig gecontroleerd op bramen. Dat is iets wat onze vader er altijd bij ons in heeft geprent. Veiligheid voor alles en liever een keer te veel checken dan te weinig.

Judith heeft het vizier van haar helm angstvallig dichtgeklapt zodat niemand haar gezicht herkent. Ik vind dat ze nogal overdrijft. Alsof hier tussen de skiënde toeristen ook maar iemand is die in de gaten houdt of er niet toevallig een politica met een voorliefde voor het milieu van de berg afroetsjt. De stemming van de mensen hier is uitgelaten en politiek is wel het laatste waar ze zich mee bezighouden tijdens hun vakantie. Ik hoef alleen maar na te gaan hoe ik me zelf voel.

Het is een prachtige dag en de zon schijnt zo fel op de maagdelijk witte sneeuwkristallen dat ik bijna verblind word. Ik schuif mijn grote skibril voor mijn samengeknepen ogen. Nog even en ik sta na jaren weer op de ski's. Alleen al bij de gedachte schiet er een shot adrenaline door mijn lijf die mijn spieren laat tintelen van verlangen. En dat terwijl ik niet eens goed uitgerust ben. Ik ben vannacht regelmatig wakker geworden van Judiths onrustige gewoel. Haar gezicht had een gepijnigde uitdrukking en op haar voorhoofd parelden zweetdruppels. Alsof ze de hele nacht werd geplaagd door vreselijke nachtmerries. Een paar keer lag ze behoorlijk te kreunen, alsof ze ergens pijn had. Maar op het moment dat ik haar wakker wilde maken werd ze weer stil. Dromen is iets intiems en ik voelde me er ongemakkelijk bij om daar inbreuk op te maken. Ze zeggen weleens dat je 's nachts in je dromen dingen verwerkt die je dwarszitten of die overdag indruk op je hebben gemaakt. Dat is nog een reden waarom ik Judith heb laten slapen. In de hoop dat ze haar angsten, frustraties en demonen kan achterlaten in de nacht. Of dat inderdaad gelukt is betwijfel ik ten zeerste. Haar houding is gespannen en hoewel haar hoofd verstopt zit onder die enorme helm, vrees ik dat het met haar gezichtsuitdrukking niet veel beter is gesteld. 'Nou, op naar die lift,' zeg ik overdreven vrolijk, in de hoop dat mijn uitgelaten stemming op haar zal overslaan. Ik haak mijn arm in de hare en beschouw het als een positief teken dat ze me mijn gang laat gaan en zich niet terugtrekt. Vroeger als kinderen liepen we altijd zo. Dicht bij elkaar, als een onoverwinnelijk team dat de hele wereld aankon. Nu we weer zo lopen, kan ik dat gevoel nog steeds oproepen. Ik doe een schietgebedje dat dat ook voor Judith geldt en dat ze zich kan optrekken aan de veiligheid van mijn arm die haar altijd zal beschermen.

Samen lopen we over de stevige sneeuw die al is aangestampt door voeten die ons voorgingen. Ik geniet van het uitzicht op de indrukwekkende bergen en besef hoe nietig we als mens eigenlijk zijn. 'Zullen we maar een beetje rustig aan beginnen met de Kreuzeckbahn? Want om nou meteen de Zugspitze te trotseren lijkt me wat overmoedig. We hebben allebei al een tijd niet op de lange latten gestaan, dus dan kunnen we het gevoel weer even te pakken krijgen. Skiën is wel net als fietsen, maar toch.'

'Terug moeten met een gipsvlucht zou inderdaad vreselijk zijn, dus misschien zoek ik het wel helemaal niet hogerop en hou ik het alleen bij de Kreuzeckbahn de komende dagen.'

'Maar we doen toch wel een drankje of een lunch op de Zugspitze? Bovendien zijn de pistes daar zo breed dat er weinig mis kan gaan.'

'We kijken even hoe het vandaag gaat en dan zien we wel verder, oké?'

Ik kan lastig beoordelen of Judith dit zegt als zoethoudertje of dat ze echt toegeeflijk probeert te zijn. Ik knik dus maar en laat het erbij.

Terwijl we op ons gemakje naar de skilift lopen, blijf ik de spanning bij Judith voelen. Om de paar meter kijkt ze zenuwachtig om zich heen en ik vraag me af of ze langzaam paranoïde begint te worden door die stomme politiek. Het lijkt wel of ze overal vijanden verwacht en ik begrijp niet hoe ze het volhoudt om onder deze continue druk te leven. 'Gooi je schouders eens los, je bent zo gespannen als een snaar.' Ik schud wat aan haar arm om een voorzet te geven. Ze zucht. 'Je hebt helemaal gelijk, Maaik. Ik zit nog zo in de werkmodus dat ik nog even moet schakelen.'

‘Je bent echt onherkenbaar zo met die helm op, dus je kunt stoppen met steeds over je schouder kijken,’ probeer ik haar nog wat extra gerust te stellen.

‘Mijn werk is gewoon niet altijd makkelijk. Je wilt niet weten hoeveel dreigende mailtjes, tweets en appjes ik krijg. Voorheen was het gros ervan gewoon bravoure van mensen die zich thuis achter hun laptop heel wat voelen, maar die staan te stamelen als je ze confronteert met hun berichten. Maar de laatste tijd is er een kentering gaande. Grenzen die vroeger heilig waren, worden nu steeds vaker overschreden. Als je niet oppast, komen ze je thuis opzoeken om verhaal te halen. Dat heb je wel gezien met die boerenprotesten bij het huis van minister Van der Wal. Het is steeds lastiger om in te schatten of een dreigement slechts bestaat uit loze woorden of dat je echt op moet passen. Ik krijg daar soms ontzettend de kriebels van.’

‘Ik krijg al de kriebels als je het zo aan me vertelt. Kun je bewaking inschakelen als je de boel niet vertrouwt?’

‘Dat zijn zware middelen die niet zomaar worden ingezet.’

‘Serieuze bedreigingen vallen niet onder “zomaar” lijkt me.’

‘Maar de meningen verschillen nog weleens over wat als serieus moet worden aangemerkt en wat niet.’

‘Word je nu concreet bedreigd dan?’

‘Er zijn altijd wel dingen gaande. Op het dossier milieu maak je niet snel vrienden. Veel mensen vinden het allemaal maar overdreven, vooral als hun wordt gevraagd om offers te brengen. Mensen die wel pro-milieu zijn, drijven dat nog weleens te ver door. Die vinden weer dat er veel te weinig wordt gedaan en dat er hardere eisen moeten worden gesteld. Ik probeer zo goed en zo kwaad mogelijk tussen die twee uitersten heen te laveren en een balans te vinden. Maar hoe je het ook wendt of keert, je kunt het nooit iedereen naar de zin maken en er zijn dagen dat ik het gevoel heb dat ik werkelijk niks goed kan doen. Op die dagen ben ik mijn eigen grootste teleurstelling.'

'Hè, Juut, wat klinkt dat triest. Ik zeg het misschien niet genoeg tegen je, maar ik ben ongelofelijk trots op je. Je staat ergens voor en je probeert de wereld een beetje mooier te maken. Je bent zelfs bereid om je eigen levensgeluk daarvoor op te offeren.'

'Ik ben niet ongelukkig, hoor. Niet echt. Als ik iets voor elkaar krijg, geeft dat zo'n kick dat ik er weer een hele tijd tegen kan.'

'Maar het lijkt me ook heel eenzaam. Verlang je nooit eens naar een partner, kinderen? Of meer tijd met vrienden?'

'*It's not easy being "green"*', reageert ze droog terwijl ze bij het woord 'green' aanhalingstekens in de lucht maakt.

'Je bent je humor gelukkig nog niet verloren,' zeg ik grinnikend.

'Zodra dat gebeurt, ga ik op zoek naar een andere baan. Maar je hebt gelijk: de manier waarop ik leef, geeft enerzijds voldoening, maar is anderzijds soms ook heel eenzaam. Ik kan alleen maar een relatie hebben met iemand die begrijpt dat mijn werk in de politiek enorm veel tijd opslurpt en veel lastminuteafspraken betekent, waardoor ik moeilijk etentjes en vakanties en zo kan plannen. De kans dat een met mij gemaakte sociale afspraak doorgaat is altijd fiftyfifty en lang niet iedereen kan daarmee omgaan.'

'Zie je Katinka nog weleens?'

'Nope. Die is inmiddels ook afgehaakt. Ik heb haar al jaren niet meer gezien en het enige contact dat we nog hebben is een kaartje met kerst en verjaardagen. Heel soms een appje. Haar leven is zo anders dan het mijne. Ze is getrouwd met een rijke vent die zijn geld verdient in de chemie, heeft kinderen en zit in allerlei ouderclubjes en zo. We hebben eigenlijk helemaal geen raakvlakken meer. Waar ik al mijn tijd aan mijn werk geef, heeft zij het zo voor elkaar dat ze nooit meer hoeft te werken. Als ze tenminste met die vent getrouwd blijft, want dat is nog maar de vraag. Hij is nogal een flirt en neemt het niet zo nauw met de huwelijkse trouw. Blijkbaar is ze zo aan haar luxeleventje gehecht dat ze dat op de koop toe neemt.'

'En dat staat totaal haaks op hoe jij daarmee om zou gaan.'

'Precies. Ik zou dat niet pikken. Iemand gaat volledig voor me en anders hoeft het niet.'

'Maar ben je dan nooit verliefd?'

Ze lacht. 'Natuurlijk wel, ik ben geen robot.'

'Ben je op dit moment verliefd?'

'Misschien...'

'Vertel!'

'Er valt nog niet zoveel te vertellen. Het is allemaal nog heel pril en heeft niet veel meer om het lijf dan wat flirtende blikken, net iets te dicht langs elkaar heen lopen en zo.'

'Het is toch niet die vent met wie je gisteren in Kandahar 2 zat?'

'Nee joh! Hij is lid van de plaatselijke milieuclub hier die net als ik strijdt voor het behoud van de gletsjer. Hij heeft me even bijgepraat over hun activiteiten en zorgen over het toerisme hier dat steeds meer uit de hand dreigt te lopen. Het was goed om hem even te spreken. Het gros van de politieke plannen komt tot stand achter een bureau en het leidt nog weleens tot verrassende wijzigingen of aanvullingen als je mensen uit de praktijk laat meedenken en inspraak geeft. Ik ben daar erg van. Ik zit niet in de politiek om mijn eigen ego op te poetsen, ik hou het eindresultaat van wat ik wil bereiken voor ogen en hoe dat tot stand komt, zal me worst wezen.'

'Dat lijkt me een mooi uitgangspunt,' zeg ik goedkeurend knikkend. 'Het is fijn om je weer eens echt te spreken, zusje. Om te horen wat je bezighoudt en wat je drijfveren zijn. Ik zeg het nog maar een keer: ik ben echt apetrots op hoe je het allemaal doet en op wat je voor elkaar weet te boksen.'

'Dank je wel. Het betekent heel veel voor me dat je dat zegt. Het is belangrijk voor me dat jij en mama achter me staan.'

'Dat doen we, Judith. Allebei. Daar hoef je nooit aan te twijfelen. Ik mopper misschien weleens wat tegen je, maar dat is meer omdat ik soms bang ben dat je jezelf zo tekortdoet. Je bent nu nog jong genoeg om een eventuele kinderwens na te jagen, maar er komt een moment dat het te laat is. Ik wil niet dat je achteraf spijt krijgt van dingen.'

'Ik weet dat jij het heerlijk vindt om moeder te zijn, maar ik heb die ambitie nooit gehad. Ook als ik ander werk zou hebben, een ander leven, dan zou ik niet per se voor een kind kiezen. Ik heb die gevoelens gewoon niet. Als ik het daar met mensen over heb, dan geloven ze me vaak niet. Het is nog steeds niet echt geaccepteerd als je niet het vaste pad van huisje-boompje-beestje afloopt. Daar zul jij ook wel tegenaan lopen, omdat je getrouwd bent met een vrouw. We doen in Nederland wel alsof we allemaal zo ruimdenkend zijn, maar als het puntje bij het paaltje komt, dan valt dat toch vaak vies tegen.'

'Sophia en ik hebben inderdaad ook moeten vechten voor ons plekje. Vooral in het begin van onze relatie was het weleens moeilijk. We waren allebei net uit de kast en dat bracht al genoeg emoties met zich mee. Ik ben altijd dankbaar geweest dat zowel jullie als het gezin waar Sophia uit komt meteen hebben geaccepteerd dat wij elkaars ware liefde zijn.'

'Het is niet meer van deze tijd om daar moeilijk over te doen, toch?'

'Nou, je moest eens weten hoe strenggelovigen daartegen aankijken. Die zien het nog steeds als een ziekte als je op iemand van hetzelfde geslacht valt. Werk van de duivel.'

'Zolang het echte liefde is, kan er in mijn ogen niks duivels aan zijn. Mensen zijn bange wezens en laten zich makkelijk wat wijsmaken als ze zelf niet stevig in hun schoenen staan.'

'Poeh, wat een zware gesprekken zo op de vroege ochtend. Zullen we er weer een beetje luchtigheid in gooien?' De drang om te zwijgen, de prachtige omgeving in me op te nemen en gewoon onbekommerd te genieten neemt de overhand. Ik vind het fijn om denkbeelden met mijn zus uit te wisselen en te horen hoe ze in het leven staat, maar op dit moment wil ik eigenlijk nog maar één ding: op mijn ski's staan. Ik kijk naar de strakblauwe lucht en de zon die zijn best doet om met zijn stralen de sneeuw weg te branden. Als de lucht zo helder blijft, zal de sneeuw steeds verder smelten en papperiger worden. Dat heeft mijn voorkeur boven een dunne laag poedersneeuw waar een harde ijslaag onder ligt. Ik ben in het verleden een paar keer flink gevallen op zo'n harde ondergrond die vol zat met opgevroren hobbels die door de poedersneeuw aan het zicht werden onttrokken. Ik kan de pijn aan mijn stuitje nog voelen als ik eraan terugdenk. Toch hebben die paar schuivers me er nooit van weerhouden om weer op de ski's te gaan staan. De vreugde die skiën brengt, heeft voor mij altijd zwaarder gewogen dan de risico's.

Ook Judith is er tot nu toe redelijk ongeschonden vanaf gekomen. De manier waarop Judith en ik skiën, correspondeert vrijwel een-op-een met onze karakters. Ik verbaas me er nog steeds over dat we zo verschillend zijn terwijl we zijn geboren in hetzelfde nest en grotendeels uit hetzelfde DNA bestaan. Judith is altijd de betere skiër geweest van ons tweeën, maar ze neemt ook veel minder risico's dan ik. Ze is bedachtzaam in alles wat ze doet terwijl ik juist uitblink in impulsiviteit. Het is regelmatig voorgekomen dat ik amper overeind bleef in een te roekeloos en te scherp aangesneden bocht. Zoals altijd neem ik me ook vandaag voor om geen onnodige risico's te nemen, maar ik kan niet garanderen dat dat ook daadwerkelijk zal lukken.

# 9

De skilift komt met een schok op gang en ik grijp me automatisch vast aan de veiligheidsbeugel. De wind die vanochtend al aanwezig was, is het afgelopen halfuur alleen maar krachtiger geworden. Mijn maag draait rondjes op het ritme van de schommelende gondel. Ik weet dat ik eigenlijk niet naar beneden moet kijken, maar zoals dat soort dingen gaan, doe ik het toch. Mijn buikspieren spannen zich als ik naar de diepte onder me kijk en ik richt mijn blik snel weer omhoog. Judith lijkt er daarentegen geen last van te hebben. Wonder boven wonder is haar gezicht – althans het stukje dat ervan te zien is – ontspannen. Waar ik het liefste zo snel mogelijk weer vaste grond onder mijn voeten heb, lijkt zij wel in te zijn voor een extra rondje. Ik denk terug aan haar verhaal over de bedreigingen en vraag me af of ze op deze hoogte het idee heeft dat niemand bij haar kan komen of haar kan raken. Zo samen met mij in die gondel voelt ze zich misschien wel voor het eerst in lange tijd veilig. Ik geniet er ondanks mijn spanning van zonet van om haar zo te zien.

Met dezelfde schok waarmee de lift in gang werd gezet, komt hij tot stilstand en dat betekent ook meteen het einde van Judiths ontspannen houding. Zodra ze haar ski's in de sneeuw zet, krijgt ze weer die opgejaagde houding en kijkt ze angstvallig om zich heen. Een kort moment vraag ik me af of het niet egoïstisch was om haar hier mee naartoe te nemen. Ze heeft genoeg tegengesputterd, maar in plaats van daarnaar te luisteren heb ik de druk op haar steeds verder opgevoerd totdat ze het zo zat was dat ze instemde. Ik heb het gedaan met de beste bedoelingen, vanuit de overtuiging dat het goed voor haar was om haar verstand eens even op nul te zetten, maar nu ik haar zo zie... De rust die we in onze gondel ervoeren is helemaal weg nu alle andere mensen ook zijn uitgestapt. We kunnen niet meer doen alsof we alleen op de wereld zijn, dat maken een paar krijsende kinderen en wat brallende mannen meer dan duidelijk.

Judith glijdt naar een plekje waar het iets minder druk is en neemt uitgebreid de tijd om haar ski's nogmaals te controleren. 'Geen bramen, bindingen goed afgesteld,' hoor ik haar mompelen. Ik laat deze tweede check aan me voorbijgaan en controleer alleen of mijn ski's stevig zijn vastgeklikt. 'Juut, bespaar je de moeite. We hebben de boel net al uitgebreid gecontroleerd en het verhuurbedrijf heeft deze checks ook al gedaan. Die zorgen echt wel dat die dingen perfect worden onderhouden, anders kunnen ze wel inpakken.'

'Dat is tegenwoordig geen garantie. Ik doe altijd zelf de *final* check, macht der gewoonte. Er is altijd wel iemand die de kantjes ervan af loopt of je een hak wil zetten. Als ik het zelf doe, dan weet ik in elk geval dat het goed gebeurt.'

Ik kijk haar verbijsterd aan. 'Jemig, Judith, wat klinkt dat paranoïde, alsof je werkelijk niemand vertrouwt. Het is echt niet zo dat de hele wereld het slecht met je voorheeft. Er zijn ook mensen met goede bedoelingen.' Ik spreid mijn armen uit en trek een gek gezicht om te illustreren dat ik een van die mensen ben. Er verschijnt een kleine glimlach op haar gezicht.

'Jij bent een van de weinige mensen die ik wel vertrouw, Maaik. Ik breng nu eenmaal nogal wat tijd door in een wereldje waar tegenstanders de medestanders ruimschoots verdringen.'

'Kom, klik die ski's aan, dan kunnen we op pad. Ga jij maar voor, dan geef ik je rugdekking,' zeg ik met een luchtig lachje. Uit Judiths gretige geknik maak ik op dat ze die rugdekking serieuzer opvat dan ik en er eigenlijk heel blij mee is. Niemand kan bij haar komen zonder mij eerst te passeren en dat geeft haar duidelijk een rustiger gevoel. Ze bindt haar ski's onder en dan is het eindelijk zover. We kunnen de lonkende witte piste gaan betreden.

In Judiths kielzog 'schaats' ik het eerste stukje om wat op gang te komen. Mijn skistokken gebruik ik alsof het nordicwalkingstokken zijn. De kriebels in mijn buik nemen toe als mijn ski's soepel over de sneeuw glijden. Alle verhalen van Judith over de opwarming van de aarde ten spijt, ligt de piste er prachtig bij. Een briesje strijkt over mijn wangen en laat de gevoelstemperatuur een paar graden dalen. Voor mij begint Judith in een rustig tempo te *wedelen*. Haar bewegingen zijn weids opgezet. Het ziet er ongelofelijk soepel uit. De weerstand die ze tegen skiën zegt te hebben is in elk geval niet in haar bewegingen terug te zien. Ik moet me inhouden om haar niet voorbij te roetsjen, maar ik heb haar die rugdekking beloofd en daar houd ik me aan. Zij bepaalt het tempo.

Voor me zie ik Judith een stukje verder doorbuigen, ten teken dat ze haar tempo gaat versnellen. De piste is nu nog lekker stevig, maar als de zon zo fel blijft branden, kun je er donder op zeggen dat we tegen de middag door papsneeuw heen moeten ploeteren. Ik doe nu al een schietgebedje voor mijn arme beenspieren die al veel te lang geen zware arbeid hebben verricht. Mijn voornemen om ze een beetje te trainen in de sportschool voordat ik naar Garmisch-Partenkirchen zou vertrekken heb ik natuurlijk niet waargemaakt en nu ik hier zo op de piste sta, heb ik daar toch een beetje spijt van. Echt soepel ben ik niet en mijn kuiten voelen nu al aan alsof er tien kilo lood in zit.

Links en rechts schieten wat skiërs langs me heen en ik zorg ervoor dat ik de afstand verklein die ongemerkt tussen mij en Judith is ontstaan. Ik hoop dat het nog even rustig blijft op de piste zodat het wat langer duurt voordat de bovenlaag ervan af is geschraapt en er hinderlijke bulten ontstaan waar je lelijk over kunt vallen. De skiërs die mij net passeerden hebben Judith bereikt en roetsjen ruim langs haar heen. Terwijl ik mijn zus gadesla, voel ik iets langs mijn arm schrapen. Ik word bijna omvergekegeld door een skiër in een zwart pak. Het kost me al mijn kracht om overeind te blijven en ik vloek terwijl ik mijn evenwicht probeer te bewaren. Zodra ik weer stabiel op mijn latten sta, probeer ik mijn zus weer in het vizier te krijgen. De zwarte skiër heeft haar bijna bereikt als een skiër in een blauw pak me rakelings in hoog tempo voorbijschiet. Deze keer heb ik mijn balans sneller teruggevonden. Zowel de zwarte als de blauwe skiër heeft mijn zus nu bereikt. Een van hen blijft even naast haar skiën en ik zie haar schrikken. Meteen verhoog ik mijn tempo nog meer. Als die gast – ik denk dat het een man is – ook maar een vinger naar haar uitsteekt, dan werp ik me er als een kamikazepiloot tussen.

Even is er oogcontact tussen Judith en de man. Het is niet lang genoeg om echt dreigend te zijn, maar ik zie mijn zus volledig verstijven. Ze wankelt kort en lijkt even uit balans te raken, maar herpakt zich vrijwel meteen weer als de skiër ineens flink aanzet en haar voorbijgaat. Haar hele lichaamshouding straalt opluchting uit, maar door het akkefietje is ze minder gefocust op haar vallijn. Ik houd mijn adem in als ze in mijn ogen te dicht langs een dik pak poedersneeuw scheert en adem pas weer door als ik zie dat de sneeuw keurig blijft liggen. Als het tegenzit en de boel wel in beweging komt, dan kan dat de aanzet zijn tot een lawine. 'Opletten, Judith!' mompel ik in de kraag van mijn jas.

Hoe verder we naar beneden skiën, hoe papperiger de sneeuw wordt. Mijn ski's beginnen steeds meer krassende en schrapende geluiden te maken en automatisch breng ik mijn tempo omlaag door gecontroleerd te remmen. Ik zie Judith hetzelfde doen. Alle spieren in mijn lijf schreeuwen moord en brand door de grote krachtsinspanning en dat maakt dat ik minder beducht ben op gletsjerspleten. Gelukkig let Judith beter op. Ik zie haar met haar skistok ergens naar wijzen en meteen daarna zwenkt ze opzij. Ogenblikkelijk volg ik haar lijn en weet de spleet waar ik in eerste instantie recht op afging daardoor ruimschoots te ontwijken.

De sneeuw begint door de steeds feller wordende zon inmiddels nog papperiger te worden. Mijn ski's glijden een stuk minder soepel over de sneeuw en ik zak wat verder door mijn knieën en verdeel de druk nog eens zorgvuldig over mijn hele voet om mijn balans wat te verstevigen. Als dat gelukt is, breng ik mijn benen wat dichter bij elkaar om de afstand tussen mijn ski's te verkleinen. Het resultaat is meteen merkbaar, want ik glijd weer wat makkelijker door de sneeuw. Ik focus me nog meer dan eerst op mijn vallijn om zo veel mogelijk snelheid te behouden. Die snelheid heb ik nodig om de aanstaande bocht goed door te komen. Ik snijd de bocht een stuk minder scherp aan dan de voorgaande keren en houd mijn ski's zo recht mogelijk om te voorkomen dat de achterkant van mijn ski's wegschieten en ik dwars op de berg kom te staan. Als dat gebeurt, zou dat me te veel vertragen om de volgende bocht goed te kunnen nemen.

Ik ben zo geconcentreerd bezig met mijn skitechniek dat

ik pas doorheb dat ik keihard op mijn lip bijt als ik de zonnebrand proef die ik er vanochtend na het douchen op heb gesmeerd. Voordat ik mijn lip echt stukbijt, ontspan ik mijn gezicht. Ik merk dat ik flink begin te zweten door alle inspanningen en mijn lijf voelt klam aan in mijn skipak. Toen we vanochtend voet buiten het Ferienhaus zetten, had ik me nog afgevraagd of ik me wel warm genoeg had aangekleed, maar nu heb ik spijt van dat extra thermohemd dat ik op het laatste moment nog heb aangetrokken. Nu ik mijn slag weer te pakken heb en mijn ski's de papsneeuw 'aaien' durf ik weer een beetje om me heen te kijken.

De besneeuwde bergen die me omringen roepen een geluksgevoel in me op dat mijn lichaam nog verder verwarmt. Ik kan niet wachten tot Keesje oud genoeg is om hem mee te nemen naar deze plek en hem te leren skiën zoals zijn opa dat aan mij en Judith leerde. Bij de gedachte aan mijn vader vult mijn hart zich met liefde. Zachtjes begin ik 'Someday We'll Meet Again' van Bing Crosby te neuriën, dat op zijn uitvaart werd gedraaid. Ik weet niet of ik het echt geloof, maar er zijn dagen dat ik me toch stiekem vasthoud aan die gedachte. Net op het moment dat ik een traan voel opkomen, vlieg ik de lucht in en voordat ik ook maar iets kan doen lig ik languit in de sneeuw. Mijn ski's klikken gelukkig meteen los en belanden een stukje verderop.

Beducht op pijntjes blijf ik even liggen voordat ik overeind ga zitten en de hap sneeuw uitspuug die in mijn mond is gekomen. Ik beweeg mijn armen en mijn benen. Niets gebroken, hooguit een paar beurse plekken. Sneeuw druipt via mijn gezicht in mijn nek, maar het is niet dat koude stroompje dat me rillingen bezorgt. Als ik opkijk zie ik Judith in de verte skiën. Ze wordt aan weerszijden geflankeerd door twee andere skiërs. De ene draagt een zwart pak, de andere een blauw.

# 10

De schrik van het skiën is iets gezakt en de condens van mijn bierpul laat een plakkerige kou achter op mijn hand. Ik doop mijn lippen diep in de dikke witte schuimkraag terwijl ik een ijskoude slok neem. De smaak houdt het midden tussen bitter en zoet, precies zoals ik het graag heb. Maar in plaats van genietend mijn ogen te sluiten, knijp ik ze tot spleetjes. Al sinds Judith en ik aan de bar bij deze après-skitent staan, worden we bekeken door twee mannen. De eerste keer dat het me opviel dat ze naar ons, maar vooral naar Judith staarden, deed ik het af als paranoia. In een volle kroeg is er altijd wel iemand die naar je kijkt. Een schalkse of starende blik is vaak niet meer dan onschuldig geflirt. Ik probeer mijn onderbuikgevoel te verdrinken in een volgende slok bier, maar het lukt me niet. Judiths verhalen over bedreigingen van politici hebben zich blijkbaar toch ergens vastgezet in mijn onderbewuste en houden me in een permanente staat van oplettendheid. De schrik die ik had op de piste toen die kerels Judith insloten ben ik nog niet helemaal kwijt. Uiteindelijk bleek er niets aan de hand te zijn en werd Judith gewoon ingehaald, maar toch kan ik het gevoel niet loslaten.

Judith zelf lijkt het al zo goed als vergeten te zijn. Voor haar doen oogt ze behoorlijk ontspannen. Ondanks haar bezwaren tegen het skiën heeft ze er zichtbaar van genoten. Ook zij heeft als beloning voor bier gekozen. 'Morgen maar naar de Zugspitze gaan?' stel ik voor. 'Op de gletsjer is de sneeuw als het goed is wat minder papperig dan in het stuk waar we vandaag hebben geskied.'

'Ik vraag me af of dat zo is,' zegt Judith met een bedenkelijk gezicht. 'Het was vandaag behoorlijk warm en het is maar de vraag of de temperatuur morgen onder het vriespunt duikt. Als we morgen nou eens die wandeling maken die ik je eerder had voorgesteld. Jij vandaag je zin, ik morgen.' Ze heft haar glas en neemt een grote slok.

'Maar morgen is papa's sterfdag,' protesteer ik. 'Hoe mooi is het om hem te herdenken boven op de gletsjer waar hij zo vaak samen met ons vanaf is geskied? Kom op, Judith, dat zie je toch zelf ook wel in? Laten we for old times' sake morgen nog een dagje skiën en daarna hoor je me niet meer. Dan kunnen we wandelen tot we erbij neervallen. Please?' Ik trek een pruillip.

'O, doe niet zo, je weet dat ik daar niet tegen kan. Ik mag hier dan de klimaatdrammer zijn, maar jij kunt er ook wat van als je je zin wilt hebben.'

'Maar zo gek is het toch niet wat ik zeg. Het is belangrijk voor me om papa op die manier te herdenken. Dat wil je me toch niet afnemen?'

'Dat is emotionele chantage, Maaike, en daar ben ik niet gevoelig voor.'

'Maar de mogelijkheid om op zijn vijftiende sterfdag boven op de gletsjer te staan komt nooit meer terug! Als we het nu voorbij laten gaan, dan kunnen we het nooit meer overdoen.'

'Oké, oké, oké.' Judith steekt haar hand op om me te laten weten dat ik mijn smeekbedes kan staken. 'Morgen de lange latten, maar overmorgen de benenwagen.'

'Beloofd.' Ik ben zo opgegaan in mijn poging om Judith over te halen dat ik nu pas zie dat de twee mannen die zo naar ons keken nu op ons af komen lopen. De man met het donkere haar heeft ons als eerste bereikt en slaat joviaal een arm om Judith en mij heen. 'Zo dames, hebben we het een beetje gezellig?' zegt hij in steenkolenduits.

Judiths gezicht wordt bleek en ze laat bijna haar glas uit haar handen vallen. De blonde man reageert snel en neemt het glas van haar over voordat het op de grond kan belanden.

'Ik voel me niet zo lekker,' mompelt Judith en ze trekt een gezicht alsof ze elk moment over haar nek kan gaan.

'Ah, Nederlanders, gelukkig,' reageert de blonde man die Judiths glas vasthoudt. 'Ik was al bang dat we de hele avond in het Duits moesten ploeteren.'

'We wilden jullie een drankje aanbieden als excuus,' bemoeit zijn vriend zich er nu ook mee. 'Maar als je misselijk bent, is dat misschien niet zo'n goed idee,' richt hij zich tot Judith.

'Excuses? Waarvoor?' vraag ik, terwijl ik vanuit mijn ooghoek Judiths gezichtsuitdrukking nauwlettend in de gaten houd.

'Voor vanochtend op de piste. We waren elkaar een beetje aan het overtroeven en ik geloof dat we jullie een paar keer veel te rakelings gepasseerd zijn.'

'Waren jullie die kerels in die zwarte en blauwe skipakken?' vraag ik verontwaardigd.

'*Guilty*.' Alsof ze het hebben afgesproken steken ze gelijktijdig hun handen in de lucht. 'Dit is Job en ik ben Pepijn,' zegt de man met het donkere haar.

'Hoe hebben jullie ons herkend?' vraagt Judith, die eindelijk weer een beetje kleur op haar gezicht krijgt.

'We zagen jullie binnenkomen en die knaloranje jas van haar is nogal opvallend.' Pepijn kijkt me lachend aan.

'Overblijfsel van het WK van afgelopen jaar.'

'Een vrouw die van voetbal houdt! Dit is echt *meant to be*!'

'Yes, dat vindt mijn vriendin ook,' antwoord ik met een knipoog. Aan de teleurstelling op zijn gezicht is te zien dat hij snapt dat hij geen kans maakt. 'En zij is je, uhm, vriendin?'

'Zus. Dit is Judith en ik ben Maaike.'

'En hoe is het met jouw vriendin, Judith?' vraagt Pepijn.

'Judith is hartstikke straight en vrijgezel.' Job en Pepijn schuiven allebei wat dichter naar Judith toe en bij mij vandaan. Ze proberen het subtiel te doen, maar slagen daar niet echt in. Ik trek een gekke bek naar Judith en ze rolt overdreven met haar ogen voordat ze toegeeflijk ingaat op Jobs poging om een gesprek aan te gaan. Al snel zijn ze verwikkeld in een diep gesprek en ik zie mijn zus steeds meer ontspannen en lachen. Geamuseerd zie ik het aan en ik heb er bewondering voor hoe ze het gesprek steeds weer van zichzelf weet weg te leiden terwijl ze Job zover krijgt het achterste van zijn tong te laten zien zonder dat hij het doorheeft. Pepijn staat er een beetje onbeholpen bij en ik besluit hem onder mijn hoede te nemen zodat Judith en Job elkaar beter kunnen leren kennen. Qua uiterlijk is hij wel het type man op wie mijn zus valt en ik gun haar ontzettend een onschuldige flirt.

'Nou, Pepijn, ik vrees dat jij het met mij moet doen,' zeg ik terwijl ik een blik werp op mijn zus en Job.

'Ik denk dat ik dat wel overleef,' zegt hij met een knipoog. 'Er zit thuis een heel leuke vrouw op me te wachten, die ook nog eens in verwachting is.'

'Wauw, wat leuk, je wordt vader! Eerste keer?'

Pepijn knikt en er verschijnt een trotse blik op zijn gezicht. Ik pak mijn telefoon en laat hem een foto van Keesje zien. 'Kijk, dit is mijn mooie mannetje. Hij is pas drie geworden.'

'Wat een blij kereltje. Jullie hebben dus één kind?'

'We overwegen om nog voor een tweede te gaan. Ik heb

Keesje gedragen, maar Sophia wil ook heel graag ervaren hoe het is om zwanger te zijn. Als ik terug ben van deze vakantie, hakken we officieel de knoop door, maar wat mij betreft is het een ja. Ik vind het echt heerlijk om moeder te zijn. Keesje is een supermakkelijk kind dus qua drukte kunnen we het aan. Ik heb zelf altijd erg veel lol gehad met mijn zus en dat gun ik hem ook.' Ik weet niet waarom ik opeens zo open ben tegen deze vreemde, maar ik denk dat Judiths losse houding ook op mij overslaat.

'Gehad? Is de lol die jullie nu met elkaar hebben een stuk minder?'

'Nee, niet per se, maar we zien elkaar gewoon niet zo vaak meer. Je weet hoe dat gaat: druk met werk en andere dagelijkse beslommeringen.'

Hij knikt instemmend. 'Wat doe je voor werk?'

'Ik ben docent culturele en kunstzinnige vorming op een middelbare school in Breda. En jij?'

'Accountmanager bij een start-up in de reclame- en marketingbranche. We bedenken vooral campagnes die gericht zijn op jongeren. Daar is op dit moment heel veel behoefte aan vanuit het bedrijfsleven.'

'Een snelle jongen uit Amsterdam dus.'

'Hilversum, maar we hopen ooit naar Amsterdam te verhuizen. Op dit moment is dat simpelweg niet te betalen. We investeren liever in ons bedrijf dan in een peperduur pand.'

'Gelijk heb je. En Job? Collega van je?'

'Nee, Job zit in de handel van biologische wijnen. Hij en ik zijn gewoon oude maten. We zijn al bevriend sinds de kleuterschool en gaan elk jaar een weekje samen skiën om bij te kletsen. Net als jij en je zus zien wij elkaar ook veel te weinig, dus vandaar dat dat weekje skiën echt een heilig ding is. Mijn vriendin is nu vierendertig weken zwanger, dus het kon nog net.'

'Heeft Job ook een vrouw thuis zitten?'

'Nee, maar ik weet dat hij dat wel graag zou willen. Hij probeert al een tijd de juiste vrouw te vinden,' zegt Pepijn met een knipoog.

'En mijn zus is zijn volgende uitprobeersel?'

'Wie weet, ze is wel zijn type. In elk geval qua uiterlijk,' voegt hij er snel aan toe. Samen kijken we naar Judith en Job die steeds dichter bij elkaar zijn gaan staan. Job fluistert iets in haar oor en ze gooit lachend haar hoofd in haar nek en knikt hem daarna met een verleidelijke blik op haar gezicht toe. Hij pakt haar hand en ze laat hem zijn gang gaan. Job trekt haar mee en als ze langs mij en Pepijn lopen, legt ze haar vrije hand op mijn schouder en zegt in mijn oor: 'Wij gaan even de omgeving verkennen.' Giechelend als een aangeschoten puber loopt ze achter Job aan.

'Je hoeft je geen zorgen te maken, ze is in goede handen,' stelt Pepijn me gerust als hij mijn twijfelende gezicht ziet. Ik probeer weer te ontspannen. Sinds we hier zijn, geef ik Judith al preken over dat ze meer moet genieten en wat meer tijd voor relaties in moet ruimen en nu komt ze in actie. Als zij Job daarvoor uitkiest, wie ben ik dan om het daar niet mee eens te zijn? Ik zet mijn zorgen opzij en bied Pepijn nog een biertje aan.

# 11

Mijn hoofd barst uit elkaar als ik vroeg in de ochtend wakker word en ik heb een vieze smaak in mijn mond. Naast me ligt Judith nog luid te snurken. Ik ga op de rand van het bed zitten en masseer mijn slapen in de hoop dat het pijnlijke gebonk wat afneemt. Ik word misselijk van de bedompte geur die in de kamer hangt en zet een raam open. Leunend op het kozijn snuif ik gretig de frisse lucht op totdat de misselijkheid wat afzakt. Ondanks de kou sta ik te zweten, omdat ik me zo gammel voel. Het is lang geleden dat ik een kater heb gehad. Sowieso niet meer sinds Keesje is geboren. Ik vind dat ik als moeder het goede voorbeeld moet geven.

Vanuit het bed hoor ik door gekreun en gevloek dat Judith wakker is. 'Ook zo'n pijn in je kop?' zeg ik grinnikend. Als antwoord trekt ze het dekbed over haar hoofd en blijft even zo liggen voordat ze overeind komt. Haar ogen zijn nog dik van de slaap en ze ziet intens bleek. Ik wil het gordijn opendoen, maar ze zwaait paniekerig met haar hand in de lucht. 'Geen daglicht, please.' Ze heeft de woorden amper uitgesproken of ze trekt een sprintje naar de badkamer om haar maag te legen in het toilet. Ik ren achter haar aan en gooi haar haren aan de kant voor een tweede golf in de pot belandt. De geur is niet te harden en ik heb moeite om zelf niet te gaan kokhalzen. Speeksel loopt mijn mond in en het lukt me bijna niet om het weg te slikken.

'Shit,' hijgt Judith als haar maag leeg is en ze alleen af en toe nog wat kokhalst. Ze gaat tegen de rand van het bad zitten en verbergt haar gezicht in haar handen. Ik volg haar voorbeeld en ze legt haar hoofd tegen mijn schouder. We sluiten onze ogen en blijven zo een tijdje zitten.

'Ik ben in elk geval blij dat ik naast jou wakker ben geworden, Maaik,' verbreekt Judith uiteindelijk de stilte. 'Ik was echt toetertje lam, hè?'

'Je hebt er lekker van genoten, zullen we maar zeggen.'

'En nu moet ik op de blaren zitten. Hoe voel jij je?'

'Ook niet helemaal geweldig, maar minder slecht dan jij. Kun je je nog iets herinneren van gisteravond?'

'Vaag. In elk geval dat ik te veel bier heb gedronken. Ik voel me zo'n sukkel. Wat als iemand me herkend heeft en foto's naar de roddelbladen heeft gestuurd? Ik heb buiten staan zoenen met die vent. Ik zie de koppen al voor me: NIEUWE LIEFDE VOOR JUDITH KUIPERS.'

'Nou, dat zal vast zo'n vaart niet lopen. Die Job had toch ook geen idee wie je was? Je hebt gewoon te veel gezopen en staan zoenen, big deal. Mensen hebben echt andere dingen om zich druk over te maken, hoor.'

'Ik weet helaas dat dat niet helemaal klopt,' verzucht Judith.

Ik probeer de vieze smaak in mijn mond weg te spoelen met wat slokken water. Ik voel me niet bepaald beter als ik een glimp van mezelf opvang in de spiegel. Uitgelopen make-upresten zitten aangekoekt op mijn gezicht. Mijn huid is vlekkerig en mijn ogen zijn bloeddoorlopen. Tijd voor een flinke opknapbeurt voordat we gaan ontbijten.

Ik werp een blik over mijn schouder en zie dat Judith nog steeds als een hoopje ellende op de grond zit met haar hoofd in haar handen. 'Kon die Job een beetje lekker zoenen?' vraag ik om haar spanning een beetje te doorbreken.

'Niet de beste kusser, maar ook niet de slechtste.'

'Dus dat kun je je nog wel herinneren,' zeg ik grinnikend. 'Heb je nog iets met hem afgesproken?'

'Nee, joh,' reageert ze verontwaardigd. 'Ik ben met jou op vakantie en niet met Job. Ik had er vroeger ook zo'n hekel aan als ik op pad was met mijn vriendinnen en ze vervolgens de hele vakantie pleite waren zodra ze tegen een leuke jongen op liepen. Samen uit, samen thuis. Vandaag gaan we gezellig samen skiën,' probeert ze vrolijk te zeggen, maar haar toon verraadt dat ze er nog niet aan moet denken.

Ondanks onze kater ga ik mijn best doen om er echt iets van te maken vandaag en Judith ook wat op te beuren. Ik wil vandaag samen aan papa denken en niet bezig zijn met andere dingen. 'Ik neem even snel een douche en dan bak ik uitsmijters voor ons, net als in onze studententijd. Een stevig ontbijt gaat ons de dag doorslepen.' Judiths maag maakt wat onheilspellende geluiden bij het woord uitsmijter. 'Ik ga nog even liggen.' Ze strompelt de badkamer uit.

'Drink even een glas water,' roep ik haar na. Ze geeft de deur een zwieper en ik heb geen idee of ze me heeft gehoord. Ik zet de douche aan en laat het weldadige warme water over me heen stromen. Langzaam begin ik me weer een beetje mens te voelen.

We hebben de uitsmijters zowaar allebei binnen weten te houden en in mijn geval ben ik er zelfs van opgeknapt. Nu mijn maag wat vulling heeft, is het draaien gestopt en dankzij een paracetamolletje begint ook mijn hoofdpijn flink af te nemen. Judith ziet er na een verkwikkende douche en het stevige ontbijt ook een stuk florissanter uit en ik heb haar al een paar keer betrapt op een voorzichtige lach.

Via de tandradbaan zijn we net op de top van de Zugspitze gekomen die met zijn 2.962 meter de hoogste berg uit de omgeving is. Driehonderd meter onder ons ligt de Zugspitzgletsjer met meer dan twintig kilometer aan skipistes. Hand in hand staan we nu uit te kijken over de omgeving, denkend aan papa en aan hoe we hem nog steeds missen. De zon leunt lui op een bergtop in de verte en geeft het landschap een gouden glans. Zachtjes prevel ik een gedichtje van Herman van Veen dat ik altijd heb onthouden nadat ik het las en dat me direct aan papa deed denken:

*Lieve papa,*
*Leven is als sneeuw*
*Je kunt het niet bewaren*
*Troost is*
*Dat jij er was*
*Uren, maanden, jaren...*

Mijn stem is dik van de emotie en breekt bij de laatste zin. Naast me hoor ik Judith ook snikken. We omhelzen elkaar een tijdje.

'Niet te geloven dat het al vijftien jaar geleden is, hè?' Judith haalt de grote zonnebril van haar gezicht en veegt haar tranen weg. 'Ik kan het me nog als de dag van gisteren herinneren. De paniek, het ongeloof, het gevoel dat je in een diep, zwart gat stort waar je nooit meer uit komt. En het verdriet, al dat verdriet. Ik heb echt liters weggejankt de eerste maanden.'

'Soms huil ik nog steeds om hem,' geef ik toe. 'Ik heb zoveel respect voor hoe mama het allemaal gedaan heeft. Ze had haar eigen verdriet en moest ons ook nog opvangen. Ik vraag me weleens af of we daar genoeg bij stil hebben gestaan. Of we er wel genoeg voor haar zijn geweest.'

'Heb jij haar daar weleens naar gevraagd?'

Ik schud mijn hoofd. 'Nee, dat vond ik te moeilijk, suf hè?

Wat als ze zou zeggen dat ze meer van ons had verwacht, dat ze teleurgesteld in ons is. Ik geloof niet dat ik dat aankan.'

'Ik weet zeker dat mama dat nooit zou zeggen. We zijn haar tot steun geweest waar we konden.'

'Hadden we niet weer thuis moeten gaan wonen, denk ik weleens.'

'Dat zou ze nooit gewild hebben. Je weet hoe belangrijk mama én papa het altijd vonden dat we op eigen benen leerden staan. Bovendien hadden we het gat dat papa achterliet nooit voor haar kunnen opvullen.'

'Denk je dat ze ooit nog aan een nieuwe relatie begint?' vraag ik Judith.

'Ik betwijfel het, ze is al zo lang alleen en ze heeft het er nooit over.'

'Nou ja, wij zijn misschien ook niet de aangewezen personen om het daarover te hebben. Zoiets bespreek je eerder met vriendinnen dan met je dochters, toch? En vriendinnen heeft ze genoeg.'

'Het is jammer dat ze nu niet bij ons is, ik had dit graag met zijn drietjes gedaan.'

'Dan hadden we thuis moeten blijven. Maar dat wilde ze niet. "Ik mis papa elke dag, het maakt niet uit hoe lang het geleden is en op zijn vijftiende sterfdag mis ik hem net zo erg als op andere dagen." Dat zei ze elke keer als ik haar vroeg of ze het niet vervelend vond dat wij hier zouden zijn op papa's sterfdag.'

'Dan moeten we maar aannemen dat dat waar is, toch?'

Ik knik en pak mijn telefoon om wat foto's te maken van het prachtige besneeuwde en zonovergoten landschap voor onze moeder. 'Kon papa dit maar zien.'

'Ik weet zeker dat hij het ziet vanaf de plek waar hij nu is,' zegt Judith vol overtuiging, terwijl ze haar tranen wegveegt.

'Ik heb soms nog steeds het gevoel dat ik hem om me heen voel, vooral op momenten dat ik hem heel erg mis. Heb jij dat ook?'

'Zeker weten. Kom, laten we naar de gondel gaan, ik begin het koud te krijgen.' Ze steekt haar hand naar me uit en ik pak hem aan.

# 12

Samen met Judith sta ik tussen de andere skiërs te wachten tot we in de skilift kunnen stappen. Het begint al aardig druk te worden en ik hoop dat we met de eerste shift mee kunnen. Ongeduldig trek ik aan Judiths mouw dat ze met me mee moet lopen. In eerste instantie verzet ze een paar stappen, maar dan staat ze ineens weer stil. 'Kom nou, Juut, ik heb geen zin om nog een ronde te moeten wachten. De piste is nu nog mooi en we weten niet wat de rest van de dag weer brengt.'

'Wacht even, er staat daar iemand naar me te zwaaien, geloof ik.' Judith wijst naar een oudere vrouw die zich tussen de mensen door onze kant op wurmt.

'Ken je haar?'

'Nee, ik denk het niet.'

'Nou, dan hoeven we ook niet op haar te wachten.' Ik probeer haar weer mee te trekken, maar ze verzet zich. De vrouw is inmiddels nog maar een meter van ons verwijderd en komt rap dichterbij. '*Bist du dieser Politiker?*' schreeuwt ze Judith toe terwijl haar grijze, halflange haren wild voor haar gezicht wapperen. Ik zie Judith in eerste instantie schrikken en een stap achteruit doen. Ik werp me meteen tussen haar en de vrouw in.

'*Entschuldigung*.' De vrouw probeert langs me heen te komen en kijkt me boos aan als ik voor Judith blijf staan.

'Het is goed, Maaik, laat maar.' Judith duwt me zachtjes

opzij en ik voel me niet alleen letterlijk maar ook figuurlijk aan de kant geschoven.

'Bist du dieser Politiker?' vraagt de vrouw opnieuw nu ze oog in oog met Judith staat.

'Ik weet niet of u mij specifiek zoekt, maar ik ben inderdaad politica,' antwoordt Judith in vloeiend Duits. Haar talenknobbel was altijd al groter dan de mijne. 'Judith Kuipers is de naam, aangenaam.' Ze steekt haar hand uitnodigend naar de vrouw uit terwijl ze een glimlach op haar gezicht tovert die zo in een reclame kan. De vrouw pakt haar hand aan en schudt hem ferm. Terwijl ze een heel betoog begint waarvan ik de helft niet kan volgen, blijft ze Judiths hand vasthouden. Als mijn zus het al vervelend vindt, dan laat ze dat op geen enkele manier merken. Ik bekijk het tafereel met argusogen en sta klaar om in te grijpen zodra Judith me een seintje geeft dat ze de opdringerige vrouw zat is. Tegelijkertijd zie ik dat we voort moeten maken om nog een plekje in de skilift te bemachtigen. De gondels stromen voor mijn ogen vol. 'Sorry, maar als u het niet heel erg vindt? Mijn zus heeft vakantie en we staan op het punt om de skilift in te gaan,' zeg ik in mijn beste Duits. Zowel Judith als de vrouw werpt me een geërgerde blik toe. 'Ik ben even in gesprek, Maaike,' spreekt Judith me toe als een klein kind.

'Geen werk meer deze week, dat had je me beloofd.'

Judith verontschuldigt zich tegenover de vrouw en neemt me even apart. 'Ik kan er toch ook niks aan doen dat ik herkend word?'

'Nee, dat klopt, maar je kunt wel bepalen hoe je daarmee omgaat. Je hoeft niet meteen een heel gesprek aan te knopen. Geef dat mens een handtekening en klaar.'

'Ik ben geen popartiest, Maaike, ik ben een politica. Gesprekken aanknopen met mensen is een van de belangrijkste taken in mijn werk. Ik vertegenwoordig die mensen! Deze vrouw is uiterst bezorgd over de toestand van de gletsjer en wil haar zorgen graag met me delen. Hoe meer lokale mensen zich achter ons scharen, hoe groter de kans dat de initiatiefwet waar ik zo hard aan heb gewerkt wordt aangenomen. Het draait allemaal om draagvlak en als er zich mogelijkheden voordoen om dat te creëren, dan kan ik dat niet laten lopen. Ook niet als ik op vakantie ben. Dit gaat dwars door alles heen, dat begrijp je toch wel?'

'Begrijp jij ook dat we heel hard moeten hollen om nog een plekje in de skilift te bemachtigen? Ik heb geen zin om nog een ronde te wachten.'

'Nóg een ronde? Je doet net alsof we hier al uren staan. Het zou uiterst onbeleefd zijn als ik mijn gesprek met die vrouw niet afmaak.'

'Dus je laat me hier gewoon staan?' Ik merk dat ik steeds bozer word.

'Ik laat je niet staan, Maaike, ik vraag je gewoon om heel even te wachten tot ik mijn gesprek fatsoenlijk heb afgerond. Dat is toch niet zo gek?'

'Ja, dat is het wel. We hadden afgesproken dat we de rest van de week samen zouden doorbrengen en zeker vandaag. Het is nota bene papa's sterfdag. Je had het beloofd. Ik vraag niet veel van je, Judith, je kunt het hele jaar door volledig je gang gaan en compleet afwezig zijn, maar niet deze week, niet vandaag!'

'Sst, je hoeft niet zo te schreeuwen. Iedereen staat naar ons te kijken.'

'Is dat je enige reactie? Je bent bang voor wat de mensen van je denken?' Nu kan ik me echt niet meer inhouden. 'Weet je wat, maak jij je gesprekje maar lekker af, neem vooral je tijd, joh. Ik ga er alleen niet op staan wachten. Ik zie je tijdens de lunch wel bij Panorama 2962. Met je samen uit, samen thuis.' Woedend stamp ik bij haar vandaan richting de skilift.

'Maaike, toe nou. Het hoeft toch niet zo!' roept ze me na, maar ik neem niet de moeite om nog om te kijken. Ik heb het even helemaal gehad met mijn zus. Ik heb een skilift te halen, met of zonder haar.

Ik stap de eerste de beste gondel in waar nog een vrij plekje is en probeer mijn ademhaling weer onder controle te krijgen. Mijn laatste beetje hoop dat Judith alsnog tot inkeer komt vervliegt als ik haar druk gebarend met de oude vrouw zie praten. Het lukt me nauwelijks om de tranen in mijn ogen terug te dringen. Door een waas kijk ik naar buiten als de skilift op gang komt. Het moment waarop Judith nog kan aanschuiven is nu definitief verkeken. Ze zal heel wat uit de kast moeten trekken om dit nog goed te maken. Ik voel me aan de kant gezet en vraag me af waar ik dit aan heb verdiend. En het doet extra pijn op de dag dat ik mijn vader al zo mis en Judith en ik er juist voor elkaar moeten zijn.

Wanhopig kijk ik naar beneden om nog een glimp van haar op te vangen. Ze staat nog steeds te praten en deinst achteruit als de oude vrouw iets uit haar jaszak pakt. Er trekt een kramp door mijn buik als ik zie dat mijn zus ontzettend schrikt en haar hand voor haar mond slaat. In een reflex pak ik mijn telefoon en maak ik een foto zodat ik haar er straks mee kan confronteren. Judith schudt inmiddels driftig met haar hoofd en buigt voorover alsof ze ter plekke niet goed wordt. De vrouw pakt haar beet en trekt haar overeind. Even is het me niet duidelijk of ze Judith helpt of juist tegenwerkt. Ik zit hier in die stomme gondel en kan geen kant op. Ik kan haar niet helpen. Die vrouw kan haar wel wat aandoen en alles wat ik kan doen is weerloos toekijken, omdat ik ongeduldig was en zonder haar ben weggegaan. Was het nou echt zo moeilijk om op de volgende ronde van de skilift te wachten zodat ze haar gesprek fatsoenlijk af kon maken? Een paar minuten geleden vond ik nog van wel, maar nu weet ik het ineens niet meer zo zeker. Zij had mij samen uit, samen thuis beloofd, maar ik had op mijn beurt beloofd dat ik haar rugdekking zou geven.

Schuldgevoel overvalt me terwijl de gondel steeds verder bij mijn zus vandaan voert en ik nog net kan zien dat ze iets aanpakt van de vrouw en het in haar jaszak stopt. Ik kan niet zien wat het precies is. De afstand is te groot en het gaat allemaal te snel. De afstand tussen mij en Judith wordt groter en groter, tot ze helemaal uit beeld verdwijnt.

# 13

Ik heb mijn handen om een glas glühwein heen geslagen en tuur naar buiten. Ik heb nog geen slok genomen en de warme drank is inmiddels koud geworden. Ondanks dat is de vloeistof in het glas nog altijd warmer dan mijn binnenste. Een ijzige hand knijpt mijn hart samen en zorgt dat ik me amper kan verroeren. Ik zit hier al ruim twee uur op Judith te wachten en de tijd waarop we zouden lunchen, is al ruimschoots verstreken. Toen ik uit de gondel stapte heb ik eerst een tijd gewacht, maar Judith kwam maar niet en toen ik haar belde kreeg ik de voicemail. Op een gegeven moment ben ik toch maar zelf gaan skiën met het idee dat we elkaar zoals afgesproken met de lunch weer zouden zien.

De menukaart heb ik al een paar keer lusteloos door mijn handen laten gaan, maar naast de glühwein heb ik nog steeds niets besteld. Het is me al een paar keer op een geërgerde blik van de ober komen te staan. Hij kijkt me aan alsof hij me niet gelooft als ik zeg dat ik op mijn zus wacht en dan pas wil bestellen. In zijn ogen lees ik dat hij eerder denkt dat mijn date niet is komen opdagen en dat ik dat met een smoesje probeer te verbloemen. Het interesseert me geen biet wat die man denkt. Het enige waar ik me druk om maak is dat Judith hier niet volgens afspraak is.

Voor de zoveelste keer toets ik haar nummer in, maar ook deze keer word ik weer meteen doorgeschakeld naar haar voicemail waar ik al zeker vijf berichten heb achtergelaten.

Elk bericht wanhopiger en bezorgder. Steeds weer flitst het beeld van Judith die duidelijk van streek is als de vrouw haar iets laat zien door mijn hoofd. De foto van haar verschrikte gezicht die ik vanuit de gondel heb gemaakt heb ik al tig keer bekeken en ik heb er zo mogelijk nog vaker op ingezoomd. Hij is helaas niet scherp genoeg om te zien wat de vrouw aan haar geeft. Het enige wat ik weet is dat het klein genoeg is om in een jaszak te stoppen. Maar dat kan van alles zijn.

Ik krimp automatisch ineen als Judiths stem me via haar voicemail begroet. 'Juut, kom op, waar ben je? Ik ben niet meer boos, oké. Laat wat van je horen, alsjeblieft. Ik word gek van bezorgdheid. Ik zit bij Panorama 2962 zoals we hadden afgesproken en ik wacht daar op je. Hou van je.' Mijn stem is inmiddels zo dik dat ik bijna niet meer kan praten. Er komt een appje binnen en ik vlieg overeind. Teleurgesteld zie ik dat het van Sophia is. Ik open de foto van mijn vrouw en kind die is bijgevoegd en dan kan ik mijn tranen niet langer bedwingen. De zorgen om Judith en heimwee naar thuis overmannen me in volle hevigheid. De ober die eerst nog geërgerd naar me keek, zet een doos tissues op tafel en klopt me vriendelijk op mijn schouder. Ik kijk hem dankbaar aan en snotter een zakdoek vol. Met een tweede tissue dep ik mijn ogen die nog nabranden van een avondje doorhalen in de kroeg. Ik ben blij dat ik me vanochtend niet te zwaar heb opgemaakt. Als ik weer een beetje gekalmeerd ben, bel ik Sophia.

'Hé, schat, hoe is het daar?'

Ik begin meteen weer te huilen als ik haar vertrouwde energieke stem hoor. 'Sorry, maar ik weet even niet zo goed hoe het hier is,' hakkel ik.

'Ach lieverd, mis je je vader zo?'

'Nee, dat is het niet. Ja, dat is het ook. Ik... Judith en ik hebben ruzie gehad en ik weet niet waar ze is. We hadden afgesproken bij een restaurant om te gaan lunchen en ze is niet komen opdagen. Ze neemt haar telefoon niet op. Ik maak me zo'n zorgen.'

'Was het een erge ruzie?'

'Ach, het gebruikelijke weer, dat ze haar werk altijd op de eerste plek heeft staan en nooit eens afstand kan nemen. Sinds we hier zijn heeft ze al een werkbespreking gehad en een of andere vrouw te woord gestaan. Ik ben uiteindelijk maar in mijn eentje gaan skiën vandaag. Ik had het even zo gehad met haar, maar nu heb ik daar alleen maar spijt van. Ik zit al uren in dat stomme restaurant en ze is er nog steeds niet. Ik weet niet wat ik moet doen.'

'Om te beginnen vooral rustig blijven. Ik snap dat je je zorgen maakt, maar je weet hoe koppig Judith kan zijn. Waarschijnlijk zit ze gewoon in jullie appartement te mokken omdat je zonder haar bent vertrokken. Heb je het appartementencomplex al gebeld of ze daar is?'

'Nee, eerlijk gezegd heb ik daar niet aan gedacht. Ik was in paniek en dan verlies ik het overzicht een beetje.'

'Daarom heb je mij ook,' zegt ze grinnikend.

'Dat is maar een van de vele redenen waarom ik niet zonder je kan,' zeg ik, terwijl ik een nieuwe tissue uit de doos trek om mijn natte wangen mee te drogen. 'O, ik voel me echt afschuwelijk. Gisteravond te veel bier gedronken en nu dat gezeik met Judith.'

'Hebben jullie nog wel even stil kunnen staan bij je vader?'

'Ja, gelukkig wel. Ik had dat ene gedichtje voorgedragen en we hebben wat herinneringen opgehaald. Dat bracht ons dichter bij elkaar dan we in tijden zijn geweest, maar dat was snel over toen we bij de skilift stonden en Judith werd aangesproken over haar werk. Toen had ze weer alleen daar maar oog voor en het lukte me op dat moment niet om er voor de zoveelste keer geduld voor op te brengen. Deze week was voor ons samen en ik word er doodmoe van dat ik elke keer weer moet vechten om haar aandacht.'

'Misschien moet je daar eens mee stoppen? Soms werkt het beter om dingen even los te laten. Uiteindelijk komen ze dan weer naar je toe.'

'Maar het gaat niet om een ding, het gaat om mijn zus. Ik zou haar nooit kunnen loslaten.'

'Weet je wat? Wij gaan ophangen en jij gaat dat Ferienhaus bellen of ze haar daar gezien hebben. Wedden dat ze daar gewoon wat slaap van vannacht ligt in te halen en de tijd vergeten is?'

'Hm, het zou kunnen, ik hoop dat je gelijk hebt. Maar er is één ding dat me niet lekker zit. Judith liet me tussen neus en lippen weten dat ze weleens wat bedreigingen ontvangt en ik zag dat de vrouw met wie ze stond te praten haar iets liet zien waar ze heel erg van schrok. Ik weet niet wat het was, maar ze heeft het aangepakt en in haar jas gestopt. Ik heb er een foto van gemaakt. Wacht, ik app hem je even door dan kun je het zelf zien.' Mijn vingers vliegen over de toetsen als ik de foto naar Sophia stuur en haar reactie afwacht. Die komt snel.

'Ik begrijp wat je bedoelt,' zegt ze direct. 'Judith lijkt duidelijk niet op haar gemak.'

'Dat is een understatement. Maar ik heb dus geen idee waar ze zo van schrok en of dat iets te maken heeft met haar afwezigheid.'

'De enige manier om daarachter te komen is door het haar zelf te vragen. Hup, bel dat Ferienhaus of ze daar is en laat het me weten als je meer informatie hebt.'

'Moet ik mama bellen?'

'Nee, absoluut niet. Die krijgt een hartverzakking. We moeten er eerst achter zien te komen wat er aan de hand is en tot die tijd houden we dit even onder ons.'

Sophia's gebruik van het woord 'we' maakt dat ik me even niet meer zo alleen voel. 'Oké, ik ga bellen en laat je zo weten hoe of wat.' Als ik de verbinding verbreek valt het me pas op dat mensen aan verschillende tafeltjes me geërgerde blikken toewerpen. Ik ben als die luidruchtige beller in een stiltecoupé aan wie iedereen zich stoort, maar waar niemand iets van durft te zeggen. Ik begrijp de boodschap, gooi het bedrag voor mijn drankje en een dikke fooi op tafel en loop naar buiten.

Als ik de deur achter me sluit is iedereen in het restaurant weer met zichzelf bezig, alsof ik nooit bestaan heb. Ik scrol door de nummers in het adresboek van mijn telefoon tot ik het nummer van de receptie van het Ferienhaus heb gevonden. Zenuwen gieren door mijn buik als ik de telefoon hoor overgaan. Ik heb mijn hoop erop gevestigd dat Sophia gelijk heeft en Judith gewoon haar roes ligt uit te slapen in onze kamer. Zij was er vanochtend immers slechter aan toe dan ik. Het toestel wordt beantwoord en ik leg zo duidelijk mogelijk uit wie ik ben en stel de vraag waar ik maar één antwoord op wil krijgen. Een antwoord dat ik niet krijg. Judith is niet gesignaleerd in en om het Ferienhaus. Ik vraag de vriendelijke gastvrouw of ze voor de zekerheid nog even wil gaan checken op onze kamer. Ik blijf aan de lijn terwijl ze dat doet.

'Het spijt me, de kamer is leeg.'

# 14

'De kamer is leeg.' De woorden dreunen in mijn hoofd als een heipaal op harde grond. Ik merk nu pas hoezeer ik mijn hoop had gevestigd op een ander antwoord. De suggestie van Sophia dat Judith gewoon in het appartement zou zijn, was zo'n enorme opluchting dat ik die onbewust meteen ben gaan geloven. Nu ze daar toch niet blijkt te zijn, ben ik even volledig de kluts kwijt. Als Judith niet op de piste is, niet in het restaurant en niet in het appartement, waar is ze dan? Waar moet ik gaan zoeken? Ik word overvallen door angst dat er iets met haar gebeurd is. Is mijn zus uiteindelijk met die vrouw meegegaan en is haar wat aangedaan? Wordt ze ergens vastgehouden tegen haar zin? Het ene na het andere doemscenario schiet door mijn hoofd.

'Hallo, bent u daar nog?'

Ik schrik op en realiseer me dat ik nog steeds met de gastvrouw van het Ferienhaus aan de lijn hang. 'Sorry, ja, ik ben er nog,' mompel ik. 'Nou, in elk geval bedankt dat u de moeite hebt willen nemen om even te kijken.'

'Geen probleem, hoor. Kan ik verder nog iets voor u doen?'

Ik neem een paar seconden om na te denken. 'Kunt u mij misschien het nummer van de plaatselijke politie sturen? En dat van de lokale hulpdiensten? Dat zou me erg helpen.'

'Natuurlijk, ik zal het meteen even doen.'

Mijn telefoon geeft een paar piepjes als de berichten binnenrollen.

'Ter geruststelling, ik heb niets gehoord over ongevallen en dat soort nieuws bereikt ons over het algemeen vrij snel.'

'Dat is goed om te weten.' Haar woorden zouden me moeten kalmeren, maar dat doen ze niet. Sterker nog, ze zorgen voor nieuwe rampscenario's op mijn netvlies. Een ongeluk, dat kan natuurlijk ook nog. Misschien was Judith zo afgeleid door wat de vrouw haar gaf dat ze ergens tegenaan is geskied of een gletsjerspleet over het hoofd heeft gezien. Misschien ligt ze nu ergens gewond te wachten op hulp die maar niet komt? Vernikkelend van de kou en de pijn. Bij de gedachte alleen al knijpt mijn maag zich samen. En dan weet ik ineens wat ik moet doen. Ik moet de piste die Judith en ik vandaag zouden skiën nogmaals bedwingen om te kijken of ze ergens onderweg gestrand is. Blij dat ik een doel heb, een missie, kom ik meteen in actie. Vastberaden pak ik mijn ski's.

Aangekomen bij de lift kijk ik goed om me heen of ik de vrouw zie die mijn zus lastigviel. Er trekt een schok door mijn buik als ik haar verderop denk te zien. Ze staat te praten met een paar andere mensen. Ik ren op haar af en trek haar ruw aan haar schouder. 'Waar is mijn zus?' schreeuw ik haar toe om vervolgens alles wat ik daarna nog had willen zeggen in te wisselen voor een beschaamd excuus. 'Sorry, ik dacht dat u iemand anders was.' De vrouw die ik ter plekke iets had willen aandoen lijkt nog niet in de verste verte op de vrouw die vanochtend met Judith stond te praten. Ze kijkt me geschrokken aan en steekt haar armen voor zich uit om me af te weren. Moedeloos laat ik mijn eigen armen langs mijn lichaam vallen. 'Nogmaals, het spijt me. Mijn zus is zoek en ik ben een beetje opgefokt. Ze heeft vanochtend staan praten met een vrouw en ik dacht dat u dat was. Sorry, een fijne dag nog.'

De vrouw is nog steeds te perplex om te reageren en ik

maak me snel uit de voeten terwijl mijn wangen branden van schaamte. Het laatste stukje naar de skilift overbrug ik rennend. Gehaast schuif ik mijn ski's in elkaar en plaats ze in het daarvoor bestemde rek in de gondel. Mijn stokken houd ik in mijn hand als ik ga zitten. Niet veel later komt de lift in beweging en word ik naar het punt gebracht waar ik vanochtend ook al was. Het landschap is een déjà vu, maar mijn emoties zijn volledig anders. De boosheid die ik vanochtend voelde heeft plaatsgemaakt voor angst. Koppigheid is ingewisseld tegen spijt. Waarom kon ik het niet opbrengen om even bij Judith te wachten tot ze uitgesproken was? Als ik dat had gedaan, dan hadden we nu samen aan een glühwein gezeten in Panorama 2962. Rozig van de inspanning en de buitenlucht, herinneringen ophalend aan papa en onze jeugd. Maar nee, ik moest weer zo nodig een statement maken en Judith laten voelen dat ik haar gedrag zwaar afkeurde.

Waar ik vanochtend nog overtuigd was van mijn gelijk, vind ik mijn gedrag nu vooral onvolwassen. Als Judith iets is overkomen omdat ik haar in de steek heb gelaten, zal ik dat mezelf nooit vergeven. Dat ik mezelf ook in de steek gelaten voelde door haar, valt daarbij in het niet. Het had me eigenlijk ook niet moeten verbazen, ik weet hoe ze is. Het gaat al jaren zo. Misschien moet ik eens ophouden om ertegen te vechten en gewoon gaan accepteren dat mijn relatie met Judith anders is geworden. We hebben allebei ons eigen leven dat nu eenmaal enorm van elkaar verschilt en zolang Judith in de politiek blijft zal dat niet veranderen. Ik zou er beter aan doen om de tijd die ik met haar heb te koesteren en daar kwaliteit uit te halen. Want dat we oneindig veel om elkaar geven, weet ik ook.

Ik stap uit de gondel, klik mijn ski's onder en kijk uit over het indrukwekkende landschap met zijn majestueuze bergen. In de buurt van een top in de verte lijkt een stukje af te brokkelen. Of is dat mijn verbeelding met de verhalen van Judith over smeltende gletsjers nog in mijn achterhoofd? Maar ik moet me nu focussen, ik heb een missie. Ik zet me af en begin voor de tweede keer die dag aan de middelzware afdaling.

# 15

Ik word wakker in een schemerige kamer. Het pijnlijke gedreun in mijn schedel overtreft de hoofdpijn van vanochtend. Mijn hand tast automatisch naar het matras naast me. Het is leeg. Ik vlieg overeind en maak mezelf voor van alles en nog wat uit. Hoe kun je in slaap vallen als je zus vermist wordt? Want ik raak er steeds meer van overtuigd dat dat het geval is. Helaas is het me nog niet gelukt om anderen daarvan te overtuigen. Ik heb de politie gebeld en de hulpdiensten, maar beide partijen zagen nog geen reden tot paniek. 'Uw zus is waarschijnlijk tegen een leuke man op geskied,' was de reactie van de agent, die zichzelf nogal lollig vond. 'Ik raad u aan om het nog even rustig af te wachten aangezien ze pas een paar uur weg is.' Dat het niets voor Judith is om zonder iets te laten weten te verdwijnen en dat ik er een steeds slechter gevoel over begin te krijgen, maakt blijkbaar niet uit. Mijn observatie van Judiths reactie op de vrouw die haar wat toestopte werd afgedaan als paranoïde. '*Die Menschen und die Atmosphäre hier sind sehr freundlich*,' werd mij op verwijtende toon medegedeeld en daarmee was de kous af. Ook bij de hulpdiensten werd ik niet verder geholpen. 'Wij hebben geen meldingen binnengekregen van ongelukken of mensen in nood. Ook geen lawines, nee,' was het antwoord toen ik daar specifiek naar vroeg. Het lag op mijn lippen om te zeggen dat Judith een belangrijke Europese politica is, maar ik heb het uiteindelijk niet gedaan. Ik weet hoe bang ze is voor negatieve publiciteit en dat ze niet op ski's betrapt wil worden in dit gebied. Maar er zal nu wel snel iets moeten gebeuren. Als het moet trek ik alles uit de kast. Alles om haar terug te vinden.

Mijn telefoon gaat en ik duik ernaartoe. 'Judith?' zeg ik zonder op het scherm te kijken wie er belt.

'Sorry schatje, ik ben het maar.' Sophia.

'O, hoi.'

'Er waren tijden dat je me een stuk enthousiaster begroette,' zegt ze luchtig. Daarna wordt haar stem ernstig. 'Is ze nog steeds niet terecht?'

'Nope. Ik heb de hele piste nog eens afgeskied, de politie en de hulpdiensten gebeld, maar niemand weet iets.'

'Waar ben je nu?'

'In het appartement.'

'Heb je al wat gegeten?'

Mijn knorrende maag geeft al antwoord voordat ik dat zelf kan doen. 'Nee, maar ik durf niet weg te gaan. Stel nou dat ze terugkomt? Dan wil ik hier zijn om haar kapot te knuffelen en daarna even flink de huid vol te schelden.'

'Klinkt als een goed plan,' beaamt Sophia.

'Hoe gaat het met ons mannetje?'

'Hij mist je, net als ik, maar we slaan ons er dapper doorheen.'

'Ik mis jullie ook, nu meer dan ooit. Ik heb er zo'n slecht gevoel over. Het is zo niet Judith om niks te laten horen. Ze houdt zich meestal niet aan afspraken, maar ze laat het wel altijd weten als ze dingen niet na kan komen. Zeker op een dag als vandaag zou ze me nooit bewust deze stress bezorgen, hoe boos ze misschien ook op me is.'

'Dat ben ik met je eens.'

'Wat denk jij ervan?'

'Ik weet het niet, Maaik. Het is lastig om dat op afstand te beoordelen, maar ik neig net als jij naar bezorgdheid. Een oplossing heb ik niet voor je. Volgens mij heb je alles gedaan wat je kon doen en is het enige wat rest duimen en afwachten.'

'Het is gekmakend, Soof, ik vlieg inmiddels tegen de muren op. Ik voel me zo machteloos. Ze heeft me nodig, dat voel ik gewoon. Ik wil haar helpen, maar weet niet hoe.'

'Het beste wat je nu voor haar kunt doen is goed voor jezelf zorgen zodat je er volledig voor haar kunt zijn als ze weer opduikt. Probeer wat te eten en pak je rust zodat je op krachten blijft. Daar hebben jullie allebei het meest aan.'

Ik slaak een diepe zucht. 'Ja, je hebt wel een punt, maar bij het idee aan eten ga ik al bijna over mijn nek. Van stress kan ik nooit eten, hè.'

'Dat weet ik, liefje, maar probeer je daaroverheen te zetten. Voor Judith, en ook voor jezelf.'

'Ik zou willen dat jij en Kees hier waren. Dat zou het allemaal een stuk draaglijker maken.'

'Snap ik. Het was een bewuste keuze dat we niet met je meegingen zodat jij wat qualitytime met je zus kon doorbrengen, maar de gedachte dat je daar nu in je eentje zit, vind ik afschuwelijk. En dan heb ik het nog niet eens over de zorgen om Judith. Heb je al besloten of je je moeder gaat bellen?'

'Ik denk dat ik daar nog maar even mee wacht. Judith en ik hebben haar vanochtend allebei gesproken om haar sterkte te wensen. Ik wil niet dat mama zich ook nog zorgen gaat maken, juist vandaag niet. Ze beweert wel dat zo'n datum voor haar weinig verschil maakt, maar ik weet dat het haar meer doet dan ze wil toegeven. Ze mist papa nog steeds heel erg.'

'Ik ben het wel met je eens. Laten we het positief houden. Judith duikt vanavond gewoon weer op en dan gaan jullie nog een paar dagen heerlijk samen genieten voordat Kees en ik je weer met open armen thuis ontvangen.'

'Dat klinkt zalig. Positief denken, oké, ik ga mijn best doen. En ik zal proberen wat te eten.'

'*That's my girl*. Bel me *anytime* als je daar behoefte aan hebt, ik laat mijn telefoon vannacht aan staan. Sterkte daar, lief! *Love you*.'

'*Love you too*.' Ik geef een kus op mijn telefoon en hang op. Goed, iets eten dus. Ik loop naar de koelkast in het appartement en trek hem open. Ik heb geen puf om de spaghetti carbonara te koken die Judith en ik voor vanavond hadden gepland. Papa's lievelingsmaal, dat we ter ere van hem zouden eten. Maar zonder papa en zonder Judith weet ik nu al dat ik er geen hap van naar binnen krijg. Bovendien, mocht Judith toch komen opdagen, dan maak ik het alsnog met liefde klaar.

Ik stop twee afbakkaiserbroodjes in het oventje en roerbak twee eieren. Als de oven pingt, haal ik de broodjes eruit en besmeer ze met een dikke laag roomboter voordat ik het ei erop gooi. Mijn maag wordt enthousiaster van de geur dan ik, maar ik weet mezelf er uiteindelijk toe te bewegen om een hap te nemen. Gesmolten boter en stukjes roerei vallen op mijn bord, maar ik moet toegeven dat het me verrassend goed smaakt. Ik lik het botervet van mijn lippen af voordat ik een volgende hap neem.

In een mum van tijd heb ik de twee broodjes achter de kiezen en het enige wat me nog rest is de dampende mok koffie die ik erbij heb gemaakt. Ik merk dat mijn lijf een beetje tot rust komt van het eten, maar dat het cafeïneshot me weer op scherp stelt. Voor het eerst sinds ik gestopt ben met roken heb ik behoefte aan een sigaret. Een verlangen dat ik meteen weer de kop indruk. Vroeger, in mijn studententijd, stak ik de ene peuk met de andere aan en ik ben ervan overtuigd dat er een nieuwe verslaving op de loer ligt als ik er eenmaal mee begin. Papa was een zware roker en het is niet uitgesloten dat zijn hartstilstand daar iets mee te maken heeft. Het heeft in elk geval niet geholpen. Bovendien heeft Sophia een bloedhekel aan roken. Bij het begin van onze relatie en nogmaals bij de geboorte van Kees heeft ze me laten zweren dat ik nooit meer een sigaret aanraak. En die belofte is voor mij veel belangrijker dan toegeven aan een opkomend verlangen naar een oude, slechte gewoonte.

# 16

Het is zes uur in de ochtend en nog steeds geen enkel teken van leven van Judith. Uren heb ik rondjes gelopen door het appartement, mijn nagels afgebeten en uit wanhoop in mijn kussen geschreeuwd. Tot ik zo uitgeput was dat ik een paar uur heb geslapen in het bed dat nu veel te leeg voelt.

Ik bel naar Judiths mobiel, al weet ik dat ze ook deze keer niet op zal nemen. Ik moet haar stem even horen om het vol te houden. Ik bedwing de neiging om meteen terug te bellen als het bericht is afgelopen en de bekende piep klinkt om een bericht achter te laten. Iets inspreken doe ik niet meer, wat meer valt er nog te zeggen dan ik al heb gedaan?

Ik wrijf in mijn ogen, die branden van het slaapgebrek, maar vooral van de tranen waar geen einde aan lijkt te komen. De prullenbak is tot de nok toe gevuld met volgesnoten zakdoekjes. Ik open Google op mijn telefoon. Naarstig op zoek naar de pagina waar regionaal nieuws is te vinden over Garmisch-Partenkirchen. Tien minuten geleden is er een nieuw bericht geplaatst over een dodelijk ongeval in het offpistegebied op de Osterfelderkopf. Veel meer dan een paar regels aan informatie staat er niet. Over de identiteit en het geslacht van het slachtoffer wordt nog met geen woord gerept. Mijn ademhaling en mijn hart staan allebei tegelijk stil maar het duurt maar even. Het gebied waar het ongeluk is gebeurd ligt bijna negenhonderd meter onder de Zugspitze en komt daarmee nog niet in de buurt van het gebied waar Judith en ik ons bevonden toen ik haar voor het laatst zag. Bovendien zou Judith nooit en te nimmer offpiste gaan omdat het niet strookt met haar drang om de natuur te beschermen. Ik vind het erg voor de persoon die is omgekomen, maar ben dankbaar dat het niet mijn zus is. De opluchting houdt niet lang aan. Feit blijft nog steeds dat Judith vannacht niet is thuisgekomen en dat is net zo goed niet iets voor haar als skiën buiten de veilige paden.

Er is inmiddels alweer een kwartier verstreken en ik houd het niet langer. Het politiebureau in Garmisch-Partenkirchen is dag en nacht open en ik heb twaalf uur geleden voor het laatst gebeld om mijn zorgen over Judith te uiten. Toen kreeg ik te verstaan dat ik de volgende dag maar moest terugbellen, omdat ze ervan uitgingen dat ze wel weer op zou komen dagen.

Wat mij betreft is de nieuwe dag begonnen. Ik wurm me uit de kluwen van lakens en knip het licht aan in de kamer. Ondanks het feit dat ik klaarwakker ben, moet ik toch wennen aan het felle licht dat mijn ogen binnendringt, dat zal wel door al het huilen komen. Ik zoek het nummer van het politiebureau op in mijn lijst met recente telefoontjes. De kiestoon jengelt zo lang in mijn oor dat ik dat 'dag en nacht open' met een korreltje zout begin te nemen. Een slaperige stem beantwoordt mijn belletje net voordat de verbinding automatisch wordt verbroken. Als ik uitleg wie ik ben en waar ik voor bel, klinkt de agent ineens een stuk alerter. 'Weet u wat, ik stuur wel even een auto uw kant op, dan kunnen we de situatie ter plekke bekijken.'

'O, oké,' zeg ik verbaasd. Waar ik eerst alleen maar op weerstand stuitte, wordt mijn verhaal nu Judith vannacht niet is thuisgekomen wel serieus genomen.

'Mijn collega's zijn over een halfuurtje bij u,' zegt de agent vriendelijk.

'Ik zal zorgen dat ik een pot koffie klaar heb,' zeg ik voordat ik ophang. Als een razende zet ik een raam wagenwijd open om de muffe lucht in de kamer te verdrijven. De afzuigkap in het keukentje waar ik gisteravond eieren heb staan bakken heeft nauwelijks zijn werk gedaan. Ik huiver als de frisse lucht de kamer in stroomt. Als de koffie pruttelt, spring ik klappertandend onder een warme douche. Mijn huid kleurt rood door de warmte die de royale stralen van de regendouche afgeeft, maar vanbinnen blijf ik zo koud dat ik me afvraag of ik het ooit nog warm krijg. Kippenvel trekt mijn hele lichaam strak en ik droog me zo vlug mogelijk af met een van de handdoeken die over de sierradiator hangt. Ik steek mijn neus diep in de zachte witte stof als ik Judiths parfum ruik. Dit is de handdoek die ze gisterochtend heeft gebruikt, die contact heeft gehad met haar huid en nu de mijne streelt. Ik sla de handdoek om me heen en beeld me in dat zij het is die me omhelst en niet die stomme handdoek. *Waar ben je toch, zusje? Please, kom naar huis.*

Zonder echt goed te kijken haal ik een schone set kleding uit mijn koffer en trek het op de automatische piloot aan. Als ik een borstel door mijn natte haren haal, wordt er op de deur geklopt. Hoewel ik wist dat de politie zou komen, schrik ik toch en ik laat de borstel uit mijn hand vallen. Blijkbaar is er al een halfuur verstreken. Ik neem niet de moeite om de borstel op te rapen en sprint naar de deur. Mijn druipende haren laten natte plekken achter op mijn trui. Ik open de deur en daar staan ze dan: twee vrouwelijke agenten en het valt me meteen op dat ze niet al te vrolijk kijken. '*Guten Morgen*,' stamel ik terwijl ik opzijstap om ze binnen te laten.

'*Frau* Kuipers?' vraagt de langste agent die ruim een kop boven haar collega uitsteekt. Ze draagt haar blonde haren in een strakke vlecht die over haar rechterschouder hangt.

Haar bouw is grof en het verbaast me hoe lichtvoetig ze is als ze langs me heen het appartement in loopt. Net als haar collega houdt ze haar pet in haar handen. Haar collega, met een vlot, donkerbruin kort kapsel, loopt voortvarend naar de vierpersoonseettafel en schuift uitnodigend de stoelen wat naar achteren. Pas als haar collega en ik zitten, neemt ze zelf ook plaats.

'Koffie?' vraag ik.

'Misschien straks,' zegt de blonde. 'Ik ben Franka Ackermann en dit is Mila Wagner.'

'Maaike Kuipers,' zeg ik ten overvloede. Mijn stem trilt van de zenuwen. Het appartement dat eerst nog ruim aandeed, zelfs veel te groot zonder Judith, voelt ineens heel krap aan nu er twee agenten bij me aan tafel zitten. Ik heb moeite met ademhalen en slik iets onbestemds weg uit mijn keel. Terwijl ik de hele nacht in mijn hoofd heb gerepeteerd wat ik tegen de politie ga zeggen om ze ervan te overtuigen dat ze Judith moeten gaan zoeken, sla ik nu helemaal dicht. Er flitsen allemaal woorden en zinnen door mijn hoofd, maar het lukt me niet om ze als een samenhangend verhaal uit mijn binnenste te bevrijden. Franka ziet mijn onmacht en neemt het woord. 'U hebt ons gisteren meerdere keren gebeld over uw zus Judith Kuipers,' begint ze. Ik knik als een mak schaap. 'U maakte zich zorgen omdat ze niet volgens afspraak kwam opdagen.'

'Ze is nog steeds niet terug.' Mijn stem klinkt zo schril dat ik er zelf van schrik. 'Jullie moeten haar gaan zoeken. Er is iets heel erg mis, dat kan niet anders. U...'

'We zijn het met u eens, rustig maar. Ik heb helaas slecht nieuws voor u. Hulpdiensten hebben het levenloze lichaam van uw zus aangetroffen in een gletsjerspleet.'

Levenloos, lichaam, zus. Ik probeer de woorden tot me door te laten dringen.

'Ze is aangetroffen in het skigebied bij de Osterfelderkopf. Hoe vaak we mensen ook waarschuwen dat ze niet offpiste moeten gaan... Mensen blijven eigenwijs en overmoedig.' Er klinkt even een licht verwijt door in Franka's stem. Haar woorden druppelen langzaam binnen en ik begin hysterisch te lachen als ik de volle omvang ervan begrijp. 'O, sorry hoor, dit moet heel gek overkomen, maar dit moet een misverstand zijn,' excuseer ik mezelf als zowel Franka als Mila me verbaasd aankijkt. 'Dit kan niet om mijn zus gaan. Die was helemaal niet in de buurt van de Osterfelderkopf en als iemand zich altijd keurig aan de regeltjes houdt dan is zij het wel. Judith zou nooit offpiste gaan skiën. Dat heeft ze nog nooit in haar leven gedaan.'

Franka en Mila kijken me aan met een blik die alleen maar medeleven uitstraalt, maar ze komen niet terug op hun bewering. Er valt een pijnlijke stilte die ik uiteindelijk zelf maar doorbreek omdat zij het niet doen. 'Echt, jullie vergissen je. Dat er een lichaam is gevonden wil niet automatisch zeggen dat het om mijn zus gaat. Jullie kunnen dit niet een-op-een aan haar koppelen, omdat ik jullie heb gebeld dat ze vermist is. Toch?' gooi ik er nog achteraan als het weer stil blijft. Mila en Franka wisselen een blik voordat Mila het woord neemt: 'Natuurlijk zijn we zorgvuldig te werk gegaan. Op het lichaam van de verongelukte vrouw hebben we het paspoort van uw zus gevonden. Dit is uw zus, toch?' Ze duwt me haar telefoon onder de neus waar een foto van een paspoort op te zien is. Ik wend mijn gezicht af, maar wat ik heb gezien kan niet meer ongedaan worden gemaakt. Het paspoort is onmiskenbaar van mijn zus. Met grote ogen staar ik voor een tweede keer naar het scherm en laat de beeltenis op me inwerken terwijl mijn hersenen overuren maken. 'Misschien is haar paspoort gestolen?' zeg ik zwakjes. Franka en Mila blijven me aankijken met die blik vol medeleven. 'Het spijt ons, maar het gezicht van de vrouw die we gevonden hebben komt overeen met dat op het paspoort. Bovendien droeg ze haar telefoon bij zich en daarop waren ontelbare gemiste oproepen te zien van ene Maaike. Het nummer van die Maaike matcht met dat van u. De achtergrondfoto op het scherm is er een van u samen. Ik kan het helaas niet mooier maken.'

'Wat... wat is er precies gebeurd, zei u ook alweer?'

'Uw zus heeft bij een val in een gletsjerspleet haar nek gebroken. Het is wellicht een schrale troost, maar ze was op slag dood. Ze heeft er zelf niets van meegekregen en niet geleden.'

'Hoe hebt u haar gevonden als ze in een gletsjerspleet lag?'

'Een anoniem telefoontje van een oplettende skiër die het zag gebeuren.'

'Anoniem?' vraag ik verward. 'U weet niet wie de melding heeft gedaan?'

'Inderdaad, anoniem,' zegt Franka.

'Maar dat is toch raar? Als je zo'n telefoontje pleegt, dan blijf je toch op zijn minst wachten bij de plek totdat de hulpdiensten er zijn en probeer je te helpen waar je kunt?'

'Ik ben ermee gestopt om mensen te willen begrijpen. Ik heb al zoveel dingen meegemaakt die raar en onlogisch zijn dat ik me liever richt op de feiten. Het feit is dat we blij kunnen zijn dat de beller de plek waar uw zus de afgrond in verdween nauwkeurig wist te omschrijven zodat we snel en gericht ter plaatse konden zijn.'

'Dus als ik het goed begrijp, hebt u geen contactgegevens van de persoon die het ongeluk heeft zien gebeuren.'

'We weten op dit moment niet meer dan dat het telefoontje is gepleegd door een man en zien voor nu geen mogelijkheid om met die persoon in contact te komen voor een getuigenverslag.'

'Kunt u geen oproep doen of zo?'

'We werken eraan.'

Wild schuif ik mijn stoel naar achteren en begin door de kamer te ijsberen. Ik probeer de harde realiteit op me in te laten werken, maar ik krijg het niet voor elkaar. Judith en dood passen niet samen in een zin. 'Het klopt gewoon niet. Ik kan niet geloven dat mijn zus door een ongeluk om het leven is gekomen. Er moet meer aan de hand zijn.'

'Waarom denkt u dat? Wij hebben gezien de verwondingen en de staat van het lichaam geen enkele aanleiding om iets anders dan een ongeluk te vermoeden.'

'Wat ik u al zei: de plek waar ze is gevonden is vreemd en mijn zus zou nooit vrijwillig offpiste gaan.'

'Denkt u dat iemand haar heeft gedwongen dan?'

'Mijn zus is politica in het Europees Parlement voor LINN. Ze werkte aan een nieuwe natuurwetgeving die onder andere meer bescherming moet bieden aan gletsjers. Sinds dat grote ongeluk in Italië op de Marmolada, die afbrokkelende gletsjer in Kirgizië en op andere plaatsen afgelopen zomer is die wetgeving meer nodig dan ooit. Maar uiteraard is niet iedereen het daarmee eens. Mijn zus stuitte op veel weerstand en kreeg ook bedreigingen.'

'Wat voor bedreigingen?' vraagt Mila terwijl ze wat meer rechtop gaat zitten.

'Ik ken geen details. Mijn zus sprak meer in algemeenheden en ging niet in op de specifieke aard van de individuele bedreigingen.'

'En ik begrijp dat u haar daar ook niet naar hebt gevraagd?' Er klinkt een vleugje onbegrip door in Mila's stem.

'Nee, ik heb niet doorgevraagd om wat voor bedreigingen het ging. Dat had ik natuurlijk wel moeten doen, maar dat is allemaal achteraf. Ze zei het tussen neus en lippen door en het leek me beter voor haar als we de vakantiepret niet lieten overschaduwen door problemen rond haar werk. Bovendien zag ik niet in waarom ze hier gevaar zou lopen. Wellicht heel naïef, maar ik dacht dat het wel los zou lopen.'

Mila en Franka wisselen voor de zoveelste keer een blik van verstandhouding voordat een van hen het woord weer neemt en ik begin me er behoorlijk aan te ergeren.

'Even samenvattend: u denkt dus dat uw zus werd bedreigd en dat we rekening moeten houden met een misdrijf?'

'Ja, dat denk ik inderdaad.'

'Maar u hebt dus geen concrete aanwijzingen voor bedreiging?'

'Bij haar partij zullen ze daar vast meer over kunnen vertellen. U kunt ze natuurlijk bellen. Moet u trouwens niet eens iets noteren van wat ik allemaal zeg?'

'Zoals?' Mila kijkt me met haar grote blauwe ogen aan.

'De naam van de partij waar mijn zus voor werkt en alles wat ik u net vertelde, inclusief de bedreigingen.' Het lukt me niet meer om de ergernis en het ongeduld uit mijn stem te weren.

'We begrijpen dat het beeld dat u van uw zus hebt wordt verstoord door de vindplaats die in uw ogen niet logisch is, maar we denken toch dat u zult moeten accepteren dat uw zus eens buiten de gebaande paden is getreden en dat dat helaas heel tragisch is afgelopen. Hoewel ze niet heel diep lag in die gletsjerspleet en we haar goed naar boven konden takelen, is ze heel ongelukkig terechtgekomen op haar hoofd en de breuk die dat tot gevolg heeft gehad, heeft tot haar acute dood geleid. We hebben met de hand op ons hart geen enkele aanwijzing dat haar dood door iets anders dan die val is veroorzaakt.'

'Wat wilt u nu precies zeggen?'

'Dat we de dood van uw zus afdoen als een ongeluk en geen verder onderzoek gaan plegen. We willen u veel sterkte wensen met uw verlies.'

'Dus u negeert alles wat ik u net aan extra informatie heb gegeven?'

Mila haalt haar schouders op. 'Het spijt me, maar we kunnen niet meer voor u of uw zus doen als u niet met iets concreets komt. Er is echter wel iets wat u voor ons zou kunnen doen. Het zou fijn zijn als u officieel zou willen bevestigen dat het lichaam dat we gevonden hebben dat van uw zus is.'

'U wilt dat ik haar identificeer.'

Mila sluit haar ogen kort en knikt.

'Wanneer? Nu?'

'Als het u schikt.'

'Ach ja, waarom ook niet.' Demonstratief sta ik direct op. 'Ik heb toch niet zoveel te doen vandaag aangezien mijn zus niet meer thuiskomt. Of wacht eens even, ik heb het juist heel erg druk. De politie wil namelijk niet onderzoeken of mijn zus misschien door iets anders is omgekomen dan een ongeluk, dus dan zal ik zelf maar voor Sherlock moeten spelen. U denkt zich er misschien lekker makkelijk van af te kunnen maken, maar dat pik ik niet. Mijn zus verdient beter.' Franka en Mila laten mijn woede gelaten over zich heen komen en wachten rustig tot ik ben uitgeraasd. Als ik eindelijk een stilte laat vallen schraapt Mila haar keel. 'Ziet u het zitten om nu meteen met ons mee te gaan om het lichaam te identificeren?'

Ik hap naar adem. Tot nu toe hebben mijn woede en ongeloof de overhand genomen. Maar de concrete vraag om naar mijn dode zus te komen kijken is zo'n keiharde klap dat ik naar adem moet happen. Ik zie het gezicht van mijn moeder voor me, wat moet ik haar in godsnaam vertellen als deze nachtmerrie echt blijkt te zijn? Opeens voel ik me zo alleen en zo ver van huis dat ik in huilen uitbarst.

De kamer om me heen wordt wazig en mijn lichaam doet pijn. Ik wankel en grijp in het luchtledige. Ik sta te ver van de tafel of andere meubels vandaan. Ik bereid me al voor op de val als daar ineens toch houvast is in de handen van Mila en Franka. Samen vangen ze me op voordat ik op de grond terechtkom.

# 17

Vol ongeloof staar ik naar Judiths gezicht. Haar ogen zijn gesloten en haar lippen hebben een blauwe kleur. Haar wangen zijn zo bleek dat ze wel van het witte porselein lijken dat vroeger bij oma en opa in de kast stond. Ik durf haar niet aan te raken, bang dat ze breekt en duizend scherven achterlaat op die kille tafel waar ze op ligt. Scherven die niet meer te lijmen zijn. Ik heb nog geen woord gezegd sinds ik deze ruimte heb betreden en Franka en Mila dringen niet aan. Ze hebben zich bescheiden achter me opgesteld. Als ik een trillende zucht slaak, doet Mila een paar stappen naar voren tot ze naast me staat.

'We hebben haar een nekkraag omgedaan zodat haar hoofd op zijn plek blijft.' Mila bedoelt het vast goed, maar haar woorden maken het alleen maar erger. Ik kreun en sla mijn hand voor mijn mond. Ik hoef niet te weten dat Judiths nek zo geknakt is dat haar hoofd zonder die kraag in een rare hoek ligt. Haar mooie elegante nek waar ze met kerst altijd die prachtige V-ketting van Swarovski om droeg met in verschillende vormen geslepen steentjes. Een erfstuk dat ze ooit van oma heeft gekregen en dat ze alleen met de feestdagen uit het speciaal daarvoor gekochte sieradendoosje haalde. Het idee dat ze dat afgelopen kerst voor het laatst heeft gedaan, de aanblik van het levenloze lichaam van mijn zus en de onbestemde geur in de ruimte worden me te veel. Ik heb moeite met ademhalen en probeer tevergeefs mijn evenwicht te bewaren. Mila grijpt me voor de tweede keer die dag vast en hangend tussen haar en Franka slepen ze me bij Judith vandaan de ruimte uit. Ze duwen me in een van de ongemakkelijke stoelen op de gang. De kracht om rechtop te zitten ontbreekt me even volledig en Franka houdt me overeind totdat ik weer een beetje op adem ben gekomen.

'Uw reactie spreekt boekdelen, maar we moeten het u officieel vragen. Is de dode vrouw die u net hebt gezien uw zus Judith Kuipers?'

Ik wil antwoord geven maar het lukt me niet. Als ik ja zeg dan is er geen weg meer terug. Dan is het definitief. Ik wil nog even boven dit niemandsland blijven zweven voordat ik te pletter sla, maar Mila herhaalt de vraag en ik moet wel antwoorden omdat ik het niet kan verdragen dat ze Judiths naam koppelt aan 'de dode vrouw'. De dood en Judith gaan niet samen. Nu niet en nooit niet. Dat wil ik schreeuwen, al was het alleen maar om mezelf ervan te overtuigen. Het kan gewoon niet dat ik mijn zusje ben verloren. *O, Judith, ik hou zoveel van je*, jammer ik in mijn hoofd. Het besef dat ik haar dat nooit meer kan vertellen en dat mijn kwade hoofd het laatste is dat ze van me gezien heeft, doet zoveel pijn dat het me opnieuw de adem beneemt. Ik negeer de zorgelijke blikken van Mila en Franka en gun mezelf de tijd om te herstellen voordat ik de woorden uitspreek die ze willen horen. Met een gezicht dat nat is van de tranen, kijk ik op. 'Ja, het is mijn zus.'

'Kunt u haar volledige naam voor me uitspreken?'

'Judith Catharina Kuipers. 17 mei 1989. Voor altijd drieendertig jaar.'

# 18

*'Heb je het al gehoord? Het is echt te erg!' Een krijsende stem, in een ineens helverlichte kamer waar ik met gesloten ogen het diepe dal waarin ik me bevind lig te overdenken. Ik schrik zo erg dat ik een spier in mijn buik verrek bij het overeind komen. Masja kijkt me met open mond aan. Haar ogen zijn dik en rood en er loopt een dikke stroom tranen over haar wangen die via haar kin op haar witte blouse drupt. 'Waarom lig je op de grond in het donker?'*

*'Mindfulnessmomentje voor mezelf,' mompel ik, terwijl ik overeind kom en mijn rok gladstrijk. 'Doe ik wel vaker. Zou je ook eens moeten proberen. Werkt zeer verhelderend.'*

*Ze blijft me aanstaren als een konijn dat in een koplamp kijkt. Hikt een paar keer ongecontroleerd en begint dan weer te janken.*

*'Oké, waar is de brand?' vraag ik quasinonchalant terwijl mijn maag samenbalt tot een pijnlijke bal.*

*'Je hebt het echt nog niet gehoord,' zegt ze. 'Nou, ga maar weer even liggen dan, want wat ik te vertellen heb is echt te erg.'*

*'Nou, kom maar op dan,' zeg ik ongeduldig terwijl ik naar mijn bureau loop. Ondertussen probeer ik met wat arm- en hoofdbewegingen mijn schouders en nek wat los te schudden.*

*'O, ik vind het zo erg dat ik degene ben die je dit moet vertellen.'*

*'Masja, kom op!'*

*'Het is Judith.'*

*'Wat is er met Judith? Heeft ze weer mensen tegen zich in het harnas gejaagd en mag de partij het weer oplossen?'*

*'Ze heeft zichzelf de dood ingejaagd,' haakt Masja in op mijn beeldspraak terwijl ze verder snikt. In eerste instantie valt het kwartje niet. 'Zichzelf de dood ingejaagd? Wat bedoel je precies?'*

*'Ze is dood, wat begrijp je daar niet aan. Judith is dood!'*

*'Maar hoe dan? Judith heeft toch een weekje vakantie?'*

*'Ze heeft een ongeluk gehad op haar vakantieadres. Ze is in een gletsjerspleet geskied en die val is haar fataal geworden. Ze heeft haar nek gebroken en was op slag dood.'*

*Ik pak voor de zekerheid mijn bureau vast, want ik voel me wankel. 'Dus de vrouw die streed voor gletsjers is door een gletsjer om zeep geholpen,' mompel ik binnensmonds. Het is zo ironisch dat ik bijna in lachen uitbarst. De opluchting die ik voel dat ze 'gewoon' een ongeluk heeft gehad, is met geen pen te beschrijven.*

*'Wat zeg je?' vraagt Masja.*

*'Dat het afschuwelijk is. Ik kan het gewoon niet geloven. Judith dood. Ik moet het even laten bezinken, hoor.' Ik strompel theatraal naar mijn stoel zonder dat ik het contact met het bureaublad verlies. Plof neer en leun met mijn hoofd in mijn handen.*

*'Gaat het?' vraagt Masja bezorgd.*

*'Het is nogal een schok.'*

*'Ik haal wel even een glaasje water voor je. Ik kan er zelf ook wel eentje gebruiken. Jens wil ons over een uurtje allemaal bij elkaar hebben in de vergaderruimte om het verdriet met elkaar te delen en te bespreken hoe het nu verder moet. Judiths taken moeten zo snel mogelijk worden overgenomen om die initiatiefwet waar ze mee bezig was veilig te stellen.'*

*'Weet je wat, laat dat water maar zitten. Ik wil liever even*

*alleen zijn om dit nieuws te verwerken. Het dringt nog niet helemaal tot me door geloof ik.'*

*'Ik weet het, het is ook zo onwerkelijk,' verzucht Masja terwijl ze haar neus luidruchtig snuit in een zakdoek die ze uit haar mouw trekt. Een weeïg zoete lucht prikkelt mijn neus onaangenaam. Ik maak een snifgeluid.*

*'Lekker luchtje, hè? Van mijn oma geleerd. Een dame steekt haar zakdoek in de armboord van haar blouse of trui en besprenkelt hem met een drupje eau de cologne. Dat houdt de boel lekker fris.'*

*Normaal zou ik snedig reageren dat ik dat gesnotter van haar in dat doekje niet bepaald zou willen associëren met 'fris', maar dit is niet het moment om mijn bitchy zelf uit te hangen. Masja staat me nog steeds als een schaap aan te kijken terwijl ze dat gore zakdoekje in haar hand houdt. Het lijkt wel of haar voeten zitten vastgelijmd aan de vloer van mijn kantoor. 'Masja, ik wil graag even alleen zijn. Als je het niet erg vindt...' Ik kijk opzichtig naar de deur en uiteindelijk lijkt het kwartje te vallen en komt ze in beweging.*

*'Ja, ja, natuurlijk. Alle begrip voor. Geen water dus?'*

*'Geen water,' bevestig ik nog maar een keer. 'Doe je de deur achter je dicht?' vraag ik poeslief.*

*Ze knikt. 'Sterkte. Ik zie je over een uur in de vergaderruimte.'*

*Als de deur eindelijk in het slot valt en ik weer alleen in mijn kamer ben, haal ik een paar keer diep adem. Er hangt weer een lichtpunt boven het zwarte gat waar ik nog geen halfuur geleden voorgoed in dacht te verdwijnen. Ik weet het, ik zou verdrietig moeten zijn om Judith en ik weet dat dat ook nog wel gaat komen, maar op dit moment zie ik alleen maar kansen. Een ongeluk, gewoon een ordinair ongeluk. Ze is in het zwaard van haar eigen gletsjer gevallen. Dat verzin je toch niet? Nu Judith er niet meer is, krijg ik een nieuwe kans om te redden wat er te redden valt. En dan bedoel ik natuurlijk niet die stomme gletsjers maar het politieke klimaat. Deze keer zal ik het niet verpesten. Tweede kansen moet je met beide handen aangrijpen en nooit meer loslaten. Wat ellebogenwerk is daarbij soms noodzakelijk.*

*Ik pak mijn attachékoffer onder mijn bureau vandaan en trek hem naar me toe. Hij voelt niet zwaar, toch zitten er heel gewichtige dingen in die zwaar op me drukken. Ik haal de ketting met de twee kleine sleuteltjes die ik altijd onder mijn kleren draag van mijn nek. Ik steek ze in de sloten van de koffer en ze klikken open. Waar dat geluid me voorheen buikpijn bezorgde, klinkt het nu toch een beetje als muziek in mijn oren. Ik pak het geheime stuk waar alleen ik weet van heb binnen dit gebouw. Het stuk dat ik inmiddels kan dromen, maar nu toch weer minutieus door ga nemen. Ik moet met een goed verhaal komen als Jens de poppetjes gaat verdelen. Zorgen dat hij niet om me heen kan als opvolger van Judith. Dan heb ik ook meteen een goed verhaal naar de man die me de afgelopen tijd heeft bedreigd en onder druk heeft gezet. Hij zou het zelf oplossen en ik hield mijn hart vast toen Masja me vertelde van Judiths dood. Maar het was een ongeluk. Moeder Natuur heeft haar opgeslokt, samen met haar idealen waar ze behoorlijk wat mensen mee tegenwerkte. Ik kan bijna niet geloven dat mijn tijd nu wellicht toch nog komt.*

*Mijn telefoon pingt een aantal keer en ik verwacht de komende uren een stroom van sympathiebetuigingen te ontvangen naar aanleiding van het verlies van mijn gewaardeerde collega. Misschien moet ik een standaardreactie opstellen naar alle zogenaamde belangstellenden die het voor de bühne allemaal zo erg vinden, maar als niemand kijkt in hun handjes klappen en een glimlach nauwelijks kunnen onderdrukken. Terwijl de meelevende appjes binnenstromen, popt mijn Facebook Messenger ook op. Ik draai de deur van mijn kamer op slot en laat de sleutel er aan de binnenkant in zitten zodat ik zeker weet dat er niemand binnen kan komen. Daarna ga ik achter mijn laptop zitten. Mijn mond is zo droog dat ik nauwelijks kan praten en dat wordt alleen maar erger als ik hem zie. Maar ook zonder te kijken wist ik dat hij het was. Ik zie zijn vliegeniersmuts en kijk in die kille ogen waar ik elke keer weer de rillingen van krijg. Het maakt niet uit hoe vaak ik ze al gezien heb, het went nooit. Ik ga goed voor de camera zitten, want ik weet dat hij dat fijn vindt en zet dan mijn draadloze koptelefoon op. Alles om hem gunstig te stemmen, om te voorkomen dat ik met 1-0-achterstand aan het gesprek begin. 'Heb je het al gehoord? Ons probleem heeft zichzelf opgelost. Ze heeft een ongeluk gehad.' Mijn stem trilt en klinkt hoog.*

*'Problemen lossen zichzelf niet op, die moet je een handje helpen.'*

*'Wat bedoel je?'*

*'Vat het op zoals je wilt.'*

*'Het was een ongeluk, toch?'*

*Hij blijft me aanstaren met die enge ogen en mijn maag draait zich om.*

*'Ik heb mijn deel gedaan, nu is er werk aan de winkel voor jou, verpruts het niet.' Het beeld gaat op zwart en alle lichtpunten die even aan mijn horizon gloorden doven weer een voor een uit. De duisternis is terug.*

# 19

Ik zit al uren op bed in het appartement. Compleet verdoofd, niet in staat om te bewegen. Mijn lichaam voelt als een lege huls die niet meer reageert op prikkels van buitenaf. In mijn hoofd daarentegen buitelen de gedachten over elkaar heen. Ik wil en kan niet geloven dat Judith er niet meer is. Het is zo onwerkelijk. Gisteren hadden we nog een stomme ruzie en vandaag stond ik naast haar roerloze koude lichaam in het mortuarium. Haar blauwe lippen, de wasachtige kleur van haar gezicht, haar gesloten ogen, een horrorplaatje dat ik de rest van mijn leven niet meer kwijtraak.

Ze zeggen dat de pijn die het verlies van een dierbare met zich meebrengt uiteindelijk slijt. De scherpe randjes gaan eraf. Ik weet dat het zo is, want zo is het bij mijn verdriet om papa ook gegaan, maar voorlopig kan ik dat niet geloven. Dit verdriet, deze pijn, is zo rauw en intens dat ik me niet voor kan stellen dat er een dag aanbreekt waarop ik er niet meer door word verscheurd.

Ik weet dat ik een lijstje moet maken van alle dingen die ik moet regelen om Judiths lichaam naar Nederland te krijgen, dat ik mensen moet bellen, maar ik zit daar maar. Bij de politie heb ik aangegeven dat ik mijn moeder zal inlichten, maar tot nu toe heb ik dit vreselijke telefoontje uitgesteld. In mijn hoofd heb ik het gesprek met mama al tig keer gevoerd, gezocht naar manieren om het leed voor haar te verzachten, maar ik kan haar dit niet besparen. Net als ik zal ze zich voor de tweede keer door de pijn van een groot verlies heen moeten bijten. Het is een schokkend besef dat ons gezin nu gehalveerd is. Mama zal het de rest van haar leven met mij moeten doen en ik weet niet of ik genoeg ben. Ze heeft het nooit hardop uitgesproken, maar soms zijn woorden niet nodig om iets duidelijk te maken wat er zo dik bovenop ligt: Judith was haar oogappeltje, kon nooit iets verkeerd doen. Dat was vroeger al zo. Toch ben ik nooit jaloers geweest, heb ik me nooit echt achtergesteld gevoeld. Judith was te innemend om jaloersheid op te wekken. Net als mijn ouders hield ik zielsveel van haar en was ik trots op wie ze was en alles wat ze had bereikt.

Mijn telefoon pingt ten teken dat er een appje binnenkomt. Ik kijk op het scherm. Mama. *Hoe is het met mijn meiden?* Een paar minuten blijf ik zo zitten en dan druk ik op de belknop die ik niet langer kan vermijden. Ik slik de brok in mijn keel zo goed en zo kwaad als het gaat weg terwijl haar telefoon overgaat. Ik klamp me vast aan de rand van het bed. *Ik kan dit. Kalm blijven.*

'Maaik, lieverd, wat leuk dat jullie even bellen.'

Bij het horen van mijn moeders vertrouwde stem vallen al mijn goede voornemens om rustig te blijven aan diggelen. 'Mama,' weet ik nog net uit te brengen voordat de dijk breekt en de tranen als een rivier die buiten zijn oevers treedt over mijn gezicht stromen.

'Maaik?' vraagt ze bezorgd. 'Maaik, wat is er aan de hand? Is alles goed met jou en Judith?'

'Judith heeft een ongeluk gehad, mama. Ze is tijdens het skiën in een gletsjerspleet gevallen en heeft haar nek gebroken.'

'O mijn god. Nek gebroken. Ze is dus verlamd? We gaan iets regelen. Een rolstoel, aanpassingen in huis en...'

'Mama,' probeer ik haar te onderbreken. 'We hebben geen rolstoel meer nodig voor Judith. Ze heeft het niet overleefd, mama. Toen haar nek brak was ze op slag dood. Ze heeft niet geleden.' Het valt volledig stil aan de andere kant van de lijn. Ik hoor zelfs mijn moeders blazende ademhaling niet meer. 'Mama?' Als reactie klinkt er een hartverscheurende gil die mijn lichaam doorboort. Mijn hart krampt samen als boven op mijn eigen verdriet ook dat van mijn moeder zich vastzet in mijn lijf. Mijn lippen prevelen sussende woorden die zowel voor mama als voor mezelf bedoeld zijn.

'Was je bij haar toen het gebeurde?' vraagt mama als ze eindelijk een beetje is gekalmeerd.

'Nee,' mompel ik beschaamd. 'Ze werd aangesproken door iemand over haar werk en dat was niet de eerste keer. Ik ben vast vooruit geskied. We zouden elkaar later in de Panorama 2962 op de Zugspitze met de lunch zien, maar ze kwam niet opdagen. Ik heb daar uren gezeten en haar wel honderd keer gebeld, maar geen enkel teken van leven. Ik heb uiteindelijk de hele route opnieuw afgelegd...'

'En toen vond je haar?'

'Nee, geen enkel spoor. Toen ze ook die nacht wegbleef wist ik dat er iets heel erg mis was.'

'Een nacht wegbleef? Je bedoelt dat Judith gisteren al spoorloos was?' Ik hoor onbegrip en verwijt in mijn moeders stem. 'Waarom heb je geen actie ondernomen? Waarom heb je mij gisteren niet gebeld?'

Als ik mijn moeder uitleg dat ik haar niet ongerust wilde maken en haar zo goed mogelijk vertel hoe mijn zoektocht is verlopen, kan ze haar oren niet geloven als ik bij het gedeelte ben dat Judith in dat andere gebied offpiste is gegaan.

'Maar wacht nou eens even, dat kan toch niet, Maaik? Judith was niet alleen een ervaren skiër, maar speelde ook altijd heel erg op safe. Offpiste skiën is niets voor haar. Ik kan me niet heugen dat ze dat ooit heeft gedaan.'

'Dat is ook exact wat ik de politie heb verteld. Ik geloofde het ook pas toen ik haar in het mortuarium zag liggen.'

'Je hebt haar gezien?' vraagt mijn moeder huilend.

'Ja, mam. Ik moest haar identificeren.'

'Och, mijn lieve kind, wat afschuwelijk voor je.'

'Ja, dat was het inderdaad.' Verdriet vervormt mijn stem tot mijn woorden niet meer zijn dan onverstaanbare klanken.

'Hoe zag ze er...'

'Ik heb foto's voor je gemaakt. Je hoeft ze nooit te bekijken, maar mocht je ooit de behoefte voelen dan kan het. Ik weet niet hoe ze erbij ligt als haar lichaam in Nederland is en of het dan nog mogelijk is om haar te zien. Daar moet ik me nog in verdiepen.'

'Fijn dat je daaraan gedacht hebt, lieverd.'

'Natuurlijk, mam.'

'Hoe moet het nou verder? Moet ik die kant op komen?'

'Dat lijkt me geen goed idee, mama. Blijf jij maar daar. Ik ga zo bellen met haar reisverzekering en de instanties hier om de repatriëring naar Nederland te regelen. Aangezien de politie ervan overtuigd is dat het een ongeluk was, zal haar lichaam waarschijnlijk snel en zonder problemen vrij worden gegeven. Ik moet dan wel nog wat officiële zaken regelen. De politie had het erover dat ze per rouwauto vervoerd gaat worden aangezien de afstand van hier naar haar woonplaats niet meer dan vijftienhonderd kilometer bedraagt.'

'Dat is een pak van mijn hart. Ze zou het afschuwelijk hebben gevonden als ze haar in een vliegtuig zouden stoppen.'

'Dat zou niet bepaald in haar geest zijn geweest, nee. Ze kon het de afgelopen dagen wederom bijna over niks anders hebben. Alles draaide om het milieu.' Er schemert een sprankje teleurstelling door in mijn stem en mijn moeder pikt het meteen op.

'Ik weet dat je dat moeilijk vond, Maaik, maar zo was ze nu eenmaal.'

'Ja, maar dat maakt het op dit moment allemaal extra naar. Het voelt voor mij alsof die gletsjer waar ze zo voor streed haar letterlijk heeft opgevreten. En wat helemaal bizar is, is dat het ongeluk op papa's sterfdag heeft plaatsgevonden. Een jaar heeft driehonderdvijfenzestig dagen en precies op die dag!' Mama gaat niet in op mijn bittere conclusie.

'Maar er was dus wel iemand bij haar toen ze stierf?' vraagt ze. 'Het idee dat ze daar alleen aan haar einde is gekomen, kan ik niet verdragen. Hebben andere skiërs het zien gebeuren?'

'Nou, dat is allemaal een beetje vaag...' zeg ik aarzelend. Is het verstandig om mijn onderbuikgevoelens met mijn moeder te delen of kan ik haar daar nu beter niet mee belasten? Ze heeft al genoeg te verwerken.

'Hoe bedoel je vaag?'

Ik heb meteen spijt als ik de paniek in haar stem hoor toenemen, maar kan mijn woorden niet meer terugnemen. 'Nou, de politie beweert een anonieme melding te hebben gekregen van het ongeluk.'

'Anoniem? Hoezo anoniem?'

'Dat was exact de vraag die ik aan de politie heb gesteld, maar daar konden ze geen antwoord op geven. Ze weten niet wie de persoon is die de melding heeft gedaan en waarom hij zich later niet bij de politie heeft gemeld. Buiten dat het een man was hebben ze helemaal niets aan contactgegevens of andere informatie.'

'Maar ik wil die man spreken! Hij is de laatste persoon die Judith in leven heeft gezien.'

'Ik weet het, mam. Ik zou ook niets liever willen, maar als de politie zijn identiteit niet kan achterhalen, hoe moet het mij dan lukken?'

'Zo'n antwoord zou je zus nooit gegeven hebben. Die zou tot het gaatje gaan om het uit te zoeken en het niet bij voorbaat al opgeven. Waarom heb je haar überhaupt alleen gelaten? Als je bij haar was gebleven dan was dit nooit gebeurd.' De bitterheid in mijn moeders stem snijdt als een mes door mijn ziel en ik krimp in elkaar.

'Dat is niet eerlijk, mam. Ik weet dat je in shock bent. Maar ik heb net zoveel verdriet als jij. Je weet dat ik Judith nooit bewust in gevaar zou brengen. En ja, achteraf gezien had ik op haar moeten wachten, maar dat heb ik niet gedaan en dat kan ik nooit meer terugdraaien. Het is al erg genoeg dat dat me mijn hele leven zal achtervolgen, dus je hoeft het er niet nog eens extra in te wrijven.'

'Sorry, Maaik, het spijt me, lieverd. Ik had even kortsluiting in mijn hoofd.' Ze richt haar pijlen weer op de politie. 'Kunnen ze de identiteit van die man niet achterhalen of wíllen ze het niet? Dat maakt nogal een verschil.'

'Daar ben ik nog niet uit. De agenten die me het nieuws over Judith kwamen vertellen en me hebben begeleid bij de identificatie waren heel stellig in de bewering dat ze verder onderzoek niet nodig vinden bij zo'n duidelijke doodsoorzaak. Er is wat hén betreft geen enkele aanwijzing voor een misdrijf.'

'De manier waarop je het woord "hen" benadrukt bevalt me niet, Maaik. Heb jij redenen om aan te nemen dat er meer aan de hand is?'

Ik besluit toch open kaart te spelen. Dat verdient mijn moeder. Hoe graag ik het ook zou willen, ik kan haar niet beschermen en de dingen mooier maken dan ze zijn. 'Zoals jij ook al opmerkte is het niet des Judiths om offpiste te gaan skiën en ze had helemaal niets te zoeken in het gebied waar ze gevonden is.'

'Denk je dat iemand haar daarnaartoe heeft gelokt?'

'Dat weet ik niet, mam, maar ik sluit het zeker niet uit. Op de eerste avond hier had ze nog een afspraak met zo'n plaatselijke milieuwappie. Ik kreeg nogal de kriebels van hem. Ik vond hem er eerder uitzien als een nazisympathisant dan een bomenknuffelaar.'

'Je zus zou het niet leuk vinden dat je zo praat. Een beetje meer respect voor haar levenswerk en de mensen die haar daarbij hielpen zou fijn zijn.'

Ik zucht en slik een tegenreactie met moeite in. 'De vrouw met wie ze in gesprek was toen ik haar achterliet bij de skilift vertrouw ik ook niet. Dat mens gaf iets aan Judith waar ze heel erg van schrok.'

'Wat dan?'

'Ik heb geen idee, dat kon ik niet goed zien. Ik heb wel een foto gemaakt van dat moment vanuit de skilift. Als je inzoomt krijg je het geschrokken gezicht van Judith en het gezicht van die vrouw redelijk goed in beeld, maar wat ze uitwisselen is me een raadsel.'

'Heb je dat allemaal aan de politie verteld?'

'Ja, natuurlijk, maar ze vonden het niet zo interessant. Ook niet toen ik vertelde dat Judith regelmatig bedreigingen aan haar adres krijgt van mensen die haar politieke opvattingen niet delen.'

'Het bevalt me niks wat je me nu allemaal vertelt, Maaik. Dat anonieme telefoontje zit me ook niet lekker.'

'Mij ook niet, mam. Ik ben eigenlijk ontzettend boos dat al die dingen zomaar aan de kant worden geschoven en niet serieus worden bekeken. Ze maken zich er veel te makkelijk van af. Judith verdient zoveel beter. En wij ook.'

'Dan weet je wat je te doen staat, Maaik.' De vastberadenheid in haar stem overvalt me. 'Als de politie ons geen antwoorden wil geven, dan zul jij ze moeten vinden.'

# 20

Judiths bagage ligt uitgespreid op het tweepersoonsbed. Ook al zijn het de eigendommen van mijn bloedeigen zus, toch voelt het verkeerd dat ik er zonder haar toestemming aan heb gezeten. Ik zal nooit weten of ze er moeite mee heeft dat ik ongegeneerd door haar bezittingen ga en dat vreet aan me. Maar ik weet ook dat ik geen andere keuze heb. Nu mijn moeder me tot detective heeft gebombardeerd, zal ik op zoek moeten naar aanwijzingen. Hoe klein en onbeduidend ze misschien zijn, ik ben erop gebrand ze te vinden. Mila en Franka komen straks nog langs om de bezittingen die op Judiths lichaam zijn gevonden langs te brengen. Het zou in elk geval om haar telefoon gaan. Ik hoop dat ze nog steeds dezelfde beveiligingscode heeft als vroeger zodat ik door haar berichten en afspraken van de afgelopen tijd kan gaan.

Het feit dat ik nu een missie heb, heeft het immense verdriet wat naar de achtergrond geschoven. Ik klamp me met beide handen vast aan de afleiding van het zoeken naar antwoorden die de politie tot nu toe schuldig blijft. Het voelt goed om iets concreets te kunnen doen voor Judith. Op het moment dat ze me het meeste nodig had was ik er niet. Ik weet dat ik dat nooit meer kan goedmaken, maar zwart-op-wit krijgen dat haar dood inderdaad voor honderd procent een ongeluk was, is het minste wat ik kan doen. Want als het geen ongeluk blijkt te zijn, dan zal ik tot het uiterste gaan om gerechtigheid voor mijn zus te krijgen. Bij die gedachte voel ik een vlam woede in mijn lichaam opkomen, die ik weer probeer weg te drukken. Ik kan beter mijn focus bewaren dan mezelf gek maken met speculaties.

Ik stop alles wat ik heb bekeken weer terug in Judiths tas. Met haar kleren ben ik zo klaar, daar kan ik niets vreemds aan ontdekken. Ik pak het boek dat ze bij zich had en lees de titel hardop voor: '*Het lied van ooievaar en dromedaris* van Anjet Daanje.' Het is een dikke pil die geïnspireerd is op het werk van Emily Brontë, lees ik in de gauwigheid. Echt iets voor Judith, die in onze studententijd ook al klassiekers uit de wereldliteratuur als *Anna Karenina* en *Jane Eyre* verslond terwijl ik genoot van een thriller of een luchtige roman.

Ik aai de harde cover van haar boek en druk het tegen mijn borst. Daarna sla ik het open op de plek waar een boekenlegger tussen de pagina's zit. Hij zal voor altijd blijven steken op bladzijde 48. Ik ga een pagina terug en begin te lezen. Het zijn de laatste zinnen die Judith tot zich heeft genomen en ik hoop haar dichter bij me te voelen als ik dezelfde woorden lees. In mijn hoofd hoor ik haar stem als mijn ogen over de regels vliegen. Vroeger las ze me vaak voor, vooral in de tijd dat we samen een kamer deelden. Als we allang moesten slapen, zaten we uren samen met een zaklampje onder een dekbed en nam Judiths stem me mee op avontuur in sprookjesachtige werelden die beschreven werden in prachtig geïllustreerde boeken die we leenden bij de bibliotheek. Ook al was ze het jongere zusje, zij nam de leiding.

Met een knoop in mijn maag leg ik het boek terug op bed. De tranen in mijn ogen belemmeren mijn zicht en ik wrijf ze weg met mijn mouw. Maar ik moet verder. Ik rommel wat in haar beautycase en stuit op een aangebroken pakje condooms. Ik tel er nog achttien in de verpakking van twintig. Mijn zus heeft dus seks met iemand gehad, maar met wie en wanneer zal voor altijd een vraag blijven. Verder kom ik gelukkig geen dingen tegen die schaamte oproepen. Ik rits de beautycase weer dicht en leg hem aan de kant. Het volgende object is een wit smal boekje met een harde kaft en de tekst *The best is yet to come* in een sierlijk schrift. Uit het jaartal dat onderaan in de rechterhoek staat, maak ik op dat het een agenda is. 'Er komt helemaal niks meer,' mompel ik kwaad en ik smijt de agenda tegen de muur. Voor de tweede keer pak ik hem op en de herhaling geeft meteen de zinloosheid van mijn actie weer. Ik ben geen steek verder dan net.

Ik blader door de pagina's. Eerst zorgvuldig, maar dan steeds vluchtiger. Judith werkte voornamelijk met initialen waar ik geen chocola van kan maken. Bij sommige initialen staan tijden, bij andere weer niet. Ik blader door naar februari en zoek de huidige week op. Over de volle twee pagina's die de week bestrijkt staat met rode pen een kruis getrokken en bovenaan de pagina staat in Judiths priegelige handschrift: *Vakantie met zussie!* Ze heeft er een hartje achter getekend en ik schiet meteen weer vol. Vroeger tekende ze ook altijd de kantlijnen van haar schriften en agenda's vol met hartjes, gekke poppetjes en bloemetjes en het ontroert me dat ze ondanks haar serieuze werk dat stukje Judith tot het einde heeft behouden.

Ik ga met mijn vinger over de linkerpagina en blijf steken op de zaterdag dat we aankwamen in Garmisch-Partenkirchen. Er staat met blauwe pen een rondje getekend dat zowel een nul als de letter O zou kunnen zijn. Verder vind ik nergens een aanwijzing. Er staat geen tijdstip of enige andere duiding bij. De rest van de week is leeg. Met een brok in mijn keel teken ik een kruisje bij haar sterfdag. Ik kras zo verbeten met de pen op het papier dat ik de punt er bijna doorheen druk. Ik blader verder, pagina na pagina van een toekomst waar Judith geen deel meer van uit zal maken.

Met een onbevredigend gevoel gooi ik de agenda in Judiths tas. Hij belandt boven op de stapel kleren die ik er eerder al in terug had gelegd. Het vest dat Judith droeg op de avond dat ze hier aankwam heb ik apart gehouden. Ik haal het van de stoel af en trek het aan. Ik laat mijn handen verdwijnen in de dik gebreide boorden en sla mijn armen om mezelf heen. Door me te omringen met de warmte die het vest afgeeft en de geur van Judiths parfum die nog sterk aanwezig is, hoop ik haar dichter bij me te voelen. Haar op de een of andere manier nog even vast te kunnen houden. Ik kan haar nu onmogelijk loslaten, daarvoor is het nog veel te vroeg.

Ik plof weer neer op bed en kijk ongeduldig op mijn horloge. Franka en Mila mogen wat mij betreft wel komen. Ze hebben geen specifiek tijdstip genoemd waarop ze langs zouden komen en nu heb ik spijt dat ik daar niet naar gevraagd heb. Zolang ze niet geweest zijn durf ik het appartement niet te verlaten, maar mijn behoefte aan frisse lucht wordt steeds groter. Ik zou graag even een stukje wandelen. Dat werkt thuis ook altijd goed als ik mijn gedachten wil ordenen omdat er te veel chaos in mijn hoofd is.

Dan besluit ik dat ik nu ik mijn moeder heb gesproken, ook echt Sophia moet bellen. Ik weet dat zij ontzettend zal meeleven, maar ook dat ik totaal kan breken als ik het haar vertel.

Sophia neemt na de eerste beltoon al op en haar stem voelt als een pijnstiller die snel na inname begint te werken. Ik sluit mijn ogen voordat ik haar naam in de hoorn fluister en zachtjes begin te huilen. Het lijkt wel of er geen einde komt aan die tranenstroom. Sophia laat me rustig huilen, het enige bewijs van haar aanwezigheid is haar ademhaling die via de luidspreker mijn oor binnendringt. Haar regelmatige gezucht heeft een kalmerend effect en ik denk aan al die keren dat ik in haar armen lag terwijl mijn hoofd meedeinde op het rijzen en dalen van haar borstkas. Aan het geluksgevoel dat zo groot was dat het me van mijn sokken blies. Zal ik ooit weer in staat zijn om iets anders te voelen dan verdriet? Op dit moment is het nog moeilijk voor te stellen.

'Kom naar huis, liefje, zo snel als je kunt,' zegt Sophia als ik mezelf eindelijk weer een beetje onder controle heb. 'Keesje en ik zijn er om je te troosten. Je moet nu niet alleen zijn.'

'Ik kan pas weg als ik hier wat dingen heb afgehandeld en ik kan nu nog niet inschatten wanneer dat is. Ik hoop daar de komende dagen meer zicht op te hebben.'

'Verwacht je problemen met de repatriëring?'

'Nee. Ik zou alle benodigde verklaringen en papieren snel bij elkaar moeten hebben volgens de alarmcentrale van Judiths reisverzekeraar. Zij gaan aan de slag om de benodigde papieren en het vervoer te regelen en mocht dat te lang duren, kan ik altijd nog contact opnemen met de Nederlandse ambassade om bij te springen.'

'Fijn dat die alarmcentrale het oppakt. Reden te meer dus om vlug naar huis te komen. Je kunt daar verder toch niet veel meer doen dan piekeren en je eenzaam voelen.' Ik hoor wat geklik dat lijkt op het geluid van een muis. 'Er is morgenavond nog een vlucht beschikbaar naar Amsterdam via Innsbruck. Zal ik die voor je boeken?'

'Innsbruck? Ik zit niet in Oostenrijk maar in Duitsland.'

'Weet ik, maar de luchthaven van Innsbruck ligt het dichtste bij Garmisch-Partenkirchen. Het is een klein uurtje rijden om daar te komen. Voor de Duitse luchthavens in de buurt moet je minstens een halfuur langer rijden. Boeken?'

Sophia's vastberadenheid vind ik normaal heel fijn, maar nu raak ik ervan in paniek. 'Morgen is echt een beetje te vroeg, Soof. Ik heb niet genoeg overzicht om in te schatten wanneer ik hier weg kan. Er zijn nog wat dingen die ik moet uitzoeken die ik niet aan anderen kan overlaten.'

'Zoals?'

'Ik heb wat vragen rond Judiths dood die de politie niet kan of wil beantwoorden. Ik moet een paar dingen uitzoeken om mijn onderbuikgevoel tot rust te brengen.'

'Wat bedoel je daar precies mee?'

Als ik Sophia het verhaal vertel over de offpisteplek en Judiths vreemde ontmoetingen en de bedreigingen, wijkt haar reactie nogal af van die van mijn moeder.

'Heb je zelf niet door dat dit een heel slecht plan is? Stél nou dat er inderdaad meer aan de hand is, dan heb je geen idee waar je je in stort. Je mag jezelf niet in gevaar brengen. Je draagt verantwoordelijkheid voor Keesje. En voor mij,' laat ze er zachter op volgen.

'Dat klopt en die verantwoordelijkheid neem ik heel serieus, maar ik ben Judith dit verschuldigd, Soof. Ik moet weten wat er precies gebeurd is.'

'Als je denkt dat je hier je schuldgevoel mee kunt verzachten, dan kan ik je nu al vertellen dat dat niet zo is. Sterker nog, je schuldgevoel wordt alleen maar groter als je jezelf in een lastige situatie brengt. Dat zou Judith nooit willen.'

'Ik moet dit doen, sorry. En ik snap niet dat jij niet wilt dat ik uit ga zoeken wat er echt is gebeurd. Ik had op een andere reactie van jou gerekend... maar misschien begrijp jij zoiets niet omdat je geen broers of zussen hebt.'

'Wow, waar slaat dat nu op? Ik had van jou ook iets anders verwacht. Je mag jezelf niet in gevaar brengen,' zegt ze stellig.

'Echt, Soof, je overdrijft. Ik ga je hangen, want ik heb dingen te doen.' Meteen nadat ik mijn laatste zin heb uitgesproken klinkt de kiestoon in mijn oor. Sophia heeft opgehangen. Voor het eerst sinds ik haar ken zonder fatsoenlijk afscheid te nemen. Ik krijg een déjà vu van mijn laatste moment met Judith, dat ook eindigde in kwaadheid. Hoe boos ik ook op Sophia ben, ik wil niet op deze manier afscheid nemen en bel haar terug. Als ze opneemt zeg ik dat ik van haar houd. 'Ik ook van jou, Maaik, daarom juist.' Ik hoor haar snikken in mijn oor.

'Ik beloof je dat ik voorzichtig zal zijn. Echt, ik doe geen domme dingen.' Meer garanties kan ik haar niet geven en aan de diepe zucht die ze slaakt, hoor ik dat ze het voor nu accepteert.

# 21

Het geroffel op de deur van mijn appartement is zo zacht dat ik me afvraag of ik het wel goed heb gehoord. Als er een tweede ongeduldigere tik tegen de deur volgt, snel ik ernaartoe. Mila staat zo dicht bij de drempel dat we bijna tegen elkaar aanbotsen en ik zet net op tijd een stap achteruit. We wisselen een ongemakkelijke glimlach uit als begroeting en samen met Franka loopt ze langs me heen naar binnen.

'De koffie is net doorgelopen, jullie ook een kopje?' Mijn stem hapert van de spanning. Ze knikken allebei en gaan aan tafel zitten terwijl ik met trillende handen drie mokjes uit een keukenkastje trek en ze volschenk. Ik gooi wat melkcupjes en suikerzakjes op een schoteltje en zet ze samen met de koffie op een dienblad. Het lukt me wonder boven wonder om alles zonder te knoeien op tafel te krijgen. Mila valt meteen aan op haar koffie, maar Franka trekt even afkeurend met haar neus als ze haar ogen over de chaos van spullen in de kamer laat gaan. 'Ik, uhm, ben haar tas even aan het doorspitten op aanwijzingen,' zeg ik ietwat beschaamd. Ik weet dat ik Franka geen enkele uitleg schuldig ben, maar toch voel ik de behoefte om de rotzooi te verklaren.

'Aanwijzingen?' vraagt Mila als ze een grote slok zwarte koffie heeft doorgeslikt.

'Ik hoop ergens contactgegevens te vinden van de man

met wie ze op haar eerste avond had afgesproken.'

'En stel dat u die gegevens vindt, wat wilt u daar dan mee?' Franka kijkt me streng aan.

'Ik wil hem spreken over mijn zus.'

'Om te melden dat ze is overleden, neem ik aan. Want de gedachte dat er meer achter haar ongeluk zat hebt u inmiddels hopelijk wel losgelaten, toch? Dat lijkt me ook niet goed voor uw verwerkingsproces.'

'Júllie hebben dat losgelaten,' zeg ik stuurs terwijl ik verder niet inga op haar vraag. 'Ik ben ook op zoek naar de vrouw die haar aansprak bij de skilift. Ik wil weten wat ze mijn zus heeft gegeven en waarom ze daar zo van schrok.'

'Bespaart u zich vooral de moeite.' Franka trekt een zakje met een telefoon en wat andere kleinigheden uit haar binnenzak en maakt het open. Ze pakt er iets uit en in eerste instantie kan ik niet goed zien wat het is. Ze houdt het me voor en pas dan zie ik dat het een foto is. Er staan twee vrouwen op die van een afstandje naar het zich laat aanzien heimelijk zijn gefotografeerd. Aan hun lichaamshouding en gezichtsuitdrukking te zien zijn ze druk in gesprek. Beide vrouwen dragen een donkere muts waardoor hun haarkleur niet te onderscheiden is. Om hen heen ligt sneeuw en op de achtergrond ontwaar ik naaldbomen. Een bosrand? Ik pak de foto uit Franka's hand, breng hem wat dichter naar mijn gezicht en kijk nog eens goed. Tegen de bosrand denk ik een silhouet te zien. Ja, ik weet het zeker. Het lijkt een man, aan het postuur te zien. Hij staat zo verdekt opgesteld dat het onmogelijk is om zijn gezicht te zien. Hoort hij bij de twee vrouwen of staat hij ze te bespieden?

'Niet bepaald een tafereeltje waar je erg van schrikt, toch?' Franka kijkt achteloos naar de foto, pakt hem weer terug en legt hem voor me op tafel. 'We vonden dit tussen de spullen die uw zus in haar binnenzak droeg, samen met haar telefoon, haar paspoort en rijbewijs, een creditkaart, bankpas en verzekeringsbewijs.'

Ik trek de foto naar me toe en bekijk hem nogmaals. Eén van de vrouwen, de langste van de twee draagt een jas met een bontachtige structuur. Ik kan niet zien of het om nep- of echt bont gaat, maar weet honderd procent zeker dat Judith het ding zou verafschuwen. Maar daar kan het toch niets mee te maken hebben? Dat ze zo geschrokken is van een jas die mogelijk gefabriceerd is van de vacht van dieren die ze wilde beschermen? Zelfs voor Judith lijkt me dat wat overdreven. 'Weten jullie wie die vrouwen zijn?' vraag ik terwijl ik me richt op Mila. Zij lijkt een stuk aardiger dan Franka, die vandaag ongeduldig en streng overkomt. Misschien wordt dat gevoel versterkt door de strakke knot waar ze haar haar in heeft samengebonden, waardoor haar jukbeenderen en neus meer worden geaccentueerd. Mila staart iets te lang naar mijn zin in haar koffie voordat ze haar schouders ophaalt. Franka's gezicht is ondoorgrondelijk. 'Het zou echt beter zijn als u zo snel mogelijk terugkeert naar Nederland. Er valt nog een hoop te regelen. Ik neem aan dat u uw zus een mooi afscheid wilt geven.' Beide agenten slaan hun armen over elkaar, alsof ze een soort blok vormen waar geen speld tussen te krijgen is. Waar ze gisteren nog vriendelijk en meegaand waren, gedragen ze zich nu ronduit raar. Ik heb er geen andere woorden voor. Ik kan me niet aan de indruk onttrekken dat ze nieuwe informatie hebben die ze niet met me willen delen.

'Nog nieuwe ontwikkelingen sinds gisteren?'

'Geen dingen waar we u mee hoeven te vermoeien.'

'Maar er is dus wel iets?'

'Dat zijn uw woorden. U hebt het mij niet horen zeggen.' Franka staat op en geeft Mila een por tegen haar schouder ten teken dat ze hetzelfde moet doen. Ik vlieg overeind uit mijn stoel en blokkeer de weg naar de uitgang. 'Hebben jullie aanwijzingen dat Judith misschien toch geen natuurlijke dood is gestorven? Als dat zo is, dan moeten jullie die informatie met me delen. Daar heb ik recht op.'

'Mensen denken tegenwoordig algauw dat ze ergens recht op hebben, terwijl dat niet zo is. De dood van uw zus was een tragisch ongeluk en het zou voor iedereen beter zijn als u dat zou accepteren.'

'Hoezo "voor iedereen" beter? Wie is iedereen? Daar ben ik toch wel erg benieuwd naar.'

'Bij wijze van spreken. U moet niet alles wat ik zeg zo letterlijk nemen.' Franka zucht vermoeid en op Mila's gezicht verschijnt een blik die ik niet goed kan duiden. Het lijkt of ze iets wil zeggen, maar haar woorden toch weer inslikt. Als ik al ergens voet tussen de deur wil krijgen, dan maak ik meer kans bij haar dan bij Franka. Maar hoe krijg ik Mila alleen te spreken? Sinds ik haar heb ontmoet, lijkt ze vastgeklonken aan haar collega, die duidelijk de leiding heeft en bepaalt wat ze wel en niet aan me vertellen.

'Maar nog even over die foto, is het jullie ook opgevallen dat er bij de bosrand iemand lijkt te staan?' Ik wijs op de donkere vlek met mensachtige contouren. 'Het lijkt wel een man.'

Franka werpt een vluchtige blik op de plek die ik aanwijs. 'Ik ben bang dat u zich dat inbeeldt,' zegt ze resoluut. 'Met de beste wil van de wereld kan ik hier geen persoon in zien, hooguit een uit de kluiten gewassen struik. Als u ons nu wilt excuseren, er zijn nieuwe zaken die onze aandacht vragen.'

Ik stap opzij. Energie steken in een strijd die ik bij voorbaat al ga verliezen heb ik altijd al zonde gevonden van mijn tijd.

'Het spijt ons dat we niet meer voor u kunnen doen,' zegt

Mila als ze langs me loopt. 'Ik wens u een voorspoedige terugreis en veel sterkte met het verwerken van uw verlies.' Haar mondhoek lijkt wat te trillen, maar het is zo subtiel dat ik me afvraag of ik het me niet heb verbeeld. Voordat ik haar gezicht beter kan bekijken, schiet ze langs me heen en is ze verdwenen. Als Franka de deur achter hen dichtslaat, klinkt het geluid ongelofelijk hard en definitief. Het brengt me kort uit mijn evenwicht, maar ik weet mezelf snel weer te herpakken. Het is duidelijk dat ik er helemaal alleen voor sta als ik op zoek ga naar antwoorden. De moedeloosheid die ik had verwacht blijft uit. De wetenschap dat de politie al een eindconclusie heeft getrokken en geen verder onderzoek zal doen voor Judith, maakt me juist extra strijdbaar.

Ik loop terug naar de tafel en pak de foto die de politie op Judiths lichaam heeft gevonden. Hoe ik erachter moet komen wie die vrouwen zijn, weet ik nog niet, maar het zal me op de een of andere manier lukken. Ik draai de foto om in de hoop dat er iets op de achterkant is geschreven, maar die gedachte is natuurlijk te mooi om waar te zijn. Ergens in mijn onderbewuste begint iets te borrelen als ik de vrouw met de bontjas verder bestudeer. Ik heb het gevoel dat ik haar gezicht al eens eerder heb gezien, maar ik heb geen idee wanneer dat is geweest of waar. Ik moet de vrouw die Judith die foto heeft gegeven zien op te sporen. Als ze het belangrijk genoeg vond om Judith die foto te geven, dan zal ze ook meer kunnen vertellen over de personen die erop te zien zijn. En of die zogenaamde struik misschien toch een man is. Wat ik ook moet zien uit te vinden is of de vrouw het juist goed met Judith voorhad of dat ze haar schade wilde berokkenen door haar die foto te geven. Wat mij betreft kan het nog alle kanten op. Ik moet een plan maken voor mijn volgende stappen.

Er gaat een steek door me heen als ik me realiseer dat ik

Judiths hulp en gestructureerdheid op dit moment heel goed zou kunnen gebruiken en weer doet het gemis zich in volle hevigheid voelen. Het komt in golven die elkaar steeds sneller lijken op te volgen. Zij zou mijn eerste hulplijn zijn. Sophia zou doorgaans op een goede tweede plek komen, maar ook haar kan ik niet bellen voor advies. Het zou alleen maar olie gooien op het vuur dat ik met moeite heb kunnen blussen.

Ik sta er dus alleen voor. Ik zal het ermee moeten doen. Eigenlijk heb ik geen idee waar ik moet beginnen met zoeken en daarom begin ik maar eenvoudig. Het lijkt me het meest logisch om terug te gaan naar de plek waar ik Judith met die vrouw heb achtergelaten en daar te beginnen met rondvragen. Ik zoom in op het gezicht van de oude vrouw en maak een screenshot. Gehaast verlaat ik het appartement en loop naar de receptie die zich beneden in het pand bevindt in een ruimte voor de uitgang. De vriendelijke gastvrouw staat zelf achter de balie. 'Gaat het een beetje met u? Ik zag dat de politie weer langs is geweest?'

'De politie kwam wat spullen van mijn zus brengen die ze op haar lichaam hebben gevonden.' Ineens realiseer ik me dat ik zo gefocust ben op die foto dat ik Judiths telefoon helemaal ben vergeten. Het ding ligt nog precies zo op tafel als Franka hem heeft neergelegd terwijl ik juist hoop uit die telefoon een schat aan informatie te krijgen. Ik word overvallen door ongeduld en wil zo snel mogelijk door. 'Ik heb een verzoekje en ik hoop dat u me kunt helpen,' zeg ik voordat de gastvrouw de kans krijgt om me nog meer vragen te stellen.

'Wat kan ik voor u doen?'

'Ik vroeg me af of u deze foto voor me zou kunnen printen en zou kunnen vergroten onder het kopieerapparaat.' Ik laat haar eerst de foto van de oude vrouw op mijn telefoon zien en daarna haal ik de foto van de twee vrouwen tevoorschijn die ik van de politie heb gekregen.

De gastvrouw – ik lees nu pas dat ze Liene heet op het naamspeldje dat ze op haar gilet heeft geprikt – kijkt vluchtig naar de foto op mijn telefoon. Liene heeft zich ongetwijfeld aan me voorgesteld, maar het is niet blijven hangen. Ik ben altijd beter geweest in het onthouden van gezichten dan namen, hoewel die kwaliteit me bij de vrouw in de bontjas overduidelijk in de steek laat.

Ik krijg niet de indruk dat Liene de vrouw herkent. Bij het zien van de andere foto verandert haar gezichtsuitdrukking. De vriendelijke openheid wordt ingeruild voor een gesloten, ondoordringbare blik en als ik oogcontact met haar zoek, draait ze haar gezicht weg. 'Het spijt me, maar ik kan u niet verder helpen. De printer is kapot en de kopieermachine ook. Het is zo'n alles-in-eending, weet u wel. Als er iets stukgaat, dan ben je meteen volledig onthand. Het is nu wachten op een monteur, maar ik heb geen idee wanneer die komt.' Achter haar begint het kapotte alles-in-eenapparaat te ratelen en ze trekt bleek weg. Ik trek mijn wenkbrauwen op en kijk haar vragend aan. Haar houding krijgt iets schichtigs. De glimlach die ze me toewerpt is niet meer dan een moeizame grimas. 'Uhm, de fax. Dat is de fax, die doet het nog wel op de een of andere manier. Ik heb er ook geen verstand van.' Ze trekt haar schouders zo hoog op dat ze haar oorlellen raakt.

'Is er in het dorp een mogelijkheid om te printen? Is er een copyshop dat u weet?'

Ze schudt lafjes met haar hoofd en uit alles blijkt dat ze me niet verder wil helpen. 'U weet toevallig niet wie deze vrouwen zijn?' Ik tik op de foto. 'Het zou me echt helpen als ik met ze kon praten, want ik denk dat mijn zus ze kende. Waarom zou ze anders met een foto rondlopen waar ze op staan?'

Liene schudt weer haar hoofd en blijft verder zwijgen. De stilte wordt uiterst ongemakkelijk. 'Ik kan u helaas niet verder helpen.' Haar toon is ineens heel zakelijk. 'Als u het niet erg vindt, ik heb het nogal druk met dingen die niet kunnen wachten.'

'Ik krijg vooral het idee dat u druk bent met het ontwijken van mijn vragen.'

'Dat is zeker niet zo. Sorry, maar ik moet verder.' Ze keert me haar rug toe op een manier die gewoon onbeschoft is. Alsof ik lucht ben en ons gesprekje van zojuist helemaal niet heeft plaatsgevonden. Het liefste zou ik meteen mijn biezen pakken en een ander onderkomen zoeken, maar bij het idee dat ik zowel mijn spullen als die van Judith moet verslepen naar een nieuwe locatie, zakt de moed me in de schoenen. Het verdriet om mijn zus zuigt vrijwel alle energie uit mijn lijf en dat beetje dat me nog rest heb ik nodig om antwoorden te zoeken. Bovendien is het waarschijnlijk een illusie om te denken dat er ergens nog een vrije kamer te vinden is. Het was een paar maanden geleden al lastig om dit appartement nog te boeken.

De frustratie die Lienes houding bij me oproept doet mijn bloed koken. Ze weet iets, maar ik kan haar moeilijk over de balie trekken om de antwoorden uit haar te krijgen. Hoezeer het me ook tegenstaat en hoe ver het ook afwijkt van wat ik zou willen doen, ik draai me toch om en ga onverrichter zake terug naar mijn kamer. Ik zal het met de originele foto's moeten doen. Foto's waar ik een paar foto's van ga maken om in de cloud te back-uppen, want het gaat me niet gebeuren dat ik in een moment van onoplettendheid met lege handen kom te staan, omdat er iets met de foto gebeurt.

Door het terughoudende gedrag van Liene en de politie ben ik er alleen maar meer van overtuigd dat ik iets beetheb waar mensen zenuwachtig van worden. Maar waarom hebben ze me die foto überhaupt gegeven als ze niet willen dat ik er vragen over stel? Ze hadden hem in dat geval beter achterwege kunnen laten zodat ik er nooit van had geweten. Terwijl ik terugloop naar mijn appartement, Liene verder negerend zoals ze dat ook bij mij doet, hang ik al aan de lijn met het politiebureau. Als ik aangeef dat ik Mila wil spreken, krijg ik te horen dat ze niet aanwezig is en dat er een terugbelverzoek wordt aangemaakt. Op de vraag binnen welke termijn ik haar telefoontje kan verwachten krijg ik geen concreet antwoord. 'Ik kan niet in haar agenda kijken, mevrouw, maar het is momenteel ongelofelijk druk. We kampen met personeelstekorten en veel collega's draaien al extra diensten om de dagelijkse zaken draaiende te houden.'

'Hebben jullie de dood van mijn zus soms afgedaan als ongeluk uit tijdgebrek? Kwam dat jullie beter uit?'

'Het spijt me, maar daar kan ik niet op ingaan. Ik bewaak de balie en ben niet van het onderzoeksteam. Maar ik weet wel dat zoiets nooit zou gebeuren hier.'

'Zorg dat Mila me terugbelt,' snauw ik in de hoorn, 'want als ze dat niet doet, dan blijf ik het proberen. U hebt misschien tijdgebrek, maar ik heb alle tijd van de wereld.'

# 22

Ik heb het zo koud dat ik me afvraag of ik ooit nog op zal warmen. Mijn tanden klapperen in een gestaag ritme tegen elkaar en mijn handen en voeten voel ik al een tijdje niet meer. Het is nog maar net onder het vriespunt, maar door de ijzige wind voelt het alsof ik me op de Noordpool bevind in plaats van bij een skilift in Garmisch-Partenkirchen. Ik denk aan hoe vaak Judith in de loop der jaren door weer en wind heeft staan flyeren voor LINN om haar partij en hun overtuigingen bij mensen onder de aandacht te brengen. Eén keer ben ik met haar meegegaan, maar ik haakte al binnen het uur af. Judith hield zich de hele dag dapper staande, tot ze totaal verkleumd maar met een tevreden lach op haar gezicht thuiskwam. Ik sta hier nu al een paar uur te blauwbekken bij de skilift waar ik Judith voor het laatst heb gezien en mijn bewondering voor haar wordt alleen maar groter.

Met dezelfde gedrevenheid die Judith had duw ik iedere voorbijganger mijn mobiel met de foto van het uitvergrote gezicht van de oude vrouw onder de neus, maar niemand heeft tot nu toe enige blijk van herkenning gegeven. De medewerking valt me hier sowieso nogal tegen. Het gros van de mensen kijkt me aan alsof ik niet spoor en maakt zich na een vluchtige blik snel uit de voeten, door sommigen word ik zelfs volledig genegeerd. De moeder die haar dochtertje achter zich trok alsof ik haar kind ter plekke wilde ontvoeren, spande helemaal de kroon.

Er waren al duizend redenen waarom ik mijn biezen had kunnen en misschien had moeten pakken, maar toch sta ik hier nog steeds. Stel nou dat ik net die ene persoon misloop die wel met me wil praten en weet wie de vrouw op de foto is? Er komt een groepje luidruchtige Nederlandssprekende corpsballen aanlopen en ik blokkeer hun looproute en duw ze mijn telefoon met de foto onder hun neus. Een van die gasten botst tegen me op, maar ik laat me niet uit het veld slaan.

'Hé trut, kijk eens uit je doppen,' zegt hij terwijl hij me aan de kant duwt.

'Weten jullie misschien wie deze vrouw is?' Ik houd mijn mobiel nu in de lucht zodat zijn maten het scherm ook kunnen zien.

'Wat een lelijk wijf,' roept een van hen en het is me niet duidelijk of hij mij of de vrouw op de foto bedoelt. De anderen lachen instemmend zoals dat gaat onder groepsdruk. Hoewel ik voor de klas dag in, dag uit met dit soort gastjes te maken heb, voel ik me er in deze setting toch ongemakkelijk bij. Alsof het mij buiten het klaslokaal aan autoriteit ontbreekt.

'Misschien heb ik haar wel gezien vandaag,' zegt een van de jongens. Ik vergeet de kou en alle ellende en loop op hem af. 'Wat? Waar?'

'Grapje toch!' Hij lacht een rij veel te witte tanden bloot die ik op dit moment wel uit zijn mond zou kunnen slaan. Zijn spottende lach wordt overgenomen door de groep en dat duwt me over het randje. Ik zak in elkaar in de sneeuw en stort volledig in. Ik kan alleen maar huilen en heb niet de kracht om op te staan. Het verdriet, de kou, de onmacht, de vragen waar ik geen antwoorden op vind, het komt er allemaal uit in een onstuitbare tranenvloed.

In eerste instantie staan de jongens naar me te staren

met ongemakkelijke gezichten. 'Rot op, stelletje lamlullen!' schreeuw ik. 'Jullie hebben echt geen idee!' Het kan me niet schelen dat ze me een hysterisch wijf zullen vinden, als ze maar weggaan. Een paar jongens lopen langs me heen, maar eentje van hen maakt zich los uit de groep en knielt bij me neer. 'Hé, sorry voor mijn maten. Dat ze je zo overstuur hebben gemaakt. Het is belangrijk voor je, hè, die foto. Laat hem nog eens zien.' Zijn ogen gaan schuil achter een skibril met donkerblauwe lenscoating, dus ik kan niet zien of hij oprecht is of dat hij me nog een trap na wil geven door zogenaamd behulpzaam te zijn. Het enige waar ik op af kan gaan is het geluid van zijn stem en die klinkt vriendelijk. 'Ik ben Duco trouwens.'

'Maaike,' zeg ik snikkend, terwijl ik mezelf weer onder controle probeer te krijgen. Ik aarzel even, maar geef hem dan toch mijn mobiel met de foto. Hij bestudeert hem uitgebreid en net als ik hoop begin te krijgen, schudt hij met zijn hoofd. 'Sorry, ik kan me niet herinneren dat ik deze vrouw de afgelopen dagen heb gezien.' Hij geeft me mijn telefoon terug en ik pak hem aan. 'Dank voor je moeite,' mompel ik.

'Die foto is hier bij de lift genomen?'

'Ja, twee dagen geleden.' Ik pak de originele foto erbij waarop de vrouw samen met Judith te zien is.

'Wie is dat?'

'Mijn zus. Ze is omgekomen door een val in een gletsjerspleet en die oude vrouw is de laatste persoon met wie ik haar heb zien praten. Die vrouw heeft haar een andere foto gegeven waar ze zichtbaar van schrok en ik moet weten waarom dat was.'

'Wat vreselijk. Gecondoleerd. Ik heb wel iets gehoord over een ongeluk met een gletsjerspleet, maar dat was niet hier, toch?'

'Nee, bij de Osterfelderkopf.'

'Was je bij haar?'

'Nee, ik had de skilift genomen terwijl zij met die vrouw stond te praten. Zij zou de volgende lift nemen en we zouden elkaar in elk geval zien voor een lunch in het panoramarestaurant. Het plan was om te skiën bij de Zugspitze en ik heb eerlijk gezegd geen idee hoe en waarom ze bij de Osterfelderkopf is beland. Ze is offpiste gevonden terwijl ze nooit offpiste ging.'

'En nu twijfel je of het wel een ongeluk was? In het licht van het gesprek dat ze met die vrouw had en die foto waar ze van schrok en zo.'

'Ja, dat doe ik zeker. Mijn zus was politica in het Europees Parlement en kreeg bedreigingen. Het fijne weet ik er niet van, dat wilde ze me niet vertellen. Ik moet weten wat die vrouw van haar moest en waarom ze haar die foto heeft gegeven.'

Duco knikt begripvol. 'Heb je die andere foto ook bij je?'

Het lukt me met moeite om hem ongekreukeld uit de binnenzak van mijn jas te halen. Mijn vingers zijn zo koud en stijf dat ik er geen enkele controle over heb. Duco pakt de foto aan en bestudeert hem net zo nauwgezet als hij bij de eerdere foto heeft gedaan. 'Ik herken die jas. Die heb ik eerder gezien. Maar waar?' Hij wijst naar de lange bontjas die een van de vrouwen draagt.

'Ja? Je komt er vast op,' spoor ik hem aan terwijl mijn stem overslaat van opwinding. Voor het eerst in al die uren dat ik hier tevergeefs heb gestaan, lijk ik nu eindelijk op het punt te staan om wat resultaat te boeken.

'Ze deed me denken aan Cruella de Vil. Je kent haar wel, hè, uit die film.'

'Natuurlijk,' zeg ik ongeduldig. 'Waar heb je haar gezien? Heb je iets van een naam? Iets, maakt niet uit wat.'

'Ah, ik weet het weer. Ken je dat heel dure, chique hotel vlak bij het centrum? Shit, hoe heet het ook alweer? Ogenblikje.' Hij pakt zijn telefoon en zijn vingers razen zo snel en geroutineerd over het scherm dat ik ze amper kan volgen. 'Ah ja, hier heb ik het.' Hij laat me zijn scherm zien. 'Schneespitze Hotel Garmisch-Partenkirchen,' lees ik hardop voor. Er prijken vijf sterren op de website naast de naam van het hotel en in de gauwigheid zie ik dat het beschikt over een uitgebreide wellness, een verwarmd binnenzwembad en een schoonheids- en massagesalon. Het ligt op loopafstand van het station, het centrum en het olympisch stadion en wordt geroemd om zijn uitstekende keuken. 'En daar heb je die vrouw met die bontjas gezien?'

'Ze stapte uit een gloednieuwe zwarte BMW alsof ze de koningin zelf was. Een chauffeur in pak met een hoed op hielp haar uitstappen en parkeerde daarna de auto in de garage terwijl zij bij het hotel naar binnen schreed. Meer weet ik niet, maar misschien kun je met die foto naar het hotel gaan? Als ze daar gast is, dan zullen ze haar vast wel herkennen. Ze is nogal een opvallende verschijning, zal ik maar zeggen.'

Er trekt een stroomstoot door mijn buik. Enerzijds ben ik teleurgesteld dat Duco niet meer concrete informatie voor me heeft, maar hij heeft in elk geval iets waar ik mee verder kan. Het is het eerste aanknopingspunt in twee dagen. 'Dank je wel,' zeg ik terwijl ik de foto en mijn telefoon wegberg. Hij steekt me zijn hand toe en helpt me overeind. 'Ik hoop dat ik iets heb kunnen goedmaken van het lullige gedrag van mijn maten. In zo'n groep zijn ze anders dan los van elkaar. Maar dat praat het niet goed natuurlijk.'

Ik tover een flauw lachje op mijn gezicht. 'Ik sta voor de klas, dus...'

'Ah, dan weet je wat ik bedoel.'

'Hoe harder er geschreeuwd wordt...'

'Hoe minder er gezegd wordt,' maakt hij mijn zin af. Ik kan zijn ogen nog steeds niet zien door die skibril, maar het zou me niet verbazen als hij me een knipoog gaf.

'Maar ja, je hebt absoluut punten gescoord en wat goedgemaakt.' Mijn knipoog naar hem toe is wel zichtbaar en hij incasseert hem met een lach.

'O, dat zou ik bijna vergeten te vragen: wanneer heb je die vrouw daar gezien?'

'Poeh, exact weet ik het niet meer, maar ik gok dat het een dag of twee geleden was of zo? Ergens einde ochtend?'

*Op de dag dat Judith verongelukte?* De vraag spookt meteen door mijn hoofd maar ik spreek hem niet hardop uit. Duco kan me niet meer dan een indicatie geven en dat betekent dat elke conclusie die ik trek speculatie is.

'Hé, Duco, gast, vandaag nog?' schreeuwt een van zijn maten, die op het punt staat in de gondel te stappen.

'Ik moet ervandoor. Veel sterkte met alles.' Hij pakt zijn snowboard op, spant zijn lange benen aan en trekt een soepel sprintje naar zijn vrienden. Ik roep nog snel een bedankje terwijl ik hem nakijk. Samen met een handjevol nieuwe skiërs die elkaar allemaal lijken te kennen blijf ik achter. Ik ben nog steeds door en door koud, maar Duco's aanwijzing heeft me hernieuwde moed gegeven. Ik besluit het clubje mensen dat hier op de berg staat nog te vragen naar de oude vrouw en dan ga ik naar dat hotel om te kijken of ik daar wijzer kan worden over wie de vrouw in de bontjas is en wat haar connectie met mijn zus is geweest. Zij kan me vast ook meer vertellen over de identiteit van de andere vrouw op de foto. Of ze dat ook gaat doen als ik haar eenmaal heb gevonden, is natuurlijk de grote vraag. Maar één ding weet ik zeker, ik zal doorgaan tot ik tot op de bodem heb uitgezocht wat er met Judith is gebeurd. Misschien lijk ik qua vastberadenheid toch iets meer op haar dan ik dacht.

# 23

In een taxi laat ik mijn lichaam even tot rust komen en opwarmen. Mijn telefoon ligt op mijn schoot en ik staar naar buiten zonder echt iets te zien. Mijn hoofd komt allesbehalve tot rust en de gedachten wisselen elkaar vliegensvlug af. Ik ben op weg naar het Schneespitze Hotel waar Duco de vrouw in de bontjas beweert te hebben gezien. Zenuwen gieren door mijn buik terwijl ik zinnige vragen probeer te verzinnen die niet meteen argwaan wekken. Ik moet niet hebben dat ik meteen weer buiten word gezet door de security.

Ik schrik op uit mijn gedachten als mijn telefoon begint te rinkelen. Sophia. Even overweeg ik hem over te laten gaan omdat ik bijna bij het hotel ben en geen zin heb in een nieuwe confrontatie, maar het voelt toch niet goed om haar buiten te sluiten. Ik neem op vlak voordat het toestel op de voicemail springt. 'Soof, lieverd,' zeg ik zachtjes om het gesprek een beetje privé te houden.

'Wat praat je zacht.'

'Ja, ik zit in een taxi.'

'Een taxi? Naar het vliegveld?' Sophia's stem klinkt hoopvol en het doet me pijn dat ik haar moet teleurstellen.

'Ik had je toch verteld over die foto die ze op Judiths lichaam hebben gevonden? Die met die twee vrouwen van wie één een bontjas droeg? Iemand denkt die vrouw gezien te hebben bij een luxehotel...'

'Laat me raden: je bent op weg naar dat hotel om rond te gaan neuzen.'

'Inderdaad.'

'In je eentje zeker.'

'Uh, ja, ik zou niet weten wie ik mee zou moeten nemen.'

'Vind je dat niet een beetje gevaarlijk?'

'Nee hoor. Het is een openbare gelegenheid en ik doe gewoon alsof ik interesse heb in een kamer maar nog iets meer wil weten over het hotel of zo. Daar kan niemand wat van zeggen, toch?'

'Ik vind het maar niks, Maaik. Ik heb er gewoon een heel slecht gevoel over dat je je daar in die schimmige ellende stort terwijl je ook bij mij en Keesje kunt zijn.'

'Je conclusie is wat voorbarig, Soof, we weten nog niet of het schimmig is. Dat is nou juist wat ik uit wil vinden. Die vrouw heeft op de een of andere manier een link met Judith, want wat deed mijn zus anders met die foto? Het is toch logisch dat ik wil weten wat die link is en of ze me meer kan vertellen over Judith?'

'De reden dat Judith schrok van die foto impliceert voor mij dat zij en die vrouw geen vriendinnen waren, misschien hadden ze wel ruzie.'

'Zou kunnen, maar dat hoor ik dan vanzelf wel.'

'Of niet. Doe nou niet zo naïef, Maaike. Ik begrijp niet waarom je er zo van overtuigd bent dat mensen tegen je gaan leeglopen als het verhaal wat ze te vertellen hebben misschien wel niet zo fraai is. Jij laat toch ook nooit het achterste van je tong meteen zien aan een wildvreemde? Het kostte mij zelfs al zeker een paar maanden voordat je een beetje losser werd en jezelf over durfde te geven.'

'Dat is iets totaal anders. Ik was eindelijk uit de kast. Als je je gevoelens zo lang hebt opgekropt en verborgen, dan verander je niet ineens in een open boek. O, Soof, ik moet hangen, ik ben bij het hotel.' Ik wacht haar antwoord niet af en verbreek de verbinding. Ik zet mijn toestel op stil en betaal de chauffeur. Op zijn vraag of hij op me moet wachten, schud ik mijn hoofd. Ik heb geen idee hoe lang ik hier bezig zal zijn en mijn vakantiebudget laat het niet toe om een taxi voor onbepaalde tijd met ronkende motor te laten staan terwijl de meter doortikt.

Met tegenzin verlaat ik de warme auto en ik huiver als een gure oostenwind dunne sneeuwvlokjes tegen mijn opgewarmde huid blaast. Het Schneespitze Hotel heeft met zijn witte muren en houten balkons meer weg van een enorm Ferienhaus dan van een klassiek hotel. Aan de balkons hangen bloembakken met rode winterbloeiers en de setting doet me denken aan Tirol. De kamers op de begane grond – die aan weerszijden van de ingang liggen – hebben een klein tuintje met een zitje waar het vooral in de zomer heerlijk toeven moet zijn. Ik loop naar de deur die toegang geeft tot het hotel en de portier laat me binnen. Met zijn lange rode jas, zwarte broek, witte handschoenen en hoge hoed zou hij ook door kunnen gaan voor goochelaar, ware het niet dat hij veel te serieus kijkt. Ik knik hem vriendelijk toe en hij kijkt me onderzoekend aan, zijn wenkbrauwen subtiel opgetrokken. Waarschijnlijk val ik met mijn warme maar niet bepaald charmante skioutfit nogal uit de toon bij de chique gasten die hij gewend is te ontvangen. Mijn vrijwel make-uploze gezicht zal ook niet bepaald bijdragen aan een verbluffende eerste indruk. Even ben ik bang dat hij me de toegang alsnog gaat ontzeggen, maar uiteindelijk zet hij de deur wagenwijd voor me open en stapt opzij. Ik prevel een '*Vielen Dank*' terwijl ik langs hem heen loop en koortsachtig probeer vast te stellen waar ik moet zijn. Ik probeer een zelfverzekerde houding aan te nemen als ik naar de receptiebalie loop om te verbloemen dat ik me compleet verloren voel. Mijn mond is droog van de zenuwen. Ik heb maar één kans en die mag ik niet verpesten.

Achter de receptie staat een lange deftig uitziende vrouw met een keurig geföhnde *bobline*. Ze draagt een jasje in dezelfde rode kleur als dat van de portier en een zwarte kokerrok. Aan haar oorlellen prijken subtiele witte pareltjes. Op haar borst zit een goudkleurig naamplaatje gespeld waar in zwarte cursieve letters de naam WIEN op staat. Ze knikt me vriendelijk toe, maar net als bij de portier merk ik wat gereserveerdheid terwijl ze me van top tot teen opneemt. Ik besluit maar meteen met de deur in huis te vallen en al mijn omslachtige voorgekauwde zinnen achterwege te laten. Ik schat in dat Wien niet van poespas houdt en graag snel tot de kern komt. 'Ik heb een beetje een gekke vraag,' begin ik aarzelend terwijl ik de foto uit mijn binnenzak trek. Wien kijkt me afwachtend aan. Ik houd haar de foto voor en wijs naar de vrouw met de bontjas. Ik zie Wiens ogen heel even oplichten voordat de blik in haar ogen weer neutraal wordt. 'Ik ben op zoek naar deze vrouw en ik vroeg me af of u weet wie ze is en of ze hier te gast is?'

'Het zou niet bepaald discreet zijn als ik daarop zou antwoorden.' Wien kijkt me streng aan. 'Wij verstrekken nooit informatie over gasten, dus ik vrees dat ik u niet verder kan helpen. Hoe komt u erbij dat deze vrouw hier verblijft?'

'O, dat heb ik gehoord.'

'En wat wilt u dan van haar?'

'Ze kent mijn zus,' bluf ik.

'Nou, dan zal uw zus u wel verder kunnen helpen, toch?' Ze werpt me een zurig lachje toe.

'Mijn zus is overleden en ik probeer dat een plekje te geven door zo veel mogelijk mensen te spreken die haar gekend hebben. Deze foto was in haar bezit, dus de vrouwen die erop staan moeten iets voor haar betekend hebben.' Het kost me geen enkele moeite om wat verse tranen op te roepen.

'Ach, dat spijt me voor u. Gecondoleerd met uw verlies. Weet u wat? Als u me die foto even geeft, dan laat ik hem even aan mijn collega zien. Ze is achter bezig, maar heeft de hele week baliedienst gehad.'

'Kan uw collega niet even hier komen? Ik geef de foto liever niet af. Het is een van de weinige dingen die ik heb.'

Wien kijkt me verwijtend aan. 'Reden te meer dat ik er heel zuinig op ben. Het is mijn vak om zorgvuldig met spullen van anderen om te gaan.' Ze steekt haar hand uit. 'Graag of niet.'

Vertwijfeld bijt ik op mijn lip. Wat moet ik doen? Het voelt niet oké om de foto uit handen te geven, maar ik kan de kans om meer te weten te komen ook niet laten lopen. In een opwelling leg ik de foto in haar hand. Ze verdwijnt ermee door een deur achter de balie en het enige wat ik kan doen is wachten tot ze terugkomt en rustig blijven. In mijn hoofd begint een interne klok te tikken en hoe meer minuten er verstrijken hoe meer ik het gevoel krijg dat ik een enorme stommiteit heb begaan. Ik had op zijn minst moeten eisen dat ik met haar mee mocht lopen, op zoek naar haar collega. Op die manier had ik de foto in elk geval nog in mijn vizier gehad én meteen een beetje rond kunnen neuzen in het hotel. Mijn maag krampt steeds verder samen door mijn oplopende zenuwen en de frustratie dat ik dit niet handig heb aangepakt. Als ik iets heb geleerd na Judiths dood, is het dat ik niemand zomaar nog kan vertrouwen.

Er zijn inmiddels tien minuten verstreken sinds Wiens vertrek als de deur achter de balie opengaat. Vol verwachting houd ik mijn adem in en ik blaas de lucht teleurgesteld uit als ik zie dat niet Wien maar een mannelijke receptionist met de naam Hauke plaatsneemt achter de desk. Hij knikt me toe met een flauw lachje rond zijn mond. 'Hebt u Wien misschien gezien?' vraag ik in mijn beste Duits. 'Ze is iets voor me aan het navragen en ik vroeg me af of het nog lang duurt. Ik heb zo nog een afspraak.'

'Ik neem even waar voor Wien, maar ik heb geen idee wanneer ze weer terug is. Kan ik misschien iets voor u doen? U wat te drinken aanbieden tijdens het wachten bijvoorbeeld?'

'Een glaasje water zou fijn zijn, dank u wel.'

'Plat of bruisend?'

'Plat water, alstublieft.'

Hij pakt zijn telefoon en binnen een paar minuten komt er een ober aanlopen met een dienblad waar een glas en een flesje koud bronwater op staan. Hij wijst naar een zitje in de lobby, zet het glas op de tafel en schenkt het flesje water tot halverwege uit. Met tegenzin loop ik naar de stoel, omdat mijn zicht op de receptie vanaf die plek een stuk minder is, maar niet voordat ik Hauke heb laten weten waar Wien me kan vinden. Als ik aan het water nip, merk ik pas hoeveel dorst ik heb. Eten en drinken is er vandaag nogal bij ingeschoten en dat begint me nu een beetje op te breken. Ik word overvallen door een allesoverheersende moeheid als mijn rug in aanraking komt met de comfortabele leuning van de stoel en het is een gevecht om mijn ogen open te houden. Ik pak het ijskoude flesje en houd het tegen mijn wang. Het zal me niet gebeuren dat ik hier in een onbewaakt ogenblik in slaap val. Het koude vochtige glas heeft de uitwerking die ik hoopte en ik ga wat meer rechtop zitten. Inmiddels zijn er alweer bijna tien minuten verstreken. Ik klok het restant water naar binnen en loop weer naar de receptie. 'Zou u Wien even voor me kunnen bellen om te vragen waar ze blijft? De tijd begint een beetje te dringen voor me.'

Hij pakt zijn telefoon en doet wat ik vraag. Ik probeer mee te luisteren met het gesprek, maar hij praat zo zachtjes dat ik er geen bal van versta.

'Ze komt er nu aan,' zegt hij terwijl hij zijn telefoon weer opbergt.

'Fijn,' zeg ik duidelijk opgelucht. Als Wien door de deur stapt, valt me meteen op dat haar handen leeg zijn en dat ze geen collega bij zich heeft. 'Waar is mijn foto?' vraag ik paniekerig.

'Bij mijn collega. Die doet er even een rondje mee langs alle collega's die deze week hebben gewerkt, want Hauke heeft ook andere dingen te doen dan waar te nemen voor mij.'

'Maar hoe lang duurt dat dan? Ik heb geen tijd om nog veel langer te wachten.'

'Het lijkt me het beste als u morgen terugkomt, dan heeft ze iedereen wel gesproken en hopen we u meer te kunnen vertellen. Schikt het u morgen rond het middaguur?' Wiens gezicht staat uiterst vriendelijk en behulpzaam. 'Ik heb mijn collega heel duidelijke instructies gegeven dat ze voorzichtig met de foto moet zijn,' voegt Wien er als extra geruststelling aan toe.

Ik weet even niet zo goed hoe ik hierop moet reageren. Ik wil dit pand niet verlaten zonder de foto, maar wil de boel ook niet op de spits drijven vanwege de moeite die er gedaan wordt om me te helpen. De kans dat dit me verder brengt is reëel, dus ik besluit maar te slikken en morgen rond het middaguur terug te komen. 'Dank voor alle moeite, dat waardeer ik ten zeerste.' Ik produceer er een lach bij waarmee ik mijn ongemak hoop te verhullen.

'Graag gedaan, hoor. Service en dienstverlening zijn belangrijke pijlers van dit hotel en dat gaat soms verder dan onze eigen gasten. Vindt u het prettig als ik vervoer voor u regel? Mijn collega zei dat u een afspraak had?'

'O, dat zou heel fijn zijn. Ik wacht de taxi buiten wel op.' Ik loop al weg terwijl Wien nog aan het bellen is. 'Mevrouw?' roept ze me na. 'U wordt weggebracht door een van onze eigen auto's met chauffeur. Dat is een service die we extra aanbieden aan onze gasten. Weet u zeker dat u buiten wilt wachten?'

'Ja,' zeg ik beslist. 'Nogmaals dank voor alle moeite.' Ondanks Wiens inspanningen raak ik op de een of andere manier het gevoel niet kwijt dat ik me met een kluitje het riet in laat sturen. Zodra ik buiten sta, krijg ik het heel koud en dat ligt niet alleen aan de winterse temperatuur. Ik probeer mijn onderbuikgevoel weg te redeneren met argumenten en ben daar nog volop mee bezig als er een zwarte BMW aan komt rijden die voor mijn neus stopt. De chauffeur – een lange man met blond haar dat onder zijn pet uit piept – stapt uit en opent een van de achterdeuren met een uitnodigend gebaar. 'Mijn naam is Klaus. Waar kan ik u naartoe brengen?'

'Maaike Kuipers,' stel ik mezelf voor terwijl ik plaatsneem op de achterbank. Ik geef hem het adres van het Ferienhaus, want die afspraak was natuurlijk een leugentje om bestwil om wat extra druk op de ketel te zetten.

'Bevalt het u een beetje in deze prachtige omgeving? Vakantie, neem ik aan?'

'Vakantie inderdaad. Eentje die nogal in het water valt.'

'Ach, wat vervelend voor u. Bevalt uw huidige verblijf niet goed?'

'Hoezo?'

'Nou, omdat u aan het rondkijken was bij Schneespitze. Ik dacht dat u misschien op zoek was naar een alternatieve verblijfplaats.'

'Nee, nee, daarom was ik daar niet. Mijn huidige appartement is prima. Het is allemaal wat ingewikkeld,' probeer ik de boot een beetje af te houden. 'Bent u al lang chauffeur?' vraag ik om het gesprek een andere wending te geven. Eerlijk gezegd interesseert het me totaal niet, maar alles beter dan dat ik deze man het achterste van mijn tong moet laten zien.

'Ik werk nu ongeveer een jaar bij Schneespitze. Ik rij de gasten rond op de momenten dat ik niet met de baas op pad ben.'

'Beetje een leuke baas?'

'Ze is goed voor haar personeel.'

'Ah, een bazin dus. Goed voor haar personeel wil niet per se zeggen dat ze makkelijk in de omgang is, proef ik uit uw woorden.'

'Mensen met geld en macht hebben allemaal hun streken zullen we maar zeggen.' Hij knipoogt naar me via de binnenspiegel.

'Maar u rijdt dus ook gasten rond?' Ik besluit mijn terughoudendheid wat te laten varen omdat ik een kans ruik. 'Een van de gasten is een kennis van mijn zus en ik ben naar haar op zoek. Daarom was ik in het hotel. Ik kwam daar niet echt verder, maar misschien kunt u me helpen? Ik heb de foto hier op mijn telefoon, het origineel ligt nog even bij het personeel van het hotel in de hoop dat iemand me kan helpen.'

Hij maakt een afwerend gebaar met zijn gehandschoende hand als ik hem mijn toestel wil geven. 'Niet tijdens het rijden. Ik heb een strikte gedragscode als chauffeur en één daarvan is geen telefoon in de hand als ik achter het stuur zit. Als ik betrapt word met uw toestel, dan kan dat mijn ontslag betekenen. Ik zal ernaar kijken als we bij uw appartement zijn gearriveerd, goed?'

'Oké. Fijn.' Ik probeer mijn ergernis te onderdrukken.

Alsof er hier op elke straathoek iemand staat te kijken of meneer de chauffeur zich wel honderd procent aan de regeltjes houdt. We zwijgen allebei een paar minuten voordat Klaus de haast onvermijdelijke vraag stelt: 'Maar als die vrouw een kennis van uw zus is dan...'

'Mijn zus is overleden,' onderbreek ik hem bruut. 'Ik kan het haar dus helaas niet meer vragen.'

'Och, wat erg.' Klaus probeert zijn gezicht in de plooi te houden, maar ik zie dat hij schrikt van mijn woorden. 'Was ze ziek? Is het pas gebeurd?'

'Judith is een paar dagen geleden verongelukt in een gletsjerspleet. We waren hier samen om een weekje te skiën.' Een brok van verdriet stuwt omhoog in mijn keel en ik heb moeite om hem weg te slikken.

'Wat moet dat traumatisch voor u zijn.' Klaus' stem is een en al medeleven.

'Ja, ik weet eerlijk gezegd niet waar ik het zoeken moet. Daarom probeer ik mezelf een beetje af te leiden door te praten met mensen die haar ook kenden of haar recent nog gesproken hebben. Op die manier heb ik het gevoel dat ik haar nog een beetje bij me kan houden.'

'Ja, dat snap ik wel. Het is allemaal nog zo vers als het pas een paar dagen geleden is gebeurd. Die gletsjerspleten zijn zo verraderlijk, daar verkijken mensen zich op. Het klinkt wellicht wat ongepast, maar u hebt mazzel dat het lichaam van uw zus gevonden is. Negen van de tien keer wordt een lichaam dat in een gletsjerspleet terecht is gekomen niet of pas tientallen jaren later gevonden. Er ligt hier een hele verborgen wereld onder de bodem, daar ben ik van overtuigd.'

'Er schijnt een getuige te zijn die het ongeluk heeft zien gebeuren.'

'Uit uw gebruik van het woord "schijnt" maak ik op dat u die persoon nog niet hebt gesproken?'

'De getuige heeft de melding van het ongeluk anoniem gedaan en het is de politie niet gelukt hem op te sporen. Hij heeft ook niet de moeite genomen om zich later te melden en het is ook niet duidelijk of hij een poging heeft gedaan om mijn zus te redden.'

'Dat klinkt allemaal wel een beetje vaag, als ik heel eerlijk ben.'

'Dat vind ik ook, maar de politie lijkt het allemaal normaal te vinden en wil er verder geen tijd meer in steken. Ze hebben het dossier gesloten met het stempel "ongeluk" en alles wordt nu in gang gezet om Judiths lichaam de komende week terug naar Nederland te brengen voor de uitvaart. Het zit me gewoon allemaal niet helemaal lekker, dus vandaar dat ik hier zelf wat aan het rondvragen ben. Ik weet dat ze met een paar mensen heeft gesproken en die probeer ik nu zelf op te sporen.'

'En lukt dat een beetje?'

Kort vertel ik hem over de oudere vrouw van de piste, de twee vrouwen op de foto en de man uit het café. Klaus luistert geïnteresseerd en als we bij het Ferienhaus aankomen, laat hij de motor stationair draaien en steekt hij zijn hand uit. Voor ik hem mijn telefoon geef, verander ik van gedachten en stap ik uit de auto om naast hem te gaan zitten. Ik maak niet nog een keer de fout zomaar iets belangrijks aan een ander te geven.

Als ik naast hem op de passagiersstoel zit, duw ik hem mijn mobiel onder zijn neus. Ik schud beslist mijn hoofd als hij mijn toestel wil aanpakken. 'Sorry, het is niet dat ik u niet vertrouw, maar ik wil geen enkel risico nemen nu ik vandaag het origineel bij uw collega Wien heb achtergelaten.'

Klaus steekt zijn handen afwerend in de lucht en aan zijn gezicht zie ik dat hij mijn reactie wel degelijk als blijk van wantrouwen ziet. Dat is dan maar zo. Better safe than sorry. Even ben ik bang dat hij niet meer de moeite wil nemen om de foto te bekijken, maar uiteindelijk buigt hij zich toch over het scherm. 'Ik ben op zoek naar beide vrouwen, maar de linker vrouw schijnt bij het Schneespitze Hotel gezien te zijn en volgens mijn getuige, om hem maar even zo te noemen, zag hij haar een paar dagen geleden uit een vergelijkbare auto als deze stappen. Misschien bent u wel degene die haar heeft rondgereden?'

'Kunt u wat inzoomen op de gezichten?' vraagt Klaus met een stem die niets verraadt. Ook uit zijn lichaamstaal kan ik niets opmaken. Hij reageert volkomen neutraal op de eerste confrontatie met de foto. Ik doe wat hij vraagt en zoom in op de vrouw met de bontjas. Hij neemt uitgebreid de tijd om haar te bestuderen, gaat dan rechtop zitten en schudt zijn hoofd. 'Sorry, maar ik heb geen idee wie deze vrouw is en ik heb haar zeker niet in mijn auto gehad.'

'Kijk nog eens goed,' vraag ik hem met de teleurstelling duidelijk hoorbaar in mijn stem.

'Ik heb goed gekeken, mevrouw, ik kan u niet verder helpen.' Klaus' stem klinkt ineens heel zakelijk en de uitdrukking op zijn gezicht lijkt minder vriendelijk, maar het kan zijn dat ik me dat verbeeld. 'En die andere vrouw?' vraag ik timide.

'Ook niet. Ik wens u heel veel sterkte met uw verlies.' Zijn woorden klinken eerder ongeduldig dan oprecht. Ik merk aan alles dat hij me zo snel mogelijk uit zijn auto wil hebben. 'En dit?' wijs ik hem op de vlek bij de bosrand. 'Hier lijkt wel een man te staan, denkt u ook niet?'

Hij kijkt nog een keer vluchtig naar de foto en schudt zijn hoofd. 'Ik zie er geen man in, sorry.' Zijn stem klinkt zo stellig dat het geen zin heeft om hem erover door te zagen.

‘Nog één foto,’ zeg ik gehaast, ‘en dan bent u van me af.’ Ik laat hem de foto van de oude vrouw zien. ‘Naar haar ben ik ook op zoek. Kijk, hier staat ze samen met mijn zus te praten en zij is degene die mijn zus de foto van de twee vrouwen heeft gegeven. Ze is ook de persoon met wie mijn zus voor het laatst gezien is.’ Ik merk dat ik steeds wanhopiger ga klinken. ‘Alstublieft, als u ook maar iets weet...’

‘Ook hiermee kan ik u niet verder helpen. Ik moet nu echt door.’

‘Oké, het is niet anders. Dank voor de lift en een fijne dag verder,’ zeg ik, terwijl ik de portierhendel al in mijn hand heb en de teleurstelling weer de overhand neemt. Op het moment dat ik uit wil stappen gaat zijn telefoon over. Mijn oog gaat automatisch naar het dashboard en ik zie dat het een anoniem nummer is dat hem belt. Hij kijkt net als ik naar zijn scherm, maar laat het toestel rinkelen. Het past niet bij zijn eerdere praatje over de strenge punctualiteits- en dienstbaarheidseisen van zijn werkgever. ‘Moet u niet opnemen?’ kan ik niet nalaten te vragen. ‘Misschien is het uw bazin die de auto nodig heeft?’

Hij schuift wat heen en weer en stapt dan uit. De telefoon blijft doorrinkelen en werkt hem duidelijk op zijn zenuwen. De klap waarmee zijn deur dichtslaat is een helder signaal dat hij me zat is. Het heeft weinig zin om te blijven zitten dus ik stap ook de auto uit. Klaus legt zijn handen in zijn nek en rekt zich uit. Zijn jasje trekt strak om zijn gespierde rug. Hij is nog veel langer dan ik dacht en hij heeft een postuur waar ze in de beveiligingsbranche om staan te springen. Hij neemt zijn hoed voor me af, geeft me mijn tas aan die nog op de achterbank ligt en stapt weer in. Zodra hij achter het stuur zit vergrendelt hij de deuren, alsof hij bang is dat ik weer instap. Ik kijk hem na terwijl hij zijn auto keert. Verbaasd zie ik dat hij zijn mobiel pakt en aan zijn oor houdt. Handsfree lijkt ineens niet meer zo belangrijk. Met één hand aan het stuur rijdt hij bellend weg.

# 24

Versuft lig ik in bed bij te komen van een diepe, onrustige slaap. Omdat ik mijn piekerende hoofd niet stil kreeg na mijn bezoek aan het Schneespitze Hotel en het ritje met Klaus, heb ik uiteindelijk tegen mijn principes een paar glazen wijn gedronken. De chardonnay die ik een paar dagen geleden nog samen met Judith koud heb gezet, heb ik voor de helft leeggedronken, terwijl ik normaal nooit alleen drink. De gedachte dat ik die fles wijn met Judith samen had moeten drinken zorgde ervoor dat de wijn me nauwelijks smaakte. Maar toch snakte ik naar de verdoving. Nu heb ik spijt dat ik heb gedronken, want in combinatie met alle spanning en verdriet merk ik die glazen enorm. Mijn hoofd voelt zwaar en onscherp.

Ik huiver en kruip diep weg onder het dikke zachte dekbed. Ik probeer me de droom die ik had voordat ik wakker werd te herinneren. Hij ging net zoals de afgelopen nachten over Judith, maar veel verder dan dat kom ik niet. In mijn dromen is ze dicht bij me, kan ik haar aanraken, met haar praten en lachen, maar des te groter is de leegte elke keer dat ik weer wakker word. Het is net alsof ik haar elke ochtend weer opnieuw verlies. Ik probeer nog wat te dutten om haar nog even bij me te houden, maar het verdriet dat weer in steeds grotere golven door mijn lijf kolkt, dwingt me om terug te komen in de realiteit. In het hier en nu heb ik geen zus meer, ze is alleen nog een herinnering die ik kan koesteren.

Op de automatische piloot werk ik mijn ochtendritueel af. Het gaat uiterst traag en ik blijf veel te lang onder de warme douche staan in een poging om de chronische kou in mijn lijf te verdrijven. Als ik eenmaal klaar ben, loopt het al tegen elven. Een blik in de koelkast en de keukenkastjes vertelt me dat er niets eetbaars meer in het appartement is en dat ik hoognodig boodschappen moet doen. Aangezien ik pas rond het middaguur met Wien heb afgesproken bij het Schneespitze Hotel besluit ik maar meteen in actie te komen. Tijdens de wandeling naar de supermarkt kan ik hopelijk mijn gedachten weer een beetje ordenen en een goed plan maken voor vandaag. Veel zal afhangen van de antwoorden die ik straks al dan niet krijg van Wien.

Dik aangekleed ga ik op pad. Ik ben zo in gedachten dat ik in eerste instantie niet meteen doorheb dat er een zwarte auto langs me heen rijdt als ik in de buurt van mijn bestemming kom. Ik kijk net op tijd op om te zien dat het een zwarte BMW is. Ik denk Klaus' kenteken te herkennen en zie hem inderdaad achter het stuur zitten. Hij kijkt stoïcijns naar de weg en ik betwijfel of hij me überhaupt gezien heeft. Als ik mijn hand in de lucht wil steken voor een groet, staak ik halverwege mijn beweging. Op de achterbank van de BMW zit een vrouw en mijn adem stokt. Ik kijk nog eens goed of mijn ogen me niet bedriegen. Dat is niet het geval. De vrouw op Klaus' achterbank is onmiskenbaar de vrouw op de foto die Klaus beweerde niet te kennen. Ze draagt dezelfde bontjas, maar de muts die ze op de foto droeg ontbreekt. Ik zie nu dat ze donkerblond haar heeft dat samengebonden is in een dikke strakke knot.

Zonder er verder over na te denken begin ik achter de auto aan te rennen. Ik schreeuw en zwaai wild met mijn armen om de aandacht van Klaus of de vrouw te trekken. De auto moet en zal stoppen. De vrouw merkt me op en kijkt even geërgerd over haar schouder. We maken oogcontact. Ik kijk niet weg, zij ook niet. De arrogantie, maar vooral de haat die uit haar ogen mijn kant op spat is zo groot dat die me even totaal uit mijn evenwicht brengt. Ik struikel en weet met moeite overeind te blijven. 'Hé!' brul ik. 'Klaus! Stop die auto!' De vrouw keert me haar rug weer toe en buigt naar voren. Ze geeft Klaus overduidelijk de instructie dat hij door moet rijden, want het tempo wordt opgevoerd en hoe hard ik ook ren, de afstand tussen mij en de auto wordt steeds groter. Klaus maakt een subtiele beweging met zijn hoofd en ik zie dat hij in de binnenspiegel kijkt. Ik weet zeker dat hij me gezien heeft, omdat zijn ogen de mijne even vasthouden voordat hij zijn ogen in een bijna schichtig gebaar weer op de weg voor hem richt. De zware motor van de BMW ronkt en ik blijf achter in een stinkende wolk uitlaatgas die door de weersomstandigheden langer blijft hangen dan normaal. Ik begin te hoesten en staak mijn zinloze sprint. Tenzij er hier nu ter plekke een taxi langskomt waar ik in kan springen, gaat het me onmogelijk lukken om de auto nog in te halen.

Wanhopig kijk ik om me heen, maar die taxi komt natuurlijk niet. Met mijn handen op mijn knieën steunend probeer ik weer een beetje op adem te komen en te verwerken wat er net is gebeurd. De vraag die onophoudelijk door mijn hoofd spookt is of Klaus gisteren tegen me gelogen heeft toen hij zei dat hij de vrouw niet kende of dat hij de waarheid sprak en ze vandaag voor het eerst in zijn auto zat. In beide gevallen wil ik verhaal bij hem halen. Stel dat hij wel tegen me gelogen heeft, dan is de grote vraag: waarom? En dan dringt het tot me door dat ik ook aan Wiens oprechtheid moet twijfelen. Aangezien de vrouw in een serviceauto van het hotel zit, moet dat haast wel betekenen dat ze daar te gast is. Tenzij ze net als ik gisteren bij uitzondering als goede service een ritje kreeg, dat kan ik niet helemaal uitsluiten.

In plaats van antwoorden te vinden, stapelen de vragen zich alleen maar verder op. Ik wil nu maar één ding: zo snel mogelijk naar het Schneespitze Hotel om mijn foto op te halen bij Wien en Klaus op te wachten zodat hij me een paar dingen kan uitleggen. Die boodschappen moeten maar even wachten, net als mijn ontbijt. Een mens moet prioriteiten stellen. Met een beetje mazzel tref ik ook de vrouw in de bontjas aan in het hotel, want uiteindelijk verwacht ik van haar de waardevolste antwoorden te krijgen. Als ze tenminste met me wil praten. De blik die ze me toewierp vanuit de auto leek dat niet bepaald uit te stralen.

# 25

De taxi die ik meteen heb gebeld nadat Klaus en zijn passagier er gauw vandoor gingen, is er gelukkig snel. Als ze denken dat ik een stapje terug doe en me laat negeren, dan hebben ze het mis. Ik ben nu nog gemotiveerder om de vrouw in de bontjas om opheldering te vragen en dat gaat me lukken, linksom of rechtsom. Het Schneespitze Hotel komt in zicht en mijn buik doet pijn van de spanning. Ik spring al uit de taxi als de auto amper stilstaat. De chauffeur doet verontwaardigd zijn raam open, bang dat ik wegloop zonder hem te betalen. Ik geef hem het verschuldigde bedrag plus een fooi en kijk om me heen of ik Klaus' BMW ergens zie. Dat is niet het geval. Dat kan twee dingen betekenen: Klaus is niet teruggereden naar het hotel, maar naar een andere locatie óf hij heeft de auto geparkeerd in de ondergrondse garage die bij het hotel hoort.

Met lood in mijn schoenen loop ik naar de ingang van het hotel terwijl ik in mijn hoofd schietgebedjes doe dat Wien met iets goeds komt. Dezelfde portier als gisteren staat bij de glazen deur en ik lach hem vriendelijk toe. Waar hij gisteren nog joviaal en gastvrij de deur voor me opendeed blijft hij nu stokstijf staan. Zijn gezicht staat strak en er kan geen lachje vanaf. Aangezien hij geen stap verzet, duw ik zelf maar tegen de deur. Nu komt hij wel in actie, maar niet om me te helpen. Hij gaat tegen de deur staan en voorkomt dat ik hem ver genoeg open kan duwen om naar binnen te stappen. *Wat krijgen we nou?*

'*Entschuldigung, lassen Sie mich rein, bitte!*' roep ik. Ik zet mijn schouder tegen de deur en gooi mijn gewicht in de strijd, maar hij wijkt geen millimeter. Sterker nog, de tegendruk die ik ervaar wordt alleen maar groter. '*Was ist los? Ich habe einen Termin mit Wien!*' probeer ik. De portier wenkt met zijn hand dat ik achteruit moet stappen. Met tegenzin doe ik wat hij vraagt en hij stapt naar buiten. Met zijn lichaam blokkeert hij de deur en kruist zijn armen over zijn borst. Hij staat daar als één bonk onverzettelijkheid. 'Ik heb orders om u niet binnen te laten, mevrouw.'

'Hoezo? Ik kom volgens afspraak iets ophalen wat Wien van me heeft geleend.'

Hij schudt beslist zijn hoofd. 'Ik vind het heel vervelend, maar u mag het hotel niet in.'

'O, en van wie dan niet en met welke reden?' vraag ik terwijl de stoom uit mijn oren komt.

'Ik ben u geen verantwoording verschuldigd, ik volg alleen orders op.'

'Wat een onzin. Dit pik ik niet. Ik wil mijn spullen terug, dus als u even aan de kant wilt gaan?' Ik probeer langs hem heen te komen, maar ik kom geen stap verder. 'Dit hotel is een openbare gelegenheid. Ik heb net zoveel recht om hier te zijn als ieder ander.'

'Openbaar tot op zekere hoogte. Alleen voor mensen die geen kruisje achter hun naam hebben.'

'Kruisje achter mijn naam? Het wordt steeds gekker. En hoe heb ik dat kruisje dan verdiend, leg me dat eens uit?'

'Ik ben u geen enkele uitleg verschuldigd. Laten we nou geen scène maken, we hebben een reputatie hoog te houden.' Hij kijkt zenuwachtig langs me heen en ik draai me om. Er komt een chic stel aanlopen en de gezichtsuitdrukking van de portier verandert van geërgerd in uiterst vriendelijk. Het is duidelijk dat het gasten zijn van het hotel. Ik sta meteen op scherp. De portier zal voor hen de deur open moeten doen en zodra dat gebeurt, glip ik mee naar binnen. Ik zet een stapje achteruit om zogenaamd mijn goede wil te tonen.

'*Herr und Frau Müller*,' zegt hij met een vriendelijk knikje, terwijl hij een zwierige stap opzij zet en de deur openzwaait alsof er niets is voorgevallen. Ik zie mijn kans schoon en schiet langs het statige paar heen naar binnen. De portier probeert me nog tegen te houden, maar is net te laat. Hijgend sta ik in de lobby en ik zet meteen koers naar de receptie. Op het moment dat ik constateer dat Wien er niet achter staat, word ik bij mijn arm gegrepen. Krachtige vingers duwen pijnlijk in de huid van mijn bovenarm en trekken me mee richting de uitgang. Ik verzet me onmiddellijk en probeer me los te rukken uit de ijzeren greep. 'Ik moet Wien spreken!' schreeuw ik en het kan me niet schelen dat ik nu toch een scène maak. 'Ik wil mijn foto terug!'

Het echtpaar Müller kijkt me aan alsof ik een hondendrol ben waar ze zojuist in zijn gestapt. De heer Müller tikt tegen zijn voorhoofd, terwijl hij beschermend een arm om zijn vrouw slaat.

'Niet ík ben gek, maar die lui hier sporen niet,' werp ik hem in mijn beste Duits toe. 'Er zijn hier rare dingen aan de hand.' De portier blijft aan me trekken en sleept me naar de deur. Het verbaast me hoe sterk hij is en hoe weinig ik tegen hem in te brengen heb. Als we halverwege de lobby zijn, duikt Wien ineens op via de deur achter de receptie. Ze lijkt even te schrikken als ze me ziet, maar stapt daarna kordaat op me af. 'Waar is mijn foto?' bijt ik haar toe. 'Geef me mijn foto terug.'

'Foto? Welke foto?' vraagt ze alsof haar neus bloedt. 'Ik heb geen idee waar u het over hebt, mevrouw, laat staan dat ik weet wie u bent. Wij hebben elkaar nog nooit gezien of gesproken. Voelt u zich wel goed? U komt eerlijk gezegd een beetje verward over. Moet ik iemand voor u bellen?'

'Wat bazel je nou, mens? Je weet donders goed wie ik ben.'

Wien trekt haar wenkbrauwen op, maar geeft verder geen krimp. Ze speelt haar rol zo goed dat ik bijna aan mezelf ga twijfelen. 'Geef me nou maar gewoon die foto, dan ben ik weg. Ik heb jullie hulp niet nodig,' zeg ik zelfverzekerder dan ik me voel.

'Nogmaals, ik heb geen idee over welke foto u het hebt,' blijft ze stug volhouden.

'Je mag me die foto niet afnemen. Hij was van mijn zus. Hij was belangrijk voor haar.' Ik ga over op smeken, maar ook daar blijkt Wien niet gevoelig voor te zijn. Inmiddels staan er steeds meer gasten in de lobby die zijn afgekomen op ons geruzie. Ze drommen samen en kijken me geschokt en vol ergernis aan. Hoe durf ik hun rust te verstoren, lees ik op bijna elk gezicht. De portier blijft aan me sjorren en Wien houdt voet bij stuk. Het lijkt erop dat ik zal moeten accepteren dat ik de foto kwijt ben en het met de variant op mijn telefoon moet doen.

Ik prijs mezelf dat ik zo slim was om een back-upexemplaar te maken en ik vervloek mezelf tegelijkertijd dat ik zo dom ben geweest om het origineel überhaupt uit handen te geven. Nu heb ik aan den lijve ondervonden wat Judith al jaren tegen me zei: 'Je bent te goed van vertrouwen.' Ik lachte het altijd weg als ze me die woorden met een bezorgd gezicht toewierp. Ik was er ook echt van overtuigd dat het allemaal wel meeviel. Ik weigerde om net als zij overal wat achter te zoeken totdat het tegendeel bewezen was.

Maar er zijn blijkbaar ook mensen die in eerste instantie oprecht overkomen, maar dat helemaal niet zijn. Eén ding zit me behoorlijk dwars: ik begrijp niet wat er aan de hand is. Wat is er zo compromitterend aan die foto dat hij weggemoffeld moest worden en mij tot een paria maakt die de toegang tot een hotel wordt ontzegd? Blijkbaar staat er voor iemand veel op het spel, maar voor wie? De vrouw met de bontjas, de andere vrouw op die foto die ik ook nog niet heb geïdentificeerd?

Terwijl de vragen door mijn hoofd buitelen en ik me blijf verzetten tegen de dwingende handen van de portier, loopt Klaus de lobby in. Hoewel hij nog geen halfuur geleden opzichtig van me weg reed, krijg ik toch een sprankje hoop dat hij de boel kan sussen en dat het allemaal toch nog goed komt. Toen hij me gisteren terugbracht naar mijn appartement en ik nog geen persona non grata was, hebben we toch een normaal gesprek gevoerd waarin hij meelevend was toen ik hem vertelde over Judith. Ik glimlach aarzelend naar hem als hij naar ons toe komt lopen en hoop dat het de mildheid van gisteren bij hem oproept.

'Laat mij maar even, Siegfried,' zegt hij tegen de portier, die me onmiddellijk loslaat en duidelijk opgelucht is dat hij een stap terug mag doen. Klaus slaat zijn arm om mijn schouder en ik weet niet zo goed hoe ik daarop moet reageren. Bedoelt hij het vriendelijk?

'Kom,' zegt hij zachtjes, terwijl hij me aanspoort met hem mee te lopen naar de deur. Ik twijfel of ik gehoor moet geven aan zijn verzoek of mijn hakken in het zand moet zetten. Eenmaal buiten betekent waarschijnlijk dat ik nooit meer binnenkom. Hij voert langzaam wat druk uit en ik besluit toch maar mee te werken. Als ik Klaus voor me alleen heb, kan ik hem vragen waarom hij tegen me gelogen heeft en proberen hem alsnog zover te krijgen dat hij me vertelt wie die vrouw met de bontjas is. Zodra we over de drempel zijn, rent Siegfried naar de deur en draait hem aan de binnenkant op slot. Daarna loopt hij naar het samengedromde kliekje gasten, waarschijnlijk om te zeggen dat de show voorbij is. Ik voel Klaus' arm van me afglijden en hij neemt afstand van me. Zowel letterlijk als figuurlijk zie ik aan zijn gezichtsuitdrukking, die weer gesloten is. Ik kruis mijn armen beschermend voor mijn borst. 'Wordt het niet eens tijd dat iemand me gaat vertellen wat hier in godsnaam aan de hand is? Dit is niet normaal, hoor. Ik word behandeld als de eerste de beste crimineel terwijl jullie iets van me hebben gestolen en...'

'Jullie?'

'Wien. Wat maakt het uit. Jullie doen allemaal raar. Ik eis dat ik mijn foto terugkrijg en als ik hem zelf niet mag halen dan zou ik het op prijs stellen als jij dat doet. Maar voordat je dat doet wil ik eerst weten waarom je tegen me hebt gelogen. Gisteren beweerde je dat je geen idee had wie die vrouw in de bontjas was en vandaag zit ze doodleuk bij je op de achterbank. Ergens klopt er iets niet.'

'Mag ik je een advies geven? Pak je spullen en ga naar huis. Met dit gewroet krijg je je zus niet terug en je jaagt alleen maar mensen tegen je in het harnas.'

'Maar waarom dan? Waarom word ik zo tegengewerkt? Dat kan alleen maar zijn omdat ik iets op het spoor ben. Als mensen zo nerveus reageren, dan hebben ze iets te verbergen en ik zal je één ding zeggen: ik rust niet totdat ik weet wat dat is. Ik ga erachter komen wat er met Judith is gebeurd.'

Klaus zucht. 'Niet zeggen dat ik je niet heb gewaarschuwd. Als je doorgaat, zul je de consequenties zelf moeten dragen.'

'Je kunt stoppen met me te intimideren, want dat werkt niet. Dus, nogmaals: waarom heb je tegen me gelogen? Wie is die vrouw? Ik moet haar spreken om haar te vragen wat haar link met mijn zus was.'

Klaus schudt zijn hoofd en keert me zonder verder nog iets te zeggen zijn rug toe. Ik ren achter hem aan als hij terugloopt naar de ingang van het hotel. Als hij mijn adem in zijn nek voelt, draait hij zich weer om. Zijn ogen staan zo kil dat ik er de rillingen van krijg. 'En nu wegwezen, anders bel ik de politie.' Alle sympathie die hij in eerste instantie voor me leek te hebben, lijkt verdwenen. 'Mijn foto. Geef me dan op zijn minst mijn foto terug. Het is een van de laatste dingen die ik nog heb van mijn zus.' In een oogopslag zie ik dat Klaus niet onder de indruk is van mijn emotionele chantage. 'Wegwezen en laat ik je hier niet meer zien. Dat is voor iedereen beter.'

'Wie is iedereen, Klaus? Wie? En voor wie is dat beter? Niet voor mij en Judith.' Ik moet mezelf tot het uiterste bedwingen om hem geen agressieve zet te geven.

'Zorg dat je niet eindigt zoals je zus.' Met die woorden glipt hij naar binnen als Siegfried de deur van het slot haalt en hem met een harde klap weer achter hem dichtslaat. Klaus' woorden beginnen langzaam in te dalen. *Zorg dat je niet eindigt zoals je zus...* Is dat een verkapt dreigement? Weet Klaus meer van Judiths dood dan hij beweert? Met een knoop in mijn maag hap ik naar adem. *Waar ben je toch in verzeild geraakt, zusje? Welke last heb je al die tijd op je schouders gedragen zonder ons daarover te vertellen?* Ik realiseer me nu pas goed hoe eenzaam ze zich gevoeld moet hebben, hoe bang en onveilig. En ik heb het allemaal niet doorgehad. Dat vind ik nog het ergste van alles. Terwijl ik haar verweet dat ze alleen maar met zichzelf bezig was, was ik zelf geen haar beter.

# 26

Op het moment dat ik mijn telefoon pak om weer een taxi te bestellen, besluit ik er toch van af te zien. Een stukje lopen zal me goeddoen om mijn gedachten te ordenen en de frustratie van zonet kwijt te raken. Dat ik de foto niet zomaar terug ga krijgen is wel duidelijk, maar misschien moet ik de politie erover bellen? Heeft dat zin? Die Mila leek me meer voor rede vatbaar dan haar collega Franka, maar ze heeft me naar aanleiding van mijn vorige telefoontje ook nog steeds niet teruggebeld. Bij gebrek aan een beter alternatief pak ik mijn telefoon om nog maar een poging te wagen. Misschien is de telefoniste wel vergeten om mijn terugbelverzoek aan Mila door te geven en is ze zich van geen kwaad bewust. Helaas staat op haar kaartje dat ze gaf niet haar rechtstreekse nummer, maar het centrale nummer van de politie.

Als er wordt opgenomen, zeg ik mijn naam tegen de baliemedewerker en vraag of ze me wil doorverbinden met Mila. Ik word in de wacht gezet. Minuten tikken voorbij en het enige wat ik hoor is een zoemtoon in mijn oor en wat ritmische tikjes. Vijf minuten later wacht ik nog steeds en ik begin ongeduldig te worden. Blijven hangen of terugbellen in de hoop dat ik dan sneller geholpen word? Ik hoef de keuze zelf niet te maken, want de verbinding wordt verbroken. Ik vloek binnensmonds en bel direct nog een keer. Voordat de receptioniste haar hele riedeltje kan afdraaien, spreek ik mijn ongenoegen over de verbroken verbinding uit.

'Heel vervelend, mevrouw, soms gaat er technisch iets mis. Ik zal een nieuwe poging voor u wagen.'

Ik word weer in de wacht gezet. Ik houd de secondewijzer op mijn horloge nauwgezet in de gaten. Deze keer komt ze na een minuut of drie bij me terug. 'Sorry, maar Mila kan niet aan de telefoon komen.'

'Dan bel ik op een later tijdstip wel terug.'

'Mila kan niet aan de telefoon komen,' herhaalt de receptioniste nu stelliger. Haar toon bevalt me niet.

'Wat bedoelt u daar precies mee?'

'Dat het geen zin heeft om terug te bellen. Mila is druk met lopende zaken die haar volledige aandacht vragen. Voor afgesloten dossiers heeft ze geen tijd.'

'Hebt u het Mila überhaupt gevraagd?' vraag ik. Mijn argwaan neemt met de minuut toe nu er nog iemand duidelijk niet met mij wil praten. 'Ze heeft me namelijk gezegd dat ik altijd kan bellen als er iets is of als ik vragen heb. Ik moet haar echt spreken. Het heeft te maken met de dood van mijn zus en iets wat in haar bezit was en nu is gestolen.'

'Voor diefstal kunt u naar het bureau komen om aangifte te doen. We hebben speciale agenten die dat soort zaken afhandelen.'

'En laat me raden, daar is Mila er niet een van.'

'Dat hebt u bij het rechte eind.'

'U bent niet van plan om me verder te helpen, hè?'

'Nee. Ik vrees dat ik niets voor u kan doen. Een fijne dag dan maar.' De verbinding wordt verbroken en ik ben zo boos dat ik mijn telefoon gefrustreerd van me afgooi. Hij belandt verderop in een hoopje sneeuw en ik vervloek mezelf om mijn domme impulsieve actie. Als ik mijn telefoon ook nog kapotmaak, dan sta ik helemaal met lege handen. Vlug droog ik het toestel aan mijn trui en check of alles nog werkt. Als ik mijn scherm open en de foto van mezelf, Kees en Sophia zie, krijg ik ineens enorme heimwee naar huis. Het verlangen om in het eerste het beste vliegtuig naar Nederland te springen komt op, maar gaat dan snel over in een schuldgevoel. Hoe kan ik hier weggaan zonder te weten hoe Judith precies is gestorven?

Ik maak een paar afwegingen in mijn hoofd en dan weet ik wat ik ga doen. Als ik fysiek aanwezig ben op het politiebureau kunnen ze in elk geval een stuk minder makkelijk om me heen. Ik bel alsnog naar het taxibedrijf en in een mum van tijd staat de chauffeur die me eerder al naar het hotel bracht voor mijn neus. 'Ik was nog in de buurt en dacht al dat u mogelijk weer zou bellen. Waar gaat de rit deze keer naartoe?'

'Het politiebureau en deze keer zou ik het op prijs stellen als u op me wilt wachten tot ik klaar ben daar.'

'Uiteraard, geen probleem.' Hij lacht en ik zie eurotekens in zijn ogen. Als ik mezelf op de achterbank heb geïnstalleerd en de gordel heb vastgeklikt, merk ik pas hoe koud ik het heb. De aangename warmte in de auto is een enorm contrast met mijn koude huid. Ik huiver als mijn lichaam begint op te warmen en mijn vingers en tenen beginnen te tintelen van het bloed dat weer begint te stromen. Met moeite stap ik toch uit als hij voor de ingang stopt. 'Ik sta daar op het parkeerterrein op u te wachten,' wijst hij naar een pleintje verderop. 'Neem uw tijd,' zegt hij met een knipoog voordat hij wegrijdt.

Voorbereid op de volgende afwijzing loop ik het politiebureau binnen. Ik loop naar de balie waar een mannelijke agent achter een plexiglas venster zit. De vrouw die ik net aan de telefoon heb gehad zit blijkbaar op een andere plek, dus dat is gunstig. 'Goedemiddag, ik ben op zoek naar agent Mila.'

'Hebt u een afspraak?'

'Ja,' bluf ik.

'Uw naam?'

'Maaike Kuipers.' Ik spel mijn achternaam voor hem en hij toetst wat dingen in op zijn laptop. Met gefronste wenkbrauwen kijkt hij op. 'Ik zie uw naam er niet tussen staan. Agent Wagner heeft over tien minuten een andere afspraak.'

'Maar dat moet een misverstand zijn.' Mijn stem en lichaamshouding zijn een en al verontwaardiging. 'Ik ben hier speciaal naartoe gekomen, op haar verzoek nog wel, terwijl ik genoeg andere dingen te doen heb. Het is niet mijn probleem dat jullie je agenda niet op orde hebben. Ik ga niet weg totdat ik haar gesproken heb,' bluf ik verder.

'Ik zal haar bellen, maar ik geef u weinig kans. Zoals ik al zei heeft ze over tien minuten een afspraak die wel in de agenda staat. Het spijt me dat er administratief blijkbaar iets fout is gegaan waar u de dupe van bent, maar op dit moment kan ik dat niet voor u oplossen. Het enige wat ik kan doen is een nieuwe afspraak voor u maken als ze u nu niet te woord kan staan. Later op de dag is ze weer beschikbaar.'

'Belt u haar nou maar,' zeg ik ongeduldig.

'Frau Kuipers toch?'

'Correct.'

De agent begint te bellen, voert een kort gesprek en hangt weer op. 'Agent Wagner zegt niets te weten van een afspraak.'

'Nou, dan vergist ze zich, want we hebben wel degelijk een afspraak.'

'Ze kan u niet te woord staan.'

'Maak dan die afspraak voor het einde van de dag maar.'

'Ik vrees dat dat niet zal gaan. Ik hoor net dat haar agenda vandaag al helemaal vol zit.'

‘En laat me raden, de rest van de week ook zeker?’ zeg ik cynisch.

‘Het is nu eenmaal druk,’ zegt de agent schouderophalend.

‘Ja, natuurlijk. Het is wel typisch dat ik ineens overal word doodgezwegen sinds ik mijn twijfels heb uitgesproken rondom de dood van mijn zus. Dat zelfs de politie hieraan meedoet, geeft me wel te denken. Er is iets heel erg mis hier in dit dorp en ik ga erachter komen wat er aan de hand is, met of zonder uw hulp. Ik laat dit niet zomaar over mijn kant gaan.’

‘Is dat een dreigement?’

‘Nee, een belofte. En ik waarschuw u vast, een belofte is voor mij heilig en die kom ik altijd na.’

‘Ik vat dit toch op als een dreigement. Het is niet verstandig om u uit te laten in dat soort bewoordingen tegenover een agent.’

‘Wie is er hier nu aan het dreigen?’ sis ik terwijl ik rood aanloop van woede.

‘Ik denk dat het beter is als u nu gaat. U wilt vast niet dat ik u een tijdje in een kamertje zet om af te koelen.’ De agent staat op van zijn stoel, duidelijk met het doel om me te intimideren en te laten zien wie de baas is. Ik besluit er geen woorden meer aan vuil te maken en mijn eigen plan te trekken. Ik weet dat Mila Wagner aanwezig is op het bureau en het kan me niet schelen hoe lang ik moet wachten en wat ik de taxichauffeur moet betalen, maar als ze naar buiten komt dan is ze van mij.

# 27

De taxichauffeur en ik gapen tegelijk. We staan nu al twee uur op het parkeerterrein bij het politiebureau en ik merk dat mijn aandacht begint te verslappen. Ik heb honger en dorst en de vermoeidheid begint steeds meer haar tol te eisen. Knikkebollend zit ik op de achterbank en ik kan de verleiding om mijn ogen even dicht te doen bijna niet weerstaan. De chauffeur zet zuchtend zijn rugleuning wat naar achteren, vouwt zijn handen op zijn buik en sluit zijn ogen. Hij blijft een paar minuten zo zitten voordat hij weer overeind komt en zich naar me omdraait. 'Vindt u het goed als we even een koffie en een broodje halen? Normaal lunch ik op de zaak.'

'Ik zou zelf ook wel wat lusten, maar ik moet die deur in de gaten blijven houden.'

'U kunt hier blijven. Er zit hier vlak bij een takeawaytentje. Ik ben zo heen en weer.' Hij kijkt me zo'n beetje de auto uit met zijn dwingende blik. 'Oké dan,' zeg ik aarzelend, 'als u snel weer terugkomt. Neemt u voor mij ook maar een koffie en een broodje mee.' Ik geef hem twintig euro en stap uit. Hij laat er geen gras over groeien en scheurt meteen weg. Ik kijk hem met gemengde gevoelens na. Zou hij echt terugkomen of laat hij me hier staan? De kou buiten de auto is een klap in mijn gezicht, maar maakt me ook meteen weer een stuk minder slaperig. Ik rits mijn jas dicht en begin heen en weer te lopen over de parkeerplaats om te voorkomen dat ik te koud word.

Nu ik zo rondloop zie ik pas dat er aan de achterkant van het politiebureau ook een deur zit. Een deur waar ik me niet eerder bewust van was. Het zal toch niet waar zijn dat ik me uren blind heb gestaard op de voorkant van het gebouw terwijl Mila al lang en breed vertrokken is via de achterdeur? Het gevoel dat ik hier mijn tijd sta te verdoen overvalt me, maar dan gaat de achterdeur van het bureau open en zie ik twee agenten naar buiten stappen. Ze steken een sigaret op en blazen hun rook in gecontroleerde wolkjes voor zich uit. Ze zijn totaal niet bezig met hun omgeving en dat geeft me de kans om me verdekt op te stellen achter een geparkeerde auto. Een van hen lacht hardop terwijl de andere het restant van zijn peuk uittrapt. Een paar minuten later verdwijnen ze weer naar binnen. Ik realiseer me dat de kans groot is dat er meer agenten naar buiten komen die even toe zijn aan een pauze. Mijn knorrende maag helpt me er nog maar eens aan herinneren dat het lunchpauze is.

Gebukt blijf ik achter de auto staan terwijl mijn ogen zich hebben vastgeklonken aan de achterdeur. Mijn wachten wordt al snel beloond want de deur gaat weer open. Mijn hart begint sneller te kloppen als ik zie dat Mila naar buiten komt stuiven. Ze is alleen en bijt met een vinnig gezicht in een appel. Ik wacht even om te zien of er nog meer agenten naar buiten komen en als dat niet het geval is, kom ik overeind en loop snel haar toe. Ze schrikt duidelijk als ze me ziet. 'Mevrouw Kuipers,' zegt ze met een onzeker lachje terwijl ze de hap appel die ze net heeft genomen wegpropt in haar wang.

'Agent Wagner,' groet ik terug. 'Ik probeer u al een paar dagen te pakken te krijgen, maar u belt maar niet terug en de receptie weigert inmiddels me door te verbinden. Best raar toch, dat het bureau zo wordt afgeschermd voor belangrijke telefoontjes?' Mila kijkt me alleen maar aan en kauwt smakkend verder op haar appel.

'Luister, ik heb gisteren en vandaag wat rondgevraagd over de foto die jullie op het lichaam van mijn zus hebben gevonden, maar ik loop overal tegen een muur op. Iedereen zwijgt als het graf en de receptioniste van het Schneespitze Hotel heeft me de foto op slinkse wijze afhandig gemaakt en wil hem niet teruggeven. Het enige wat ik wil weten is wie die vrouw in de bontjas is die op de foto staat zodat ik haar kan vragen waar ze mijn zus van kende.'

Mila slikt hoorbaar een hap appel door en kijkt zenuwachtig om zich heen. 'Ik krijg problemen als mensen me met u zien praten.'

In een opwelling trek ik haar mee naar de auto waar ik me eerder achter schuilhield. Tot mijn verbazing toont Mila geen serieus verzet en loopt ze met me mee. Ik ga tegen de zijkant van de auto aan zitten, die niet te zien is vanuit het bureau en Mila ploft naast me neer. 'Ik kan hier ongelofelijk veel problemen mee krijgen,' zegt ze terwijl ze naar de half afgekloven appel in haar hand kijkt.

'Hoezo? Ik begrijp er echt helemaal niets van. Waarom word ik als een paria behandeld? Waarom beweert iedereen dat ze die vrouw met de bontjas niet kennen terwijl het overduidelijk is dat ze liegen?'

'Dus u bent die foto kwijt?' vraagt Mila zonder op mijn vragen in te gaan. 'Misschien maar beter ook.'

'Waarom is dat beter?'

'Omdat u het niet aan de stok wilt krijgen met de vrouw in de bontjas zoals u haar noemt. Haar naam is Brigitta Neuberg en ze heeft het hele dorp hier in haar zak. Ze bezit ruim de helft van alle hotels en wellnessresorts hier en ook in de plaatselijke horeca heeft ze een flinke vinger in de pap.'

‘Laat me raden, het Schneespitze Hotel is ook van haar?’

‘Klopt.’

Nu weet ik dus zeker dat Klaus tegen me gelogen heeft toen hij beweerde Brigitta niet te kennen. Zij is nota bene zijn bazin.

‘U moet zich één ding goed realiseren. Brigitta’s macht reikt heel ver. Als Brigitta iets niet wil, dan gebeurt het niet. Als Brigitta niet wil dat mensen met je praten, dan houdt iedereen zijn kaken op elkaar.’

‘Geldt dat ook voor de politie?’

‘Ze doneert elk jaar een flink bedrag aan het korps zodat er bonussen uitgekeerd kunnen worden.’

‘Oftewel: ze heeft zichzelf onschendbaar gemaakt en boven de wet geplaatst? Dat heet corruptie.’

Mila haalt haar schouders op.

‘Is corruptie nou niet typisch iets waar de politie tegen op zou moeten treden?’

‘In de ideale wereld wel ja, maar de rot zit hier zo diep dat er geen beginnen aan is. Zolang Brigitta geld in dit dorp blijft pompen en zorgt dat het toerisme op peil blijft, hoor je niemand klagen. Tegen Brigitta ingaan staat bijna gelijk aan zelfmoord.’

‘Of moord? Is mijn zus tegen Brigitta ingegaan door haar aan te spreken op de vernietigende invloed van het toerisme op de gletsjer en de natuur?’

Mila lijkt te schrikken van mijn woorden. ‘Dat soort beschuldigingen zou ik niet hardop uitspreken als ik u was. Dat is echt niet verstandig. Er zijn te veel mensen hier die goed geld verdienen dankzij Brigitta en er geen enkele behoefte aan hebben om daar verandering in te brengen. Zonder haar blijft er weinig van dit dorp over en dat levert haar een hoop credits op. Mensen knijpen maar al te graag een oogje toe of kijken de andere kant op als dat ze beter uitkomt.' Mila's stem klinkt gedesillusioneerd.

'En dat geldt dus blijkbaar ook voor u.' Ik doe niet eens mijn best om de afkeer in mijn stem te verbergen. 'Waarom bent u ooit bij de politie gegaan?'

'Omdat ik de wereld beter wilde maken. Ik hád idealen.'

De nadruk die ze op het woord had legt, is pijnlijk om te horen.

'Met idealen overleef je hier niet. Er zijn maar twee opties: je blijft en doet mee of je vertrekt voorgoed.'

'En waarom hebt u voor het eerste gekozen?'

'Omdat ik te laf was om alle schepen achter me te verbranden en helemaal opnieuw te beginnen. Ik heb zorgbehoevende ouders die ik niet in de steek kon laten. Ze zijn hier geboren en getogen en zo verknocht aan deze plek dat ik geen keuze had. Familie is belangrijk, die laat je niet in de steek.'

'Dat is tenminste iets waar we het over eens zijn. Ik ben het aan mijn zus verschuldigd om erachter te komen wat er precies met haar gebeurd is. Mijn gevoel zegt me dat het niet zomaar een ongeluk was.'

'Brigitta gaat over lijken.'

'Wilt u daarmee zeggen dat u ook denkt dat de dood van mijn zus geen ongeluk was?'

'Die conclusie is volledig voor uw rekening. Zeg, ik moet gaan, anders beginnen mijn collega's zich af te vragen waar ik blijf. Ik heb al veel te veel gezegd. Meer dan dit kan ik niet voor u doen. Het heeft geen zin om het bureau of mij te blijven benaderen. We hebben het dossier gesloten en daar laten we het bij.'

'Ook als het me lukt om bewijs te vinden dat er meer aan de hand is?'

'Reken er maar niet op dat dat u gaat lukken.'

'Bedankt voor het vertrouwen,' zeg ik teleurgesteld.

'Ga naar huis en gun uzelf de tijd om te rouwen om uw zus. Dat is het beste advies dat ik u kan geven.'

'Dat kunt u niet menen. Het feit dat u nu met me praat geeft aan dat het u ook allemaal niet lekker zit. Dat u het onder dwang laat rusten in plaats van uit overtuiging! Kom op, dit is totaal verkeerd, dat weet u ook.'

'U hebt duidelijk geen idee waar u het over hebt of wat u van me vraagt. Ik heb al een enorm risico genomen en daar laat ik het bij.' Ze staat op en smijt haar inmiddels bruin geworden appel gefrustreerd richting de bosjes aan de rand van het parkeerterrein. Als ze de sneeuw van haar kleren heeft geklopt loopt ze zonder om te kijken terug naar het bureau. Ik laat haar woorden nog even op me inwerken en sta dan zelf ook op. Mijn taxi is blijkbaar teruggekomen in de tijd dat ik met Mila sprak en seint met zijn lichten naar me. Klappertandend stap ik in de warme auto en pak dankbaar een beker dampende koffie en een zak met twee royaal belegde kaiserbroodjes aan van de chauffeur. Ik neem eerst een paar slokken voordat ik de chauffeur vraag om me terug te brengen naar mijn appartement. Hij zet zijn koffie in de daarvoor bestemde houder bij zijn dashboard en rijdt in rustig tempo de parkeerplaats af. Uitgeput laat ik me achterovervallen. Hoewel ik nog een lange weg te gaan heb, heb ik nu in elk geval een naam. Als ik zo terug ben in mijn appartement ga ik het internet maar eens uitpluizen. Als Brigitta Neuberg echt zo machtig is als Mila beweert, dan is er online vast het een en ander over haar te vinden.

# 28

Na te hebben zitten googelen tot mijn ogen ervan branden heb ik inderdaad het een en ander kunnen vinden. De familie Neuberg trekt al ruim een eeuw aan de touwtjes in Garmisch-Partenkirchen. Wat begon met een hotel is inmiddels uitgegroeid tot een groot zakenimperium dat zich over het hele dorp en zijn omgeving heeft uitgespreid. De leiding van het familiebedrijf gaat steeds over op het oudste kind dat ook gelijk de belangrijkste erfgenaam is. Brigitta is de eerste vrouw die aan het hoofd staat van de Neuberg-clan doordat haar oudere broer Maximilian al vijftien jaar vermist wordt. Ik schrijf het woord vermist in mijn aantekenboekje en onderstreep het een paar keer. Online vind ik ook nog een foto van Maximilian met zijn gezin die bij een aantal artikelen over de zaak is geplaatst. Het is een foto die zo'n tien jaar voor Maximilians verdwijning is genomen, maak ik op uit het jaartal bij het copyrightteken. Het gezin leidde een teruggetrokken bestaan en vertoonde zich nauwelijks in de openbaarheid, zo valt in meerdere artikelen te lezen.

Ik bekijk de foto eens goed. Maximilian heeft zijn arm bezitterig om een timide kijkende vrouw geslagen en voor hen staat een bleek spichtig jongetje met blond schouderlang haar. Het jongetje, dat volgens het onderschrift de naam Felix draagt, kijkt uitdagend de camera in. In zijn ogen lees ik iets wat ik interpreteer als opgekropte woede. Ja, op die foto staat een boos, dwars jongetje. Is hij chagrijnig omdat hij tegen zijn zin op de foto moest of is er meer aan de hand? Ik roep mezelf tot de orde. *Focus op Judith en haal je niet nog meer dingen op de hals.* Ik heb er geen enkel belang bij om de problemen die de Neuberg-telgen onderling met elkaar hebben onder de loep te nemen.

Ik klik alle artikelen die gaan over Maximilians verdwijning resoluut weg en focus me weer op zijn zus Brigitta. In het gros van de artikelen wordt ze de hemel in geprezen voor haar betrokkenheid en gulle giften aan de gemeenschap. Met haar hotels, wellnesscentra, skischolen en horecagelegenheden houdt ze ruim driekwart van de inwoners van Garmisch-Partenkirchen aan het werk. Het kwart dat niet bij haar in dienst is, ploetert op eigen kracht en slaagt daar – voor zover ik het kan inschatten – alleen in zolang Brigitta hen gedoogt. Met een vingerknip kan ze mensen maken of breken en ik begrijp steeds beter waarom iedereen zijn mond houdt. Je verzetten tegen iemand die zo machtig is, heeft alleen zin als iedereen daaraan meedoet. Dan pas kun je een serieuze vuist maken. Wereldverbeteraars zoals mijn zus, die het lef hebben om in actie te komen ongeacht de gevolgen voor henzelf, zijn zeldzaam en dat sterkt me nog meer in de overtuiging dat ik het er niet bij mag laten zitten. Ik wil niet slechts toekijken bij onrecht. Als Judith nog ergens is, dan wil ik dat ze trots op me kan zijn.

Hoe meer interviews met Brigitta ik lees, hoe duidelijker het me wordt dat je deze vrouw niet tegen je moet hebben. Zolang je haar geen strobreed in de weg legt, laat ze jou ook met rust, maar zodra je tegen haar ingaat en haar plannen probeert te doorkruisen, maakt een bataljon van dure advocaten gehakt van je. De milieuorganisaties die het de afgelopen jaren tegen haar hebben proberen op te nemen om verdere uitbreiding van haar imperium te voorkomen omdat het de natuur veel schade toebracht, hebben tot nu toe niet veel bereikt. Niet omdat ze geen punt hadden, maar omdat het ze aan geld en middelen ontbrak om net zo'n lange adem als Brigitta te hebben. Uit alle interviews blijkt dat haar ambities eindeloos zijn en dat het nooit genoeg is. Maar is ze ook zo kil dat ze bereid is om haar tegenstanders letterlijk het zwijgen op te leggen als ze haar blijven lastigvallen? Heeft zij iets te maken met Judiths dood? Ik neem me voor om morgen eens te bellen met het partijbureau van LINN. Ik wil weten of de naam Brigitta Neuberg ze iets zegt en of ze weten of mijn zus contact met haar had. En zo ja, waarover dan?

Ik pak het adresboekje dat ik in Judiths tas heb gevonden en schrijf het nummer van LINN op mijn lijstje. Daarna masseer ik mijn slapen en wrijf ik in mijn ogen. Dat urenlange gestaar op mijn telefoonscherm is me niet in de koude kleren gaan zitten. Het lijkt wel of mijn hoofd vol watten zit waar geen zinnige gedachte meer doorheen komt en ik voel me slap omdat ik vandaag alleen die broodjes van de taxichauffeur heb gegeten.

Ik besluit net als op de eerste avond dat ik hier was naar Kandahar 2 te lopen voor een maaltijd. Een frisse neus halen zal me goeddoen en hopelijk weer wat lucht in mijn hoofd brengen. Als ik met de deurklink in mijn handen sta, komt er een appje binnen. Ergens hoop ik dat het van Mila is, die toch besloten heeft om me te helpen door meer informatie met me te delen. Maar natuurlijk is het niet van haar. Ze heeft meer dan duidelijk gemaakt dat ze niets voor me wil doen en dat ik al geluk heb dat ze me überhaupt in het geniep te woord heeft gestaan én een serieuze aanwijzing heeft gegeven met Brigitta's naam. Mijn teleurstelling is van korte duur als ik het lachende gezicht van Keesje van mijn scherm af zie spatten. *Ik mis je, mama. Wanneer gaan we weer knuffelen?* staat er onder de foto.

*Snel, lieve Keesje. Mama mist jou ook.* Ik sluit af met een rij hartjes en druk op verzenden. Daarna zet ik mijn telefoon op stil en stop hem diep weg in mijn jas. Ik doe de deur van het appartement open en als ik de gang op wil lopen, merk ik dat ik ergens op stap. Ik kijk verbaasd naar beneden en zie dat mijn schoen boven op een witte envelop staat. Waar komt die ineens vandaan? Ik weet zeker dat die er niet lag toen ik uren geleden mijn appartement binnenstapte. Iemand moet hem dus onder de deur door hebben geschoven terwijl ik in de kamer was. Ik was blijkbaar zo geconcentreerd aan het zoeken naar informatie over Brigitta dat ik het helemaal niet in de gaten heb gehad. Ik open de envelop en haal er een briefje uit. Er staat een boodschap op in getypte letters: *Ook al voelt het misschien wel zo, je bent niet alleen. Geef niet op, wees wel voorzichtig. Groeten van een vriend.*

Ondanks de goedbedoelde woorden huiver ik. Het idee dat iemand bij mijn appartement is geweest, me heeft beslopen zonder dat ik het doorhad, geeft me de rillingen. Tegelijkertijd sterkt deze boodschap me in de overtuiging dat ik iets op het spoor ben en dat er in elk geval één iemand is die het met me eens is. Maar wie dan? Iemand die Judith kende en haar een warm hart toedroeg? Zou het die kale gast kunnen zijn met wie Judith op de eerste avond zat te smoezen in Kandahar 2? Ik ben tot nu toe nog niet echt achter zijn identiteit aangegaan, omdat ik gefocust was op Brigitta en die oudere vrouw. Wellicht wordt het tijd om mijn aandacht wat te verleggen. Als ik zo toch in Kandahar 2 ben, kan ik meteen eens rondvragen of iemand die vent kent en weet waar ik hem kan vinden. Als ik het appartement heb afgesloten check ik twee keer of ik de deur wel goed op slot heb gedaan. Ik voel aan alles dat ik de woorden 'wees wel voorzichtig' die op het briefje stonden heel serieus moet nemen.

# 29

## Zes maanden eerder

*Ken je dat gevoel? Dat je weet dat er iets aan de hand is, dat er iets in de lucht hangt, maar dat je er niet precies de vinger op kunt leggen? Dat gevoel bekruipt me steeds vaker en vandaag heb ik er voor het eerst ook bewijs voor. Een stapel papieren op mijn bureau is een stukje verschoven. Het is zo subtiel dat het me eigenlijk niet op had moeten vallen, maar de schoonmaakster is niet altijd even secuur met het verwijderen van stof van mijn bureau. De stapel was strak omringd met een fijn laagje stof, maar sinds vandaag is er links van de stapel een stofvrij randje te zien. Ik weet wie vanochtend mijn kantoor heeft schoongemaakt. Het schoonmaakteam bestaat uit vier vrouwen, drie twintigers en een oudere vrouw. Een vrouw van wie ik altijd heb gedacht dat ze uiterst betrouwbaar was. Nederig en zonder klagen doet ze hier al vier jaar lang haar werk. Tot nu toe was niets haar te veel en leek ze uiterst loyaal. Blijkbaar heb ik haar volkomen verkeerd ingeschat en ik vraag me af hoe dat heeft kunnen gebeuren. Juist omdat ik weet dat ik overal vijanden heb, ben ik uiterst behoedzaam en achterdochtig. Als je mijn vertrouwen wilt winnen, dan moet je flink je best doen. En haar best heeft ze gedaan. Niet uit oprechtheid blijkt nu, maar om me te misleiden en me een mes in de rug te kunnen steken tijdens een moment van onoplettendheid.*

*Ik weet niet waarom ze zich ineens tegen me heeft gekeerd, maar daar kom ik nog wel achter. Tijdens het natrekken van haar leven heb ik geen connecties kunnen vinden tussen haar en mensen die me dwars proberen te zitten. Heb ik ondanks mijn zorgvuldigheid iets gemist? Voordat ik Louisa ga confronteren met haar verraad neem ik eerst alle stukken door die op mijn bureau liggen. Ik moet weten of er iets ontbreekt en welke informatie die mogelijk is gestolen me in de problemen kan brengen. Mijn grootste geheimen bewaar ik op een veilige plek waar alleen ik het bestaan van weet, maar toch... Ik maak mijn duim en wijsvinger nat en blader door de papieren. Er staat wel een verwijzing in naar een grote investeerder met wie ik samenwerk, maar waar we precies mee bezig zijn is in deze stukken nergens terug te vinden.*

*Ik pak mijn telefoon en bel de man van wie ik honderd procent zeker weet dat ik hem kan vertrouwen. We hebben dezelfde belangen. Hij neemt meteen op, zoals ik van hem gewend ben. 'Ik heb je nodig. We hebben een verrader in ons midden en we moeten erachter komen hoeveel ze weet.'*

*'Om wie gaat het?'*

*'Een van de schoonmaaksters. Die oudere vrouw. Louisa.'*

*'Laat haar maar naar je kantoor komen. Ik krijg haar wel aan het praten.'*

*'Ik zie je zo,' zeg ik terwijl er een tevreden glimlach op mijn gezicht verschijnt. Het is fijn om in een wereld vol vijanden in elk geval één echte vriend te hebben.*

*Er wordt op mijn kamerdeur geklopt en zodra ik toestemming heb gegeven komt Louisa binnen. Ze deinst meteen geschrokken achteruit als ze ziet dat ik niet alleen ben. Angstig kijkt ze naar de man die haar vanuit de hoek van mijn kantoor aanstaart. Van de dreiging in zijn ogen word ik zelfs bijna bang. Sommige vrienden moeten nooit je vijand worden.*

*'Louisa, kom binnen,' zeg ik afgemeten tegen de vrouw met het spitse gezicht en de zilverwitte haren. Het lijkt wel of ze ter plekke voor mijn ogen krimpt. Met onzekere pasjes schuifelt ze naar binnen. De man loopt op haar af en ik zie haar automatisch terugdeinzen. Hoewel hij slechts haar elleboog schampt, brengt het haar volledig uit haar evenwicht. Ze wankelt en houdt haar handen beschermend voor haar gezicht. De man negeert haar, loopt naar de deur en slaat hem met een klap dicht. Daarna pakt hij een stoel weg bij de vergadertafel en zet hem midden in de kamer neer. 'Ga maar even lekker zitten, Louisa,' zegt hij mierzoet. Terwijl Louisa gehoorzaamt, neem ik zelf plaats achter mijn bureau, als een toeschouwer.*

*Als Louisa haar trillende handen in haar schoot legt en met ogen vol vragen opkijkt, loopt de man op haar af en knielt bij haar neer. Zijn ogen boren zich in die van haar en als ze weg wil kijken, pakt hij haar kin vast en dwingt haar het oogcontact vast te houden. 'Heb je lekker gewerkt vanochtend?' vraagt hij nonchalant.*

*Ze kijkt hem niet-begrijpend aan. 'Net als anders?' De vragende toon in haar antwoord ontgaat me niet.*

*'Dat weet jij beter dan ik, Louisa. Als dat betekent dat je normaal ook zo slordig bent als vandaag, dan zul je wel gelijk hebben.'*

*'Slordig? Wat bedoelt u?' Ze is duidelijk gekrenkt. 'Ik begrijp u niet,' zegt ze en ze schudt haar hoofd.*

*'Kom, kijk even met me mee dan.' Hij trekt haar ruw overeind en sleept haar mee naar mijn bureau. 'Kijk, hier ligt een laagje stof op het bureaublad...'*

*'Dat spijt me, ik zal de volgende keer beter mijn best doen. Ik durf nooit zo goed in de buurt te komen bij al die papieren. Ik ben veel te bang dat ik iets door elkaar gooi.'*

*'Is dat zo, Louisa? Want kijk hier eens. Zie je dit randje*

*langs die stapel papieren? Daar ligt geen stof en weet je wat dat betekent? Dat de stapel is verschoven. Volgens mijn informatie ben jij de enige die vanochtend in het kantoor is geweest. Dus misschien moet je je woorden nog eens heroverwegen. We houden niet van liegen namelijk en bovendien komt de waarheid uiteindelijk altijd boven tafel.' De man knakt een voor een zijn vingers.*

*'Wilt u nou insinueren dat ik aan die papieren heb gezeten?' Haar stem klinkt verontwaardigd en niet langer onderdanig. 'Dat zou ik nooit doen. In mijn werk moet je uiterst discreet zijn. Ik heb een uitstekende staat van dienst op dat gebied.'*

*'Papieren hebben geen pootjes, Louisa. Ze kunnen zich niet uit zichzelf verplaatsen.'*

*'Ik was het niet. Ik heb niks te zoeken bij die papieren. Ik ben er niet eens bij in de buurt geweest.' Ze kijkt mij nu aan en haar ogen staan wanhopig. 'Echt niet!'*

*Ik kijk strak terug en als ze doorheeft dat ze van mij geen hulp kan verwachten begint ze te huilen. De man pakt haar hand en brengt haar onder begeleiding van sussende woordjes terug naar haar stoel. Als ze zit, laat hij haar hand niet los. Hij houdt hem stevig vast met zijn ene hand en streelt hem met de andere. 'Je handen zijn je kapitaal, hè Louisa? Je hebt elke vinger nodig om je werk goed te kunnen doen. Want hoe onhandig zou het zijn als je je middelvinger niet zou kunnen gebruiken?' Hij pakt de vinger vast en begint hem langzaam naar achteren te buigen. Louisa hapt naar adem en begint te kreunen. De vinger begint steeds verder op spanning te staan. Net voordat hij op het punt staat te breken vermindert de man de druk wat op het gewricht. 'Het is aan jou, Louisa, wordt het buigen of barsten? Als je nu vertelt waarom je in die papieren hebt lopen snuffelen, dan laat ik je nu los en kun je met tien vingers op zoek naar een nieuwe werk-*

*gever. Als je blijft liegen, dan duw ik nu door en kun je zonder baan de ziektewet in. Wat gaat het worden?'*

*'Alsjeblieft, laat me los. Ik heb het niet gedaan. Ik zweer het op de heilige maagd Maria.'*

*De man duwt haar vinger weer naar achteren en vlak voordat hij knakt roep ik: 'Stop!' Met tegenzin gehoorzaamt hij me en laat hij Louisa's hand los.*

*'Je kunt je spullen pakken, Louisa, en ik wil je hier nooit meer zien. Je zult wel begrijpen dat je voor een positief getuigschrift niet bij me aan hoeft te kloppen.'*

*Louisa struikelt bijna over haar eigen voeten als ze de kamer uit rent. In haar haast vergeet ze de deur te sluiten. De man loopt ernaartoe en doet hem dicht. We kijken elkaar aan. 'Wat denk jij ervan?' vraagt hij me.*

*'Louisa is erg gelovig en zou nooit de naam van de heilige maagd misbruiken, maar ze moet het wel geweest zijn. Alleen de schoonmaak heeft een sleutel van mijn kantoor en Louisa is hier vanochtend aan het werk geweest. De andere meiden waren elders bezig. Het is spijtig, want ze was een goede kracht.'*

*'Ik neem aan dat je vervanging voor haar gaat zoeken?'*

*Ik knik.*

*'Laat mij dan de screening maar op me nemen.'*

*'Dat is jou wel toevertrouwd,' zeg ik lachend, 'dus laten we dat maar doen. En het lijkt me goed dat jij het woord doet als we het personeel op de hoogte brengen van Louisa's ontslag. Verraad wordt hier niet getolereerd.'*

*'Ik zal heel helder maken dat iedereen die zich niet aan de regels houdt met mij te maken krijgt.' Hij lacht vals en knakt zijn vingers.*

# 30

Met blossen op mijn wangen en een rozig gevoel verlaat ik Kandahar 2. Ik ben een tikkeltje aangeschoten van de grote pul bier die ik bij het eten heb gedronken. De kou die in mijn gezicht slaat zodra ik buiten ben, ontnuchtert me wel iets, maar niet helemaal en dat vind ik eigenlijk niet erg. Het zorgt ervoor dat de scherpe randjes van mijn verdriet er wat af zijn.

Ook kan ik wel een pauze gebruiken van al het piekeren. Ik blijf maar overdenken van wie dat briefje kan zijn dat onder mijn deur door is geschoven, maar verder dan speculatie kom ik niet. Ik heb net ieder personeelslid van Kandahar 2 gevraagd naar de kale man met het bomberjack die een paar dagen geleden bij Judith aanschoof, maar niemand schijnt hem te kennen. Daaruit maak ik op dat hij geen local is en dat het lastig wordt om hem te vinden. Met tegenzin probeer ik te accepteren dat ook dit spoor vooralsnog doodloopt. Brigitta blijft de enige concrete aanwijzing die ik in handen heb en ik ben er nog niet uit wat mijn volgende stap richting haar zal zijn. Eerst maar eens proberen een paar uur te slapen om de energie op te doen die ik zo hard nodig heb.

Met mijn handen diep weggestopt in mijn zakken loop ik met gebogen hoofd tegen de wind in. Ik concentreer me op mijn stappen en probeer even nergens aan te denken. Achter me hoor ik iemand lachen en als ik omkijk, zie ik een stelletje dat midden op straat staat te zoenen. Ik denk aan Sophia's heerlijke lippen en hoe fijn het zou zijn om nu bij haar in bed te liggen. Hoe zorgeloos en veilig dat altijd voelde en ik vraag me af of ik dat gevoel ooit weer terugkrijg. Want ik kan me niet voorstellen dat de wereld, die er zo anders uitziet na Judiths dood en alle vragen die hieruit volgen, ooit nog zo zal worden als hiervoor. Ik weet niet of deze wond ooit geheeld kan worden.

Terwijl ik verder loop, voel ik mijn benen met elke stap zwaarder worden van de vermoeidheid. Toch ga ik niet langzamer lopen, maar bijt ik door en verhoog ik mijn tempo. Ik nader een slecht verlicht stuk dat ik zo snel mogelijk achter me wil laten. Het pad tussen de naaldbomen is vrij smal en heeft iets angstaanjagends. Mijn zintuigen gaan automatisch op scherp. Ik betreed het pad en als ik een paar meter heb gelopen hoor ik achter me een geluid. Het klinkt als geruis. De wind of iets anders? Geschrokken kijk ik om. Het lijkt of ik iets weg zie schieten, maar dat kan ook net zo goed verbeelding zijn. Hijgend sta ik even stil, maar het geluid is weg en ik zie ook niets bewegen. Toch laat het gevoel dat ik niet alleen ben me niet los en ik begin te rennen. De paniek zwengelt een adrenalinegolf aan die mijn hartslag opstuwt. Om de paar meter kijk ik achterom en daardoor mis ik bijna een uitstekende boomwortel. Net op tijd weet ik mezelf te behoeden voor een val. Struikelend over mijn eigen voeten ren ik door en mijn hart staat bijna stil als ik weer achteromkijk. Tot nu toe was het pad leeg, maar nu loopt er een man. Hij oogt ontspannen met zijn handen in zijn zakken, maar toch klopt er iets niet aan het plaatje. Ik kan me niet aan de indruk onttrekken dat hij hier niet zomaar loopt. Er gaat iets dreigends van hem uit en ik voel zijn ogen op me branden. Ben ik mezelf gek aan het maken en beeld ik me van alles in of ben ik echt in gevaar? Heeft

Brigitta iemand achter me aan gestuurd om me bang te maken? Als waarschuwing dat ik uit haar buurt moet blijven en mijn neus niet verder in haar zaken moet steken? Het postuur van de man lijkt in elk geval niet op dat van Klaus. Deze man is kleiner, maar twee keer zo gespierd. Zo'n type dat dagelijks in de sportschool staat te beulen en zichzelf volgiet met eiwitshakes. Misschien zelfs weleens een spuitje anabolen zet.

Ik begin harder te rennen. De koude lucht dringt diep in mijn longen door en veroorzaakt een hoestprikkel die zo erg is dat ik bijna moet stoppen om op adem te komen. Maar dat kan niet, ik moet door. De man heeft zijn rustige looppas nu verruild voor een soepel drafje en de afstand tussen hem en mij wordt kleiner. Het klamme zweet breekt me uit als ik me realiseer dat ik hem nooit voor kan blijven als hij flink aanzet. Uit alles blijkt dat hij nog lang niet op zijn topsnelheid zit en dat hij me er met gemak uit rent. Waarom doet hij dat dan niet? Omdat hij hier gewoon toevallig loopt en helemaal niet achter me aan zit? Maar dat kan ik niet weten, dus mag ik niet verslappen.

Ik zwoeg door op mijn laatste kracht. Over een paar honderd meter wacht de veiligheid van het Ferienhaus op me en kan ik de deur van mijn appartement achter me dichtslaan en op slot doen. *Nog even volhouden, Maaik, kom op.* Om geen tempo te verliezen moet ik in een streep doorrennen, maar ik kan het toch niet laten om nog een keer over mijn schouder te kijken. Ik schrik als ik zie dat de man me geruisloos is genaderd en amper nog twee meter bij me vandaan is. De paniek geeft me vleugels en ik weet te voorkomen dat hij nog dichter nadert. Pas als ik nog maar een paar meter van de oprit van het Ferienhaus verwijderd ben, loopt hij ineens naast me. Even gaan onze passen gelijk op. Ik blijf recht voor me uit kijken en vermijd oogcontact.

Koortsachtig voel ik in mijn zakken of er iets in zit wat ik als wapen kan gebruiken. Ik kom niet verder dan een pen en een haarspeld.

Vlak voordat ik de oprit opren, krijg ik een duw tegen mijn schouder. Het brengt me zo uit balans dat ik hard onderuitga en languit voorovervval. In een reflex steek ik mijn handen uit om te voorkomen dat mijn gezicht op de grond klapt. De lucht wordt met geweld uit mijn borstkas geduwd en even weigeren mijn longen om me van de benodigde zuurstof te voorzien. De man knielt bij me neer en ik kruip zo goed en zo kwaad als het gaat bij hem vandaan. Ik begin te jammeren en te smeken als hij zich over me heen buigt. Zijn hand komt op me af en ik probeer mijn gezicht af te schermen voor de klap die komt. Zijn hand blijft boven me in de lucht hangen. 'Kom, dan help ik je overeind.'

'Wat moet je van me?' weet ik uit te brengen.

'Waarom denk je dat ik iets van je moet? Wij kennen elkaar toch helemaal niet? We lopen toevallig dezelfde weg en ik botste per ongeluk tegen je op. Oeps.' Hij kijkt me aan met een blik die anders doet vermoeden. Zijn ogen zijn blauw en hij draagt een zwarte vliegeniersmuts waar de rest van zijn gezicht achter schuilgaat. Ik probeer me te herinneren of ik hem eerder heb gezien, maar er gaat geen lampje branden.

'Nou, kom op, pak mijn hand zodat ik je overeind kan helpen. Je koelt veel te hard af als je hier blijft liggen.'

Ik aanvaard zijn hulp. Zijn hand klauwt zich om de mijne en ik voel mijn botjes kraken. Hij kijkt me uitdagend aan. Alleen daarom al geef ik geen krimp als hij nog iets meer druk op mijn hand zet voordat hij me eindelijk loslaat. Ik klop de sneeuw van mijn kleren. Mijn lijf voelt stijf aan van de val en mijn polsen en ribben doen wat zeer van de harde klap die ze hebben opgevangen, maar ik heb niet het idee dat ik meer dan lichte kneuzingen op heb gelopen.

'Slaap lekker vannacht. Ik zou je deur maar goed op slot draaien.' Hij lacht en rent bij me vandaan. In no time is er geen spoor meer van hem te bekennen. Beduusd blijf ik achter. Hoewel alles in mij onmiddellijk het Ferienhaus in wil rennen, loop ik er een stuk voorbij en neem dan een weg naar rechts waarvan ik weet dat die langs de achterkant van het terrein loopt waar nog een toegangshek is. Stel dat die vent me nog ergens staat te bespieden, dan ziet hij me in elk geval niet opzichtig naar binnen gaan. Natuurlijk kan hij erachter komen waar ik logeer, maar ik hoef het hem ook niet op een presenteerblaadje aan te bieden. Zijn opmerking dat ik mijn deur op slot moet doen kan plagend bedoeld zijn, maar ook dreigend. Het zit me in elk geval niet lekker.

Via de achteringang loop ik uiteindelijk het gebouw binnen. Liene staat niet achter de receptiebalie en daar ben ik eigenlijk wel blij om. Ik heb geen zin in vragen over mijn gehavende uiterlijk. Ik wil maar één ding en dat is zo snel mogelijk mijn appartement binnenlopen, want dat is op dit moment de enige plek waar ik me nog een beetje veilig voel. Met mijn laatste krachten sleep ik me ernaartoe, maar in plaats van eindelijk op adem te kunnen komen, krijg ik voor de tweede keer deze avond de schrik van mijn leven. Tegen de deurpost van mijn appartement leunt de kale man met het bomberjack. 'Ik hoorde dat je naar me op zoek was?'

# 31

'Ik denk dat wij elkaar moeten spreken,' zegt de man in het bomberjack als ik hem met open mond aanstaar. 'Dat wil jij toch ook? Je was vanavond niet voor niks aan het rondvragen.'

'Hoe weet je dat ik in dit appartement logeer?' hakkel ik.

'Als je me binnenlaat, dan zal ik je dat vertellen.'

Ik kijk hem argwanend aan. 'Wie zegt me dat ik je kan vertrouwen?'

'Judith vertrouwde me. Is dat niet genoeg voor je?'

Bij het horen van Judiths naam gaat er een steek door mijn hart. 'Je weet dat ze dood is?' vraag ik met een brok in mijn keel. Hij zucht en zijn gezicht betrekt.

'De politie zegt dat het een ongeluk was,' voeg ik eraan toe.

'Hm, de politie zegt zoveel als het ze beter uitkomt.'

'Jij denkt dat er meer aan de hand is?'

'Jij toch ook? Waarom zou je me anders willen spreken? Ik weet misschien wel meer dingen over Judith dan jij.'

Ik erger me eraan dat hij zich Judith toe-eigent, maar ben ook opgelucht dat er eindelijk iemand is die twijfels heeft bij Judiths doodoorzaak.

'Zeg, prima als je het gesprek op de gang wilt voeren, maar dan ga ik er even bij zitten. Ik ben de hele dag al op pad geweest en ik begin een beetje moe te worden.'

'Sorry, natuurlijk praten we binnen verder. Ik ben gewoon

nogal verbaasd dat ik je hier voor mijn deur aantref terwijl iedereen in Kandahar 2 beweerde dat ze niemand kenden die aan jouw signalement voldeed.'

'Ik word goed afgeschermd, maar er ontgaat me niets.'

'Dat blijkt.' Ik ontgrendel de deur en laat hem als eerste naar binnen lopen. Zijn ogen speuren het appartement af voordat hij aan de vierpersoonseettafel gaat zitten.

'Pak een stoel, maak het jezelf gemakkelijk,' mompel ik.

Hij kijkt me uitdagend aan.

'Je bent niet bepaald verlegen, hè...'

'Otto. Ik heet Otto, aangenaam.'

'Maaike.'

'Ja, dat weet ik. Heb je misschien iets te drinken? Dat praat wat makkelijker.'

'Natuurlijk. Ook nog behoefte aan een maaltijd, een bed?'

'Nou, je zus was wel wat vriendelijker.'

Ik negeer zijn woorden, loop naar de koelkast en pak de halve fles wijn eruit. Ik schenk een glas voor Otto in en neem zelf een glas water.

'Geen bier?'

'Je zult het hiermee moeten doen en anders ga je maar onder de kraan hangen.' Ik pak het briefje dat een paar uur geleden onder mijn deur door is geschoven en houd het omhoog. 'Van jou?'

Otto leest de tekst hardop voor en schudt dan driftig met zijn hoofd. 'Je mag me als een vriend beschouwen, maar dat briefje komt niet van mij. Blijkbaar heb je zonder het te weten nog een medestander.'

'Toe maar, nog eentje. Het moet niet gekker worden.' Ik lach schamper en neem een grote slok water om de bittere smaak die omhoogkomt weg te spoelen. Ik observeer Otto als hij aan zijn wijn nipt en even zeggen we allebei niets totdat ik ongeduldig de stilte verbreek. 'Nou, kom op, brand maar los, wie ben je en wat doe je hier? En nog belangrijker: wat moest je van Judith?'

'Heeft je zus je verteld waar ze in haar werk mee bezig was?'

'Globaal, ja. Ze werkte aan een initiatiefwet die gletsjers beter moet beschermen.'

'Klopt. Jouw zus zette zich net als ik en vele anderen in om de natuur te beschermen en mensen er bewust van te maken dat we de aarde aan het vernietigen zijn. Als we zo doorgaan stevenen we op een desastreuze ramp af.'

Ik heb niet de behoefte om Otto te vragen hoe die ramp er volgens hem uitziet. Op dit moment heb ik niets aan al dat gespeculeer over doemscenario's.

'Judith was erg begaan met dit gebied en met de gletsjer, vandaar dat mijn organisatie contact met haar heeft gezocht.'

'Over welke organisatie hebben we het dan?'

'Ik ben lid van een gedreven club milieuactivisten die zich met name richt op de omgeving van Garmisch-Partenkirchen. De gletsjer heeft al jaren onze speciale aandacht. We proberen met rechtszaken en gerichte acties verdere vercommercialisering van dit gebied tegen te gaan. We liggen continu in de clinch met vastgoedbazen, horecamagnaten en reisorganisaties. Onze geduchtste tegenstander is de familie Neuberg, die het gros van het vastgoed en de horeca in haar bezit heeft.'

Ik pak mijn telefoon en laat hem de foto zien waar Brigitta Neuberg op te zien is. 'De opperheks,' zegt hij tandenknarsend en vol haat. 'Ze sloopt het hele gebied met haar vergaande plannetjes om nóg meer geld te verdienen. Het is nooit genoeg. Het ene hotel is nog niet uit de grond gestampt of het volgende wellnesscenter komt er alweer aan. En ze blijft maar vergunningen krijgen. Ongelofelijk is het!'

'Kende Judith haar persoonlijk?'

'Nee, dat denk ik niet. Bij mijn weten heeft ze nooit met Brigitta gesproken.'

'Enig idee waarom ze deze foto dan bij zich droeg toen haar lichaam werd gevonden in die gletsjerspleet?'

'Mag ik hem nog eens zien?'

Ik geef Otto mijn telefoon en hij zoomt in op de vrouw met wie Brigitta staat te praten. 'Enig idee wie dat is?'

'Ik heb het idee dat ik haar ergens van ken, maar ik weet niet waarvan. Door die muts en die sjaal is haar gezicht niet goed te zien.' Hij zoomt de foto weer wat uit. 'Hé, wie is dat?' mompelt hij meer tegen zichzelf dan tegen mij. Hij wijst op het donkere silhouet bij de bosrand.

'Dus jij ziet er ook een mens in?'

'Ja, overduidelijk.'

'Nou, zo duidelijk vond de politie het anders niet. Die wilde er met geen mogelijkheid aan dat daar iemand stond. Een schaduw, een struik, verder kwamen ze niet.'

'Nou, ik zal je vast uit de droom helpen, aan de politie hier heb je helemaal niets. Die doen alles om Brigitta uit de wind te houden.'

'Dat heb ik inmiddels ondervonden, ja. Ze hebben het dossier rond Judiths dood zonder verder onderzoek gesloten, terwijl er toch duidelijk vraagtekens bij te stellen zijn. Ik voel gewoon dat er iets niet klopt, maar ik word weggezet als labiel en paranoïde omdat ik de dood van mijn zus niet zou kunnen accepteren. Dat kan ik ook niet, maar om andere redenen dan zij beweren.' Ik vertel Otto over de manier waarop ik bij het Schneespitze Hotel ben behandeld en geschoffeerd, dat receptioniste Wien me de originele foto van Brigitta met die vrouw afhandig heeft gemaakt, het wispelturige en leugenachtige gedrag van chauffeur Klaus. Dat ik door een man werd achtervolgd toen ik vanavond naar mijn appartement liep, laat ik maar even achterwege. Ik weet nog steeds niet zo goed wat ik daarvan moet denken.

'Misschien moet je even droge kleren aantrekken? Je ziet eruit alsof je elk moment in een ijspegel kunt veranderen.'

Ik merk nu pas dat ik zachtjes klappertand. 'Ik ben uitgegleden en gevallen,' verklaar ik mijn gehavende uiterlijk als ik zie dat hij zijn ogen vorsend langs mijn kleren laat gaan. 'Maar je hebt gelijk, ik heb het inderdaad een beetje koud.' Ik schenk nog wat wijn in zijn inmiddels halflege glas en vertrek met een setje droge kleding en mijn telefoon naar de badkamer. Ik moet me bedwingen om niet vlug onder een warme douche te springen, maar ik wil Otto zo kort mogelijk alleen laten. Hij mag dan zelf wel beweren dat hij te vertrouwen is, maar een beetje gezonde achterdocht kan geen kwaad. Ik wil hem niet de kans geven om in mijn of Judiths spullen te rommelen terwijl ik even uit het zicht ben. Ik smijt mijn natte kleren in een hoopje op de grond, wrijf ruw met een handdoek over mijn koude huid en trek vlug het droge ondergoed en joggingpak aan dat ik in de gauwigheid heb meegegrist. Ik ben hooguit een paar minuten bezig en als ik de kamer weer in stap, zit Otto nog keurig aan tafel met het glas wijn in zijn hand. Ik haal de handdoek door mijn vochtige haar en ga weer tegenover hem zitten. 'Ik heb nog een foto die ik je wil laten zien,' zeg ik onomwonden. Ik duw hem de foto van Judith met de oude vrouw onder zijn neus. 'Ik heb hem gemaakt vanuit de skilift,' licht ik toe. 'De foto van Brigitta en die andere vrouw is door deze oudere dame aan Judith gegeven en heeft mijn zus flink aan het schrikken gemaakt. Ik probeer erachter te komen waar ze zo van schrok, maar tot nu toe tast ik nog volledig in het duister. Zeker nu jij beweert dat Judith nooit rechtstreeks contact met Brigitta heeft gehad.'

Otto concentreert zich op het gezicht van de oude vrouw en fronst zijn wenkbrauwen. 'Ik heb werkelijk geen idee wie dit is en waarom ze Judith die foto heeft gegeven. Maar ik snap dat je die vrouw heel graag wilt spreken om Judiths reactie te duiden. Ik neem aan dat je Judith niet meer hebt gesproken nadat je die foto hebt genomen?'

'Nee, ze is diezelfde dag nog verongelukt. Zij ging net met die vrouw praten toen de skilift eraan kwam en ik had geen zin om nog een ronde te wachten. Eerlijk gezegd was ik een beetje boos op haar. Doordat Judith zo ontzettend toegewijd was aan haar werk zag ik haar nog amper en was het bijna onmogelijk om haar eens echt voor mezelf te hebben. We hadden net afgesproken dat we ons deze week even helemaal op elkaar zouden focussen en binnen een paar uur had ze die belofte alweer geschonden. Daar was ik chagrijnig over en toen ben ik met een kwaaie kop alleen in die lift gestapt. Niet wetende dat ik haar daarna nooit meer zou zien. Ik heb er zo'n spijt van.' Mijn stem breekt weer en ik doe geen moeite om het tegen te houden. 'En nu is ze dood. Ik voel me zo ontzettend schuldig. Als ik me niet zo kinderachtig had gedragen en gewoon bij haar was gebleven, dan had ze nu waarschijnlijk nog geleefd.'

'Ik snap dat je dat zo voelt, maar ik denk dat je te hard bent voor jezelf. Het is niet uitgesloten dat ze dan op een ander onbewaakt ogenblik een "ongeluk" had gekregen. Judith is niet de eerste die ze uit de weg wilden ruimen. Ze hebben bij een vriend van mij ook een poging gedaan.'

'Wie zijn "ze"? Waar heb je het over?'

'De Neubergs gaan over lijken om hun zin te krijgen. Ze hebben ook een aanslag gepleegd op mijn vriend Helmut. Het is ze niet gelukt om hem te doden, maar hij ligt wel in coma na een zogenaamd skiongeluk. Helmut is de leider van onze milieuclub en ik was de tweede man op het moment dat hij dat ongeluk kreeg. Totdat hij ontwaakt, neem ik de honneurs waar. De kans dat hij er weer helemaal bovenop komt wordt echter steeds kleiner. Hij ligt al vier maanden in coma en de artsen zien niet echt verbetering.'

Ik kijk Otto geschokt aan. 'Heb je bewijs dat Brigitta achter dat ongeluk zit?'

'Ze weet haar sporen uitstekend te wissen, maar ik weet het gewoon zeker. Helmut was met iets groots bezig wat Brigitta een enorme klap zou toebrengen.'

'Wat dan?'

'Wist ik het maar. Hij had iets explosiefs ontdekt, maar wilde daar pas iets over vertellen als hij wat dingen had uitgezocht. Helmut was een echte dossiervreter die de wet eerst tot in de kleine lettertjes helemaal uitploos voordat hij tot actie overging. Als hij eenmaal een zaak aanspande, dan kon je er bijna donder op zeggen dat hij hem zou winnen. Zelfs Brigitta met al haar dure advocaten moest vaak het onderspit delven. Helmut heeft al een aantal bouwprojecten met succes tegen kunnen houden en daar was ze op zijn zachtst gezegd nogal pissig over. Dat heeft ze hem ook een paar keer duidelijk te verstaan gegeven.'

'Ze bedreigde Helmut dus?'

'Niet openlijk natuurlijk, maar bedekt.'

'Mijn zus werd ook bedreigd. Ze vertelde het me tussen neus en lippen door en wilde er verder niet concreet op ingaan.'

'Het zou me niet verbazen als het uit de hoek van Brigitta kwam. Die initiatiefwet waar je zus zo'n voorvechter van was zou Brigitta's toekomstige expansiedrift flink dwarsbomen.'

'Zou het kunnen dat die vrouw bij de skilift Judith probeerde te waarschuwen voor Brigitta?'

'Wie zal het zeggen?' Otto haalt zijn schouders op. 'De

vraag blijft dan nog steeds wie die andere vrouw op de foto is en wat ze daar met Brigitta bespreekt. En wie bespiedt hen vanaf die bosrand?'

'Denk je dat Brigitta erachter was gekomen dat Helmut iets over haar had ontdekt?'

'Laat ik het zo zeggen: je maakt mij niet wijs dat het toevallig is dat hij een ongeluk heeft gekregen op het moment dat hij dicht bij de onthulling van het geheim was. Dat geheim dat misschien voor altijd in zijn hoofd blijft zitten als hij niet meer uit zijn coma ontwaakt. Het is ze niet gelukt om hem te doden, maar ze hebben hem evengoed het zwijgen opgelegd.'

'En je hebt geen flauw idee in welke richting je die onthulling moet zoeken?'

'Nee, helaas niet. Ik pieker me er al maanden suf over. Ik heb Helmut erom vervloekt dat hij de informatie met niemand van ons heeft gedeeld. Hij was altijd zo behoedzaam en zorgvuldig. Enerzijds zijn kracht natuurlijk, maar anderzijds maakt het onze organisatie ook heel kwetsbaar. Nu hij is uitgevallen, zitten we met zijn allen met de handen in het haar. Hij was echt met iets cruciaals bezig en we kunnen het niet van hem overnemen omdat hij het met niemand heeft gedeeld. Ik doe mijn best om de boel bij elkaar te houden, maar ik word er gek van dat ik op mijn handen moet zitten. Ik wil actie!' Hij slaat uit het niets keihard met zijn vuist op tafel en ik schuif geschrokken mijn stoel achteruit.

'Sorry,' voegt hij er snel aan toe, terwijl hij weer rustig probeert te worden. 'Het is gewoon allemaal zo frustrerend. Wist ik maar waar Helmut mee bezig was, dan kon ik het oppakken. En nu is Judith ook nog dood. Zij was een ongelofelijk belangrijke speler in het grote plaatje. Ze had echt de macht en de armslag om dingen voor elkaar te krijgen en het is maar de vraag wat er allemaal van terecht gaat komen nu zij er niet meer is. Ik weet dat haar gedrevenheid zelfs weerstand opriep in haar eigen partij.'

'O ja?'

'Ik weet er het fijne niet van, maar toen ik haar een paar avonden geleden sprak, vertelde ze dat ze niet alleen tegen de buitenwereld vocht, maar ook intern best wat te verstouwen kreeg. Die politiek is een groot wespennest waar ego's elkaar de tent uit vechten met woordspelletjes en gekonkel. Daarom ben ik ook de activistische hoek in gegaan. Geen gelul maar gaan. Geen dubbele agenda, maar doelgericht ergens op af.'

'Helmut en jij zaten qua strategie dus niet op één lijn,' concludeer ik.

'We hadden regelmatig discussies, maar we kwamen er altijd samen uit. We zijn allebei niet vies van een compromis als het in het belang van de zaak is. Met zijn bedachtzaamheid en mijn dadendrang kwamen we altijd op de gulden middenweg uit. Eerlijk gezegd beschouwde ik Helmut een beetje als mijn geweten. Ik ben soms te impulsief en Helmut heeft me al vaker behoed voor acties die op de lange termijn negatief zouden uitpakken. We zijn een beetje als broers. Ik mis hem zo ontzettend.' Otto verbergt zijn gezicht in zijn handen en blijft even zo zitten. Ik weet maar al te goed hoe hij zich voelt.

'Maar je denkt dus dat het geheim waar je het net over had in de hoek van Brigitta zit?'

'Ja, ik vermoed dat het weer iets met Brigitta en toerisme te maken heeft. Ons clubje is het afgelopen jaar vooral druk geweest om het toerisme hier te beteugelen. Niet alleen de oplopende temperaturen en het broeikaseffect zijn schadelijk voor de gletsjers, het toerisme is ook *killing*. Mensen kijken nergens naar en stampen alles kapot. Het gros staat er totaal niet bij stil dat ze de gletsjer schade toebrengen als ze hem beklimmen. Helmut heeft me vlak voor zijn ongeluk toevertrouwd dat we het toerisme een fatale klap zouden toebrengen als hij zijn vermoedens kon staven.'

'Maar voordat het zover kwam, kreeg hij zelf een fatale klap uitgedeeld,' zeg ik somber.

'Ja, dat kun je wel stellen.'

'Heb je je vermoedens met de politie gedeeld?'

'Pff,' schampert hij. 'Alsof die ook maar iets zullen doen wat Brigitta in diskrediet brengt. Ik krijg steeds hetzelfde te horen als jij: het was een ongeluk en laat het rusten.'

'Maar jij kunt het net als ik niet laten rusten.'

'Nee, natuurlijk niet. Ik vertel aan iedereen die het maar horen wil dat Brigitta een aanslag op Helmut heeft gepleegd. Dat wordt me niet in dank afgenomen natuurlijk. Waarschijnlijk ben ik de volgende die een "ongeluk" krijgt. Ik heb al wat waarschuwingen gekregen.' Hij pakt zijn telefoon en laat me een aantal berichten zien. De eerste berichten zijn nog vrij mild. *Stop met deze onzin verkondigen, je weet dat het niet waar is* en *Het was een ongeluk, niks anders* en *Hou op met die ongefundeerde beschuldigingen, je hebt geen idee van de schade die je aanricht.* De zeven berichten die Otto daarna nog heeft gehad zijn een stuk dreigender. Vooral van de laatste twee krijg ik de kriebels. '*Als je met vuur speelt, dan loop je het risico te verbranden*' en '*Zwijg! Anders helpen we je een handje.*'

'Ben je niet bang?' vraag ik Otto.

'Niet bang, wel op mijn hoede. Ik hou me zo veel mogelijk schuil en als ik wel in de openbaarheid ga dan zorg ik dat ik dat doe in drukke publieke gelegenheden. Als iemand me wat wil flikken, dan zijn er genoeg getuigen en helpende handen. Ik lust die klootzakken rauw en ik peins er niet over om me klein te laten maken door hen.'

'Met hen bedoel je de Neubergs en met name Brigitta?'

'De Neubergs en het hele netwerk dat daaromheen hangt. Van corrupte ambtenaren tot omgekochte agenten en ga zo maar door. Brigitta is het boegbeeld van de hele kliek, maar er spelen veel meer mensen een kwalijke rol. De rot zit heel diep en het is bijna onmogelijk om het tegen ze op te nemen. Toch blijf ik dat samen met de andere mensen uit mijn organisatie doen. Dat is de enige manier om dit prachtige gebied en de gletsjer op de lange termijn te behouden.'

Ik bestudeer Otto's verbeten gezicht en kan alleen maar denken: je moet deze jongen niet tegen je hebben... Hij zegt wel dat Brigitta en consorten over lijken gaan, maar ik denk dat hij ook nergens voor terugdeinst als hij zijn zinnen ergens op heeft gezet. In dat licht begrijp ik wel dat Helmut hem nog niets heeft willen vertellen van de blijkbaar explosieve ontdekking die hij had gedaan. Een ongeleid projectiel als Otto zou in een onbewaakt moment alle zorgvuldig uitgedachte strategieën in gevaar kunnen brengen door informatie te spuien die nog niet rijp is voor het daglicht. Het kan niet anders dan dat het af en toe flink heeft gebotst tussen Helmut en Otto. Ik merk aan Otto dat hij het diep vanbinnen als een blijk van wantrouwen beschouwt dat Helmut zijn laatste ontdekking niet met hem gedeeld heeft. Hoe erg hij ook zijn best doet om dat te verbergen, de gekwetste ondertoon valt niet te missen.

'Wat ben je nu van plan te gaan doen zolang Helmut in coma ligt en je het zonder zijn verhaal moet doen?'

'Zorgen dat de rechtszaken die hij had opgestart hun doorgang kunnen vinden. We mogen geen vertraging oplopen, want Brigitta pakt alle ruimte die er wordt gelaten meteen om het in haar voordeel te laten werken. En verder wil ik net als jij weten wat er nou echt met Judith is gebeurd. Het kan gewoon geen ongeluk zijn geweest. Het is té toevallig dat twee tegenstanders van Brigitta allebei een skiongeluk krijgen. Dat gaat er bij mij gewoon niet in. Het is zo klote dat Helmut niet wakker wordt om te vertellen wat er met hem is gebeurd en wie hem dat heeft aangedaan!' Otto bijt venijnig op een duimnagel die al tot het leven is afgekloven en ik wrijf met mijn handen over mijn vermoeide ogen.

'Al mijn sporen lopen inmiddels wel zo'n beetje dood. Ik heb al eindeloos rondgevraagd bij de skiliften en in het dorp of iemand die oudere vrouw kende die Judith die foto gaf, de politie geeft niet thuis en bij het Schneespitze Hotel word ik als de eerste de beste crimineel buiten de deur gehouden. Het enige wat ik nog kan doen is morgen bellen met het partijbureau van LINN om te vragen in hoeverre zij op de hoogte zijn van die bedreigingen waar Judith het over had en of zij en met name mijn zus concreet bezig waren met dingen in Garmisch-Partenkirchen. Als daar ook niks uit komt, dan weet ik het even niet meer. Hoe kun je de waarheid achterhalen als werkelijk iedereen zwijgt?'

'Ik denk dat we moeten blijven zoeken naar die oudere vrouw. Zij moet meer weten.'

'We?'

'Ja, ik denk dat we onze krachten moeten gaan bundelen. Twee weten meer dan een. Bovendien ken ik dit gebied op mijn duimpje terwijl jij al de helft van je tijd kwijt bent met zoeken naar locaties waar misschien aanwijzingen te vinden zijn.'

Otto's stelligheid laat me eigenlijk geen ruimte voor protest, maar wil ik me zijn aanwezigheid laten opdringen? Uit alles blijkt dat hij nogal dominant is en ik geloof niet dat ik me daar altijd prettig bij ga voelen. En ik ben er voor mezelf ook nog niet helemaal over uit of ik hem volledig kan vertrouwen. Hij heeft tot nu toe geen aanleiding gegeven om het tegendeel te vermoeden, maar toch schuurt er iets. Ik ben er nog niet over uit of dat komt door zijn overheersende karakter en ingehouden woede of dat er meer aan de hand is. Maar aan de andere kant heeft hij wel een punt: hij kent de omgeving goed en twee weten meer dan een. Bovendien heb ik op dit moment geen beter alternatief. Ik besluit hem het voordeel van de twijfel te geven. Wie weet valt het mee en komen we samen tot een doorbraak. Eén antwoord heb ik vanavond in elk geval al wel gekregen, het rondje dat ik vond in Judiths agenda op de dag van aankomst in Garmisch-Partenkirchen was een O. De O van Otto.

# 32

Otto en ik zitten samen aan de tafel in mijn appartement en staren gebiologeerd naar mijn telefoon die maar stil blijft. Ik zou een halfuur geleden al teruggebeld worden door een partijgenoot van Judith, maar de minuten tikken steeds verder weg van het afgesproken tijdstip.

'Bel nog maar een keer naar dat partijbureau. Misschien heeft die muts die je aan de lijn had het niet goed doorgegeven.' Otto roert geagiteerd in zijn koffie.

'Ik geef het nog tien minuten, oké?'

Otto staat op en begint onrustig door de kamer te lopen.

'Kun je misschien even gaan zitten? Ik krijg de zenuwen van je.'

Zuchtend ploft hij weer neer. 'Ik ben nou eenmaal niet de geduldigste persoon op aarde. Ik was vroeg wakker en voor mijn gevoel heb ik er alweer een halve dag opzitten zonder dat ik verder ben gekomen. Stilstand is achteruitgang.'

Ik laat hem maar even en probeer van mijn eigen kop koffie te genieten. Vóór het eerste kopje van de dag ben ik niets waard. Ik voel dat de cafeïne zijn werk begint te doen en me een vleugje nieuwe energie geeft. Tot mijn eigen verbazing heb ik vannacht voor het eerst sinds Judiths dood als een blok geslapen. Toen Otto eindelijk vertrok rond middernacht leek het wel alsof hij alle energie uit me had gezogen. Vanochtend om tien uur stond hij volgens afspraak weer voor mijn neus.

Ik kijk naar de klok. Weer vijf minuten verder. Otto's ongeduld slaat over op mij en ik grijp naar mijn toestel. Als ik het in mijn hand heb, begint het te rinkelen. Gehaast neem ik op en zet de telefoon op de speaker. Otto spreekt weliswaar geen Nederlands, maar wie weet vangt hij toch nog iets op.

'Dag Maaike, je spreekt met Steffanie Leijenhorst. Ik was een collega en goede vriendin van Judith, ze heeft het vast weleens over me gehad.'

*Uhm, nee.*

'Ik had je al veel eerder willen bellen, móéten bellen, maar ik wist niet wat ik tegen je moest zeggen. Ik vind het zo erg. We vinden het hier allemaal zo erg. Alle mensen van LINN zijn al dagen in shock. Judith was ons zeer dierbaar en ze gaat enorm gemist worden. We missen haar nu al ontzettend. Ze was een van de drijvende krachten van onze partij. Ze was het groene boegbeeld van het Europees Parlement. Ik wil jou en je familie namens de hele partij ontzettend veel sterkte wensen met dit grote verlies.'

'Dank je wel, Steffanie. Jij ook veel sterkte met het verlies van je vriendin. Waren jij en Judith close?'

'Ja, best wel. We zagen elkaar natuurlijk vrijwel dagelijks op het werk, maar ook buiten kantoortijden deden we regelmatig samen een drankje. We squashten ook weleens. Judith was zeer aangenaam gezelschap en ze was oprecht. Een eigenschap die lang niet iedereen hier in Brussel heeft.'

'Zoiets begreep ik ook al van Judith. Ze vergeleek de politiek met een groot wespennest waar je continu gevaar liep om gestoken te worden.'

'Zei ze dat?'

'Ja. Daarover gesproken, ze vertelde me ook dat ze bedreigd werd sinds ze zich inzette voor die initiatiefwet die meer bescherming moet bieden aan gletsjergebieden. Ik vroeg me af of jij daarvan op de hoogte was en of je weet uit welke hoek die bedreigingen kwamen.'

'Waarom wil je dat weten?'

'Er wordt hier beweerd dat Judith een ongeluk heeft gehad tijdens het skiën, maar ik ben daar niet helemaal van overtuigd. Er zijn te veel dingen die vraagtekens bij me oproepen.'

'Begrijp ik nou goed dat je denkt dat het geen ongeluk was? Denk je dat er opzet in het spel was?' Steffanie klinkt geschokt.

'Op Judiths lichaam is een foto gevonden waar twee vrouwen op staan en in de verte een man. Van één vrouw heb ik inmiddels de identiteit weten te achterhalen. Haar naam is Brigitta Neuberg, een rijke zakenvrouw die hier in de omgeving nogal wat in de melk te brokkelen heeft. Ze is dé drijvende kracht achter de toerisme- en vastgoedsector hier. Ik vroeg me af of jij haar kent en of je weet of Judith het met haar aan de stok had. Het schijnt dat die vrouw over lijken gaat als ze haar zin niet krijgt.'

'En die tweede vrouw? Weet je al wie dat is?' Steffanies stemt lijkt te trillen en ze hoest iets weg.

'Nee. Het gezicht van de vrouw met wie Brigitta staat te praten is moeilijk te zien. Ze draagt een grote sjaal en heeft een muts op. Ik heb geprobeerd verhaal te halen bij Brigitta, maar ze wordt goed afgeschermd door haar personeel.'

'Je hebt haar dus niet gesproken?'

'Nee, nog niet, maar ik geef niet op. Maar je hebt nog geen antwoord gegeven op mijn vraag of je Brigitta Neuberg kent en of je weet of Judith of iemand anders van de partij met haar in de clinch lag. En als dat laatste het geval is, dan wil ik natuurlijk weten waarom.'

'Brigitta Neuberg... De naam doet vaag een belletje rinkelen, maar niet meer dan dat. Bij mijn weten stond niemand van de partij met haar in contact, maar dat wil niet zeggen dat Judith niet op eigen houtje contact met haar had gelegd. Dat deed ze wel vaker als de officiële routes haar te lang duurden of te weinig resultaat opleverden. Ik heb haar vaker gezegd dat ze zichzelf daarmee in gevaar bracht. Dan lachte ze wat en wist ik dat ze mijn woorden naast zich neer zou leggen. Judith was nogal, uhm, eigenzinnig.'

'Breek me de bek niet open. Als ze eenmaal iets in haar hoofd had, dan kon je haar daar met geen mogelijkheid van afbrengen.'

'Die gedrevenheid was zowel haar kracht als haar valkuil,' concludeert Steffanie. 'Het riep binnen de partij bewondering maar soms ook ergernis op.'

'Daar kan ik me wel iets bij voorstellen,' zeg ik grinnikend. '*Same here*. Maar goed, Brigitta Neuberg, kun jij intern eens wat rondvragen of Judith met haar in gesprek was? Misschien dat ze het er met een van je collega's over gehad heeft? Was ze met meer mensen binnen de partij dan alleen met jou close?'

'Neem maar van mij aan dat ik de enige was met wie ze veel deelde. Veel, maar niet alles. Over Neuberg heeft ze het nooit met me gehad en ik wil best voor je rondvragen hier, maar ik kan je nu al op een briefje geven dat daar niks uit gaat komen. Zoals ik al zei, ging Judith weleens buiten de gebruikelijke routes om en als ze daar al wat over vertelde dan was het altijd achteraf als de zaken waren afgehandeld. Ze wilde niemand in een loyaliteitsconflict brengen tussen haar en de partijdiscipline en bovendien wilde ze haar gang kunnen gaan zonder teruggefloten te worden.'

'Als je toch zou willen rondvragen, dan zou ik je heel dankbaar zijn,' dring ik aan. 'Wie weet komt er toch nog ergens een brokje informatie naar boven en ik wil niet dat dat blijft liggen.'

‘Natuurlijk zal ik dat doen. Maar verwacht er niet te veel van.’

‘En weet je verder nog iets over andere bedreigingen?’

‘Er komen weleens wat berichten binnen, maar die zijn van algemene aard en niet dermate dreigend dat er actie op wordt ondernomen. Mensen brullen tegenwoordig heel makkelijk allerlei onzin omdat ze zich anoniem wanen achter hun computer. Het gros van de berichten negeren we en als we ook maar het vermoeden hebben dat een dreiging wel echt serieus is dan wordt daar meteen actie op ondernomen. Dat is vorig en dit jaar nog niet het geval geweest.’

‘Wie neemt Judiths werk eigenlijk over binnen de partij?’

‘Waarschijnlijk gaan we het verdelen onder een paar collega’s. We zijn er nog niet helemaal uit. Iedereen heeft zijn eigen afgebakende dossiers en zit al tot over zijn oren in het werk. Het wordt nog een hele klus om die initiatiefwet erdoor te krijgen zonder Judith. Zij was de grootste voorvechtster en ze vond ook tegenstanders op haar pad van partijen die milieu een stuk minder belangrijk vinden.’

‘Die wet erdoor krijgen was echt haar droom.’

‘En ik ga er ook alles aan doen om die droom voor haar te laten uitkomen, daar kun je op vertrouwen.’

‘Dat vind ik heel fijn om te horen, Steffanie. Ik ben blij dat ze aan jou zo’n goede vriendin had. Ik heb me veel zorgen gemaakt over haar sociale leven, of eigenlijk het ontbreken daarvan, maar blijkbaar was ze toch minder eenzaam dan ik dacht.’

‘Een leven in de politiek is vaak eenzaam, maar wij hadden gelukkig elkaar.’ Er klinkt een snik door in haar stem en dat veroorzaakt bij mij ook weer een steek van verdriet. ‘Mocht je nog iets te weten komen, dan kun je me bellen of appen op dit nummer,’ zeg ik met omfloerste stem.

'Ik laat sowieso nog wel even van me horen. Nogmaals veel sterkte de komende tijd.'

'Dank je wel, Steffanie, en jij ook veel sterkte.' Ik hang op en wrijf de tranen uit mijn ogen. Otto kijkt me met opgetrokken wenkbrauwen aan.

'Wat?'

'Ik heb niet alles verstaan, maar kon het gesprek grotendeels wel volgen. Ik heb een tijdje een Nederlandse vriendin gehad. Van haar is niet veel blijven hangen, maar van de taal wel.'

'Maar waarom kijk je me dan zo raar aan? Steffanie was hartstikke aardig en het deed me goed te horen dat Judith zo gewaardeerd werd binnen de partij.'

'Meen je dat nou serieus? Geloof je zomaar alles wat ze zegt? Ze is politica, hè, die zijn over het algemeen niet vies van een leugentje.'

'Jemig, wat ben jij achterdochtig.'

'Noem het ervaring. Vertel mij nou eens hoe geloofwaardig het is dat ze zegt dat iedereen zo kapot is van Judiths dood, maar dat jij totdat je zelf belde niets van die partij hebt gehoord. Inclusief haar "goede vriendin" Steffanie. Jij bent zelf degene die de radiostilte heeft verbroken en toen moest ze natuurlijk wel iets aardigs zeggen.'

Ik laat Otto's woorden op me inwerken en als ik heel eerlijk ben heeft hij wel een punt. Ik heb inderdaad nog helemaal niets van LINN gehoord sinds ze op de hoogte zijn van Judiths dood en dat is inderdaad wel een beetje gek. Een verklaring kan ik er echter zo gauw niet voor verzinnen. Ik zal het Steffanie vragen als ik haar weer spreek en tot die tijd laat ik het rusten. Ik wil voorkomen dat Steffanie minder goed haar best gaat doen als ik mijn vraagtekens uitspreek over LINN's betrokkenheid bij Judith. Terwijl ik voor mezelf besluit dat ik voor nu andere prioriteiten heb, duwt

Otto me zijn telefoon onder mijn neus. De website van LINN staat op zijn scherm. 'Kijk, niet eens een klein berichtje over haar dood op hun website. Het lijkt wel of ze het stil willen houden.'

'Misschien willen ze eerst een strategie bepalen om haar werk voor die initiatiefwet op te vangen? Ik kan me voorstellen dat tegenstanders nu hun kans schoon zien en proberen over Judiths rug hun slag te slaan? Je hoorde toch dat Steffanie zei dat lang niet iedereen in Europa gelukkig was met haar voorstellen tegen verdere vercommercialisering van unieke natuurgebieden? Ze willen vast eerst potentiële problemen ondervangen zodat ze goed zijn voorbereid.'

'Misschien. Maar dat is nog steeds geen goede verklaring voor het feit dat ze geen contact hebben opgenomen met jou en je familie.' Hij trekt zijn telefoon naar zich toe en klikt op het tabblad medewerkers. Judith staat als tweede in de lange rij.

'Laat eens zien,' vraag ik hem. Otto klikt op haar naam en meteen verschijnt er een lachende foto van mijn zus op het scherm met daaronder een korte biografie. Ik realiseer me dat ik die foto van haar helemaal niet ken. De zorgvuldig aangebrachte make-up staat haar goed en haar haren hangen los in een mooie golvende bos langs haar gezicht. Ze kijkt gelukkig en levenslustig de camera in. Als iemand die nog een heel leven voor zich heeft en zich daar ontzettend op verheugt. Tranen dringen zich weer op. *Ik had je nog zoveel moois en meer gegund, lief zusje.* Ik zoek de foto op met mijn eigen telefoon en maak er een screenshot van dat ik naar mijn moeder en Sophia stuur met een hele rits hartjes. Als ik klaar ben, duwt Otto me zijn telefoon opnieuw onder mijn neus. 'Dit is die Steffanie met wie je net hebt gesproken.'

Ik zie een vrouw met keurig gekapt blond haar dat net op

haar schouders valt. Bij de scheiding die midden over haar hoofd loopt is wat uitgroei te zien die verraadt dat haar echte haarkleur een stuk donkerder is. Haar ogen hebben een waterig blauwe kleur en op haar voorhoofd beginnen zich rimpels af te tekenen die niet meer onder een laag make-up te verbergen zijn. Ze lacht als iemand die zich niet helemaal op haar gemak voelt voor een camera en dat verbaast me. Over het algemeen zijn mensen in de politiek juist haantje-de-voorste als ze een camera zien. Ze leven ervoor om in de belangstelling te staan en te scoren en Steffanie kwam aan de telefoon kordaat en niet bepaald verlegen over. 'Ze is ouder dan ik dacht, drieënvijftig,' merk ik op. 'Twintig jaar ouder dan Judith was. Ik had me haar heel anders voorgesteld op basis van haar stem. Nou ja, maakt ook niet uit, Judith ging altijd al met mensen om die ouder waren dan zij. Ze vond mensen van haar eigen leeftijd gauw te kinderachtig. Ze zocht diepgang en hield van goede gesprekken. Dat was al zo in onze studententijd.'

'Laten we hopen dat die Steffanie ons verder kan helpen.' In Otto's stem klinkt niet veel vertrouwen door. 'Maar we blijven zelf ook niet stilzitten. Ik denk echt dat het belangrijk is dat we die oudere vrouw te spreken krijgen. Liever gisteren dan vandaag. Misschien stond ze wel in contact met Helmut en weet ze meer over de ontdekking die hij had gedaan. Je zus heeft vlak voor zijn ongeluk nog contact met Helmut gehad.'

'Waar ging dat over?'

'Wist ik het maar. Helmut heeft het niet met mij gedeeld en toen ik er Judith van de week naar vroeg, wilde ze er ook niets over kwijt. Ze zei dat het aan Helmut was om te bepalen wanneer de tijd rijp was om zijn informatie naar buiten te brengen. Ook toen ik haar zei dat dat moment gezien Helmuts slechte toestand misschien niet zou komen, weigerde ze om de dingen die hij haar in vertrouwen had verteld met me te bespreken. Pas als Helmut echt niet meer wakker zou worden, wilde ze overwegen het met me te delen.'

'Dat klinkt helemaal als Judith. Ze was superinteger en beloftes waren heilig voor haar. Ga er maar van uit dat ze zorgvuldig heeft afgewogen of ze het verantwoord vond om de informatie voor zich te houden. Stel dat ze wel op de hoogte was van Helmuts ontdekking, dan vond ze de tijd net als hij nog niet rijp om ermee in de openbaarheid te treden.'

'Maar Judith kan het niet meer navertellen en Helmut zoals het ernaar uitziet in elk geval voorlopig ook niet. Ik sta met lege handen.' Otto knakt gefrustreerd zijn vingers. Op zijn knokkels zitten wat kleine wondjes.

'Maar waar wil je dan gaan zoeken naar die vrouw? Ik heb er al bijna een dag aan besteed zonder dat het resultaat heeft opgeleverd.'

'Dat weet ik, maar jouw zoektocht heeft plaatsgevonden in Brigitta's gebied. Ik wil juist langsgaan bij ondernemers die niet bij haar onder de plak zitten. Die zullen maar wat graag willen helpen als ze Brigitta daarmee op de een of andere manier in diskrediet kunnen brengen. Ik ken er wel een paar die haar echt haten.'

'Oké, laten we dat dan maar proberen. Het is in elk geval beter dan hier in het appartement te zitten afwachten.'

We drinken onze laatste slokken koffie op en ik app Otto de foto van Judith met die oude vrouw door zodat we eventueel onafhankelijk van elkaar kunnen gaan rondvragen. Nadat ik mijn tanden heb gepoetst, gaan we dik aangekleed op pad.

# 33

Mijn gezicht vertrekt als ik over mijn pijnlijke voeten wrijf. Onder mijn rechterhak voel ik een blaar opkomen. Het uren achtereen lopen en staan begint zijn tol te eisen. Zelfs mijn zalige uggs hebben me daar niet voor kunnen behoeden. Ze staan uit te dampen op het droogloopmatje bij de deur van het appartement. Gelukkig heb ik Otto ervan weten te weerhouden om mee te gaan voor een afzakkertje. Na een hele dag met hem te hebben opgetrokken heb ik grote behoefte aan even alleen zijn. Ook de rondgang langs zijn contacten die anti-Brigitta zijn, heeft geen enkel resultaat opgeleverd. De oude vrouw blijft een mysterie en ik begin inmiddels te geloven dat we haar nooit zullen vinden. Die gedachte maakt me boos en verdrietig tegelijk. Otto is er na onze laatste speurtocht van overtuigd dat de vrouw niet van hier is, omdat niemand in deze ons-kent-ons-omgeving anoniem blijft. Zijn stem klonk moedeloos toen hij die conclusie met me deelde.

Ik strompel naar de badkamer en laat wat lauw water over mijn voeten lopen. Pas als de doorstroming weer op orde is zet ik het water uit. Zittend op bed leg ik een handdoek onder mijn voeten en smeer ze helemaal in met bodylotion. Uitgeput laat ik me met mijn mobiel in mijn hand achterovervallen. Ik zie dat zowel mama als Sophia heeft geprobeerd om me te bellen. Vast naar aanleiding van de foto van Judith die ik ze heb geappt. Beiden hebben een voicemail achtergelaten met de vraag of ik nog even terug wil bellen. Mijn vinger zweeft al boven de lijst met gemiste oproepen maar uiteindelijk klik ik geen van de nummers aan en stuur ik ze allebei een appje om te zeggen dat ik uitgeput ben en graag morgen bel. Nu pas zie ik dat ik zelfs nog een ongelezen appje heb van een nummer dat ik niet ken. Het is een halfuur geleden verstuurd en er staat geen foto bij het profiel. Nieuwsgierig open ik het bericht. *Beste Maaike, ik weet dat je op zoek bent naar de vrouw die bij de skilift met je zus heeft gesproken. Ik kan je helpen en wil je ontmoeten. Maar alleen als je alleen komt. Die man die de laatste dagen om je heen hangt is niet te vertrouwen.*

Ik slik iets weg en laat het bericht even op me inwerken. Daarna bel ik het nummer dat gewoon open en bloot bij het appje staat. Voicemail. Een standaardbericht waar niets uit af te leiden valt. Ik spreek niets in, maar stuur een appje. *Wie ben jij?*

*Een vriend,* krijg ik meteen terug.

*Heb jij dat briefje onder mijn deur geschoven?*

*Nee, maar ik weet er wel van.*

*Ik heb dus meerdere 'vrienden'.*

*Niet iedereen heeft het slecht met je voor. Laten we elkaar ontmoeten, dan zal ik mijn best doen zo veel mogelijk van je vragen te beantwoorden.*

*Wie zegt dat ik je kan vertrouwen?*

*Het is aan jou of je die gok wilt wagen.*

*Ik voel me er toch prettiger bij als ik Otto meeneem, die vent die volgens jou zogenaamd niet te vertrouwen is.*

*Dat is hij ook niet en als we elkaar ontmoeten zal ik je vertellen waarom niet.*

*Tot nu toe is hij de enige die me concreet heeft proberen te helpen.*

*Of de schijn wekt om je vertrouwen te winnen...* Ik zucht.

Wat moet ik hier nu weer mee? Wie moet ik geloven? Wie kán ik geloven?

*Oké, maar als we elkaar ontmoeten dan wil ik dat op een drukke openbare plek in het centrum. Daar voel ik me veiliger bij.*

*Dat gaat niet gebeuren. Ik kan en ga geen risico's lopen. Sterker nog, ik wil je alleen maar ontmoeten als het buiten Garmisch-Partenkirchen is. Ik wil dat je morgenvroeg om 9.18 uur de trein neemt naar Mittenwald. Dat ligt aan de grens met Oostenrijk. App me als je daar op het station bent, dan geef ik je daarna verdere instructies. Zodra je ook maar het idee hebt dat je wordt gevolgd, moet je me dat meteen laten weten.*

Besluiteloos lees ik het gesprek nog eens door. Uiteindelijk wint mijn nieuwsgierigheid het van mijn angst. Dit is mijn beste kans tot nu toe om de informatie te krijgen waar ik zo naarstig naar op zoek ben. Het wordt me ineens onverwachts op een presenteerblaadje aangeboden en ik kan het me niet permitteren om niet op de uitnodiging in te gaan. Ik zal mijn onderbuikgevoel aan de kant moeten zetten.

*Oké, ik neem morgen de trein van 9.18 uur en laat het je weten als ik op station Mittenwald ben gearriveerd.*

*Geen onverwachte geintjes. Als ik merk dat je toch niet alleen bent, dan ben ik weg en zul je me nooit meer vinden.*

*Je vraagt mij om jou te vertrouwen. Het zou je wel netjes staan als dat andersom ook geldt,* app ik geërgerd terug.

*Daar heb je wel een punt. Tot morgen.*

*Hoe kan ik je herkennen? Wat is je naam?* probeer ik nog, maar de persoon met wie ik zit te appen gaat offline en er verschijnt geen antwoord meer. Meteen springt Otto in mijn gedachten en hoe ik wegkom zonder dat hij het doorheeft. Hij neemt het samen optrekken tot nu toe nogal letterlijk en volgt me overal. Ik kan hem niet vertellen dat ik een geheime ontmoeting heb in Mittenwald, want dan kan ik hem onmogelijk thuishouden. Hij zal ook niet begrijpen waarom ik hem niet mee wil hebben, dus als ik er al iets over vertel, dan wordt dat pas als ik weer terug ben. Het is alleen de vraag hoe hij erop gaat reageren dat ik hem heb buitengesloten. Waarschijnlijk niet al te best en gezien zijn opgefokte karakter wil ik hem graag te vriend houden. De persoon die ik morgen ga ontmoeten mag dan beweren dat Otto niet te vertrouwen is, maar ik heb zelf nog niets gezien wat daarop wijst. Eerst wil ik sowieso argumenten horen, bewijs zien zodat ik mijn eigen risico-inschatting kan maken. Uiteindelijk besluit ik een leugentje om bestwil te gebruiken. *Ha Otto, ik ben helemaal ingestort en moet het morgen even rustig aan doen. Even flink uitslapen om alle gemiste nachtrust van de afgelopen week een beetje in te halen. Je moet het morgen dus zonder me stellen. Mocht ik me morgenavond fit genoeg voelen, dan kunnen we misschien samen een hapje doen bij Kandahar 2 of ergens in het dorp? Je hoort van me! Groet, Maaike.*

Binnen een minuut krijg ik een opgestoken duimpje terug. Toch ben ik er niet helemaal gerust op dat hij morgen niet alsnog op de stoep staat. Ik moet zorgen dat ik ruim op tijd op pad ga, zodat het risico dat ik hem tegen het lijf loop zo klein mogelijk is. Ik zet het geluid van mijn telefoon uit, sluit de oplader aan en leg hem met het scherm naar beneden op het nachtkastje. Morgen ben ik weer te bereiken, maar eerst moet ik maar eens goed slapen.

# 34

Het is net na achten als ik kauwend op een broodje naar het station loop. Ook al vertrekt mijn trein pas over ruim een uur, ik wacht liever in het station dan in mijn appartement. Ik ben vandaag liever onder de mensen dan alleen, dan voel ik me minder kwetsbaar. Bovendien wil ik voorkomen dat Otto alsnog onverwachts voor mijn neus staat waardoor het vrijwel onmogelijk wordt om weg te komen. De hele weg naar het station kijk ik nerveus om me heen of ik hem zie en ik voel de spanning pas van me afglijden als ik het stationsgebouw binnenstap. Ondanks het vroege tijdstip wemelt het er al van de mensen. Op mijn weg naar de ticketshop passeer ik een koffietentje en ik kan de verleiding bijna niet weerstaan. Maar first things first. Ik schaf probleemloos een retourtje aan naar Mittenwald en koop daarna de grootste beker takeaway koffie die ik kan vinden. Genietend nip ik van de zoete melkige koffie en laat de cafeïne het laatste restje slaap verdrijven. Tot een uur of negen verdrijf ik de tijd met kijken naar mensen en gezellig gedecoreerde etalages en dan wandel ik op mijn gemakje naar het perron waar mijn trein elk moment kan binnenrijden. Ik bekijk de mensen die net als ik staan te wachten, maar elk gezicht is me vreemd. Niemand bekijkt me met meer dan normale interesse, dus voor zover ik kan zien word ik niet gevolgd.

De trein komt het station binnenrijden. De remmen piepen, kreunen en krassen vol overgave op de rails. Zodra het gevaarte stilstaat en de deuren opengaan stap ik in. Mijn laarzen laten vochtige afdrukken achter op de schone vloer van de coupé terwijl ik een plekje uitkies dat zich dicht bij de deuren bevindt. Als de trein een paar minuten later begint te rijden, golven de zenuwen steeds harder door mijn buik. Nu de ontmoeting bijna zover is begin ik koudwatervrees te krijgen. Heb ik niet te makkelijk ingestemd met een ontmoeting waar ik zelf geen enkele regie over heb? De trein maakt steeds meer vaart en ik probeer me maar te focussen op het bergachtige landschap waar we doorheen zoeven. De bergen steken grillig af tegen de lucht waar nauwelijks een wolkje aan te zien is. Hopelijk is de blauwe lucht een voorbode voor vandaag. Amper vijf minuten voordat we in Mittenwald aankomen, komt de conducteur de coupé binnen om de kaartjes te controleren. Hij knikt vriendelijk als ik mijn plaatsbewijs aan hem overhandig en kijkt er nauwelijks naar voordat hij het weer aan me teruggeeft. Hij loopt verder de coupé in en groet de passagiers. Met een van hen knoopt hij een praatje aan. Ik verstijf als ik een mannenstem hoor antwoorden die me bekend voorkomt. Ik weet bijna honderd procent zeker dat het de hardloper is die me pas omverliep toen ik van Kandahar 2 op weg was naar mijn appartement. Er zit een bepaalde rauwheid in die me toen de kriebels gaf en nu weer.

*Zorg dat je niet wordt gevolgd.* Ik gris mijn tas van de zitplaats naast me en vlucht zonder om te kijken de coupé uit. De coupé waarin ik zat bevond zich in het midden van de trein en ik loop helemaal door naar de deuren bij de voorste coupé. Angstvallig kijk ik achterom of ik gevolgd word. Er komt nog niemand achter me aan en ik bedank de conducteur in stilte dat hij de man aan de praat houdt. De trein remt af als het station in zicht komt en ik heb mijn vinger al op de knop om de deur te openen. Er komen nu meer mensen aanlopen uit de coupé waar ik oorspronkelijk zat. Er zitten zes mannen tussen. Angstvallig kijk ik naar ze om in te schatten wie de man is met wie ik al eens onaangenaam kennis heb gemaakt. Twee mannen met sportschoollijven komen in aanmerking. Een van hen draagt een zwarte vliegeniersmuts met oorkleppen en mondbeschermer waardoor je alleen zijn ogen ziet. De ander draagt een zwarte beanie met grijze fleecevoering die ook zijn oren bedekt maar zijn gezicht verder vrijlaat. Beide mannen hebben blauwe ogen, maar de man met de vliegeniersmuts heeft de felste en die komen het meeste overeen met die van de hardloper. Onze blikken kruisen elkaar en hij knijpt zijn ogen tot spleetjes. Hij toont echter geen teken van herkenning. Misschien heb ik het wel helemaal mis en zie ik spoken.

De trein staat nu zo goed als stil en ik druk ongeduldig op de knop totdat de deuren eindelijk opengaan. Ik wring me door de smalle ruimte naar buiten en ren het perron op. Achter me hoor ik stampende voetstappen. Ik kijk achterom en zie dat de man met de vliegeniersmuts vlak achter me zit. Ik zwenk naar links en hij volgt in mijn spoor. De paniek slaat steeds meer toe en ik vlieg met twee treden tegelijk de trap op naar het stationsgebouw. Hij volgt maar lijkt geen poging te doen om me in te halen. Dat hij vlak achter me blijft maakt de dreiging alleen maar groter. Het is zo ongrijpbaar. Ik word misselijk van het idee dat hij me elk moment te pakken kan nemen en mijn hart bonkt bijna uit mijn borstkas van de adrenaline.

Verderop staat een groepje mensen en ik ren dwars door ze heen in een poging om chaos te veroorzaken. Het werkt, want ze stuiven verontwaardigd en scheldend uiteen en snijden mijn achtervolger de pas af. In dat onbewaakte ogenblik stuif ik langs een toiletjuffrouw het openbare toilet in en sluit me op in het achterste hokje. Hijgend leun ik tegen de wand, maar tijd om op adem te komen krijg ik niet. De deur van de toiletruimte gaat open en de deur van het eerste hokje in de rij wordt zo hard opengesmeten dat de deur tegen de wand klapt. In hoog tempo volgen de deuren van de andere hokjes. Bij elke klap krimp ik in elkaar. Nog even en mijn hokje is aan de beurt. Ik klim in een ongemakkelijk hurkhouding op de toiletbril zodat mijn voeten niet te zien zijn als er onder de deur door wordt gekeken. Als er hard aan mijn deur wordt gemorreld, houd ik mijn adem in. Het slot is niet al te stevig en zal het ongetwijfeld begeven als er een paar goede trappen tegen de deur worden gegeven. Er klinkt gehijg onder de kier van mijn deur door en ik blijf er bijna in van angst. De zware ademhaling klinkt weer verder weg, maar wordt snel gevolgd door een harde klap tegen de deur. Ik kan nog net een gil onderdrukken en moet alles op alles zetten om mijn wankele evenwicht op de wc-bril te bewaren. Het is slechts een kwestie van tijd tot ik word ontdekt.

'*Was machen Sie, mein Herr?*' hoor ik een vrouwenstem zeggen. '*Das ist die Damentoilette. Sie müssen nebenan sein. Oder muss ich manchmal meine Sicherheitskollegen anrufen?*'

'Ik zoek iemand,' antwoordt de man.

'Er is hier niemand, dat ziet u toch?'

'Het achterste hokje zit op slot.'

'Dat klopt. Het toilet zit verstopt en tot het gemaakt is blijft die ruimte afgesloten. Dus wat u ook zoekt, hier zult u het niet vinden. Of u vertrekt nu vrijwillig of ik laat u verwijderen door de beveiliging.'

Ik hoor de deur van de toiletruimte opengaan en weer dichtvallen. Ik tril als een rietje en val alsnog bijna van de wc-bril als er zachtjes op mijn deur wordt geklopt.

‘Hij is weg, hoor, u kunt naar buiten komen.’ Het is de vrouw die ik net tegen mijn belager hoorde praten. Voorzichtig klim ik van de wc af. Mijn benen zijn verkrampt van de gehurkte houding. Ik haal de deur van het slot en spiek door een kier heen naar buiten. Pas als ik met eigen ogen zie dat de ruimte op mezelf en de vrouw na leeg is, durf ik naar buiten te komen. ‘Gewelddadige ex-vriend die me maar blijft stalken,’ geef ik haar als verklaring.

‘Zoiets vermoedde ik al, ja.’

‘Dank u wel dat u me hebt gered.’

‘Niks te danken, hoor. Ik kan het bloed van dat soort mannen wel drinken. Denken dat ze alles kunnen maken en overal mee wegkomen. Nou, niet hier. Daar zorg ik wel voor. Gaat het een beetje met u? U staat helemaal te trillen.’

‘Ik ben gewoon erg geschrokken, maar dat komt wel weer goed. Ik hoop alleen dat hij echt weg is en me niet ergens buiten staat op te wachten.’

‘Waar moet u naartoe?’

‘Ik word opgepikt door een vriendin. Ik zou haar appen als ik op het station was.’

‘Stuur haar maar een berichtje en dan zorg ik dat u door iemand van de beveiliging via de personeelsingang naar buiten wordt gebracht. Dat is aan de achterkant van het gebouw, dus zeg uw vriendin maar dat ze daarnaartoe komt. Ik vraag de bewaker bij u te blijven tot u veilig bij uw vriendin in de auto zit.’

Ik stuur een app naar mijn geheime afspraak dat ik aan de achterkant van het stationsgebouw sta. Ik besluit nog even niets te zeggen over de achtervolging om er zeker van te zijn dat de ontmoeting doorgaat. Het duurt niet lang voordat mijn telefoon pingt met een antwoord.

*Ik pik je daar over vijf minuten op. Ik rij in een donkerblauwe huurauto van Sixt, type Volkswagen.*

*Kenteken?*

*Ik toeter een keer lang en een keer kort zodat je weet dat ik het ben.*

Ik stuur een opgestoken duimpje terug. De toiletdame heeft inmiddels met de beveiliging gebeld. 'Udo is onderweg en zal u naar buiten begeleiden. Hij heeft zijn collega's het signalement van die vent gegeven en ze houden hem in de gaten, mocht hij hier nog rondlopen. Hij zal in elk geval niet ongezien weer achter u aan kunnen gaan.'

'Ik ben u echt eeuwig dankbaar, uhm...'

'Tina. Mijn naam is Tina. We moeten elkaar soms een beetje helpen, toch? Ik wens u veel sterkte.'

Er wordt op de deur van de toiletruimte geklopt. Automatisch verstar ik.

'Rustig maar, dat is Udo. Voor die man steek ik twee handen in het vuur.'

Tina steekt haar hoofd om het hoekje van de deur en gooit hem dan wagenwijd open. Een man met donker stekeltjeshaar, een brede kaaklijn en een kuiltje in zijn kin kijkt me vriendelijk aan. Rond zijn ogen zijn rimpeltjes te zien die impliceren dat hij een goedlachse persoonlijkheid heeft. 'Komt u maar mee, mevrouw.'

Ik zwaai nog een keer naar Tina en stop gauw twintig euro in haar fooienpotje. Daarna loodst Udo me probleemloos naar de personeelsingang. Als hij bij me wil wachten, zeg ik dat dat niet hoeft. Ik ben bang dat de persoon met wie ik heb afgesproken meteen rechtsomkeert maakt als hij of zij me met Udo ziet staan en dat wil ik koste wat het kost voorkomen. Ook als dat betekent dat ik even in mijn eentje sta. Dat risico moet ik maar nemen. Omdat Tina me ervan heeft verzekerd dat Udo's collega's die vent en de uitgangen in de gaten houden, moet dat ook kunnen. Ik verzeker Udo er nogmaals van dat ik me verder wel red en glip na een bedankje naar buiten. Verderop zie ik een blauwe vw Lupo staan en ik zwaai aarzelend. Als ik de claxon volgens afspraak een lange en een korte toon hoor uitstoten, ren ik naar de auto toe en ga op de passagiersstoel zitten. Dan pas kijk ik wie er achter het stuur zit. Het is de oudere vrouw die Judith de foto van Brigitta en die andere vrouw heeft gegeven.

# 35

Vol ongeloof staar ik naar de vrouw naar wie ik al dagen op zoek ben en die niemand leek te kennen. ‘Hoe heb je me gevonden? Hoe wist je dat ik naar je op zoek was?’ Ik ben zo verbaasd dat ik vergeet haar te vousvoyeren.

‘Ik ga je zo alles vertellen. Eerst zorgen dat we hier wegkomen.’ Meteen nadat ze die woorden heeft uitgesproken geeft ze flink gas. Met een schok schiet de auto vooruit en ze kan nog net voorkomen dat hij afslaat. ‘Even wennen, zo’n huurding,’ verontschuldigt ze zich met een grimas, ‘maar het leek me niet verstandig om met mijn eigen auto te komen. Een kenteken geeft veel te veel geheimen prijs als je over de juiste zoekkanalen beschikt.’

Nu de auto rustig rijdt, stuurt ze hem soepel de weg op. Ze kijkt zo geconcentreerd op de weg dat ik haar maar even haar gang laat gaan, ook al moet ik mijn tong bijna afbijten om al mijn prangende vragen niet meteen op haar af te vuren. Om de honderd meter checkt ze de weg achter ons in haar spiegels. Ik gok om te zien of we gevolgd worden. Ik houd me vast als ze de auto ineens naar rechts een scherpe bocht in stuurt. Een aftakking van de weg waar je met gemak voorbijrijdt als je niet oplet. In een rustig tempo rijden we verder over de weg waar een onaangetast wit laagje sneeuw van vanochtend op ligt. Af en toe voel ik de wielen een beetje wegglijden, maar over het algemeen is het weggetje goed te doen omdat de sneeuw nog niet is platgereden. Na een paar honderd meter komen we uit bij een open plek die aan de randen omringd is door indrukwekkende naaldbomen. De vrouw zet de auto midden op de open plek stil en trekt de handrem aan. Daarna zet ze de motor uit. 'Als het te koud wordt, dan zet ik hem weer aan, hoor,' voegt ze er gelijk aan toe. 'Maar ik wil voorkomen dat die wolk uitlaatgassen onze locatie verraadt.'

'Slim, daar had ik nog niet bij stilgestaan.'

'Je bent niet gevolgd, toch?'

Ik vertel haar over de man in de trein en dat ik zeker weet dat ik aan hem ontsnapt ben.

'Waarom heb je dat niet eerder gezegd?' vraagt ze verwijtend. 'Dat hadden we toch afgesproken?'

'Ik kon niet het risico lopen dat je weer in het niets zou verdwijnen. Dat begrijp je toch wel? Jij bent wellicht de laatste persoon die mijn zus heeft gesproken. De enige die me misschien iets meer kan vertellen. Ik moest wel.'

'Besef je wel dat je daarmee niet alleen jezelf maar ook mij in gevaar hebt gebracht?' De vrouw kijkt zenuwachtig om zich heen en even ben ik bang dat ze me de auto uit gaat gooien en hard weg zal rijden. 'Sorry,' zeg ik zachtjes, 'ik ben gewoon wanhopig.'

De getergde uitdrukking op haar gezicht wordt zachter en ze lijkt iets te ontspannen. 'Gecondoleerd met je verlies. Het had niet zo mogen lopen. Laat ik eerst eens beginnen met me fatsoenlijk voor te stellen, want dat is er tot nu toe een beetje bij ingeschoten.' De vrouw lacht en haar gezicht fleurt er helemaal van op. 'Ik ben Rosa, een kennis van Helmut. Die naam heb je vast al eens gehoord.'

Ik knik. 'De leider van de plaatselijke milieuactivisten hier die in coma ligt. Ik heb contact met de tweede man van de club, Otto. Hij heeft me verteld dat Helmut iets groots op het spoor was om Brigitta Neuberg te dwarsbomen en dat hij is uitgeschakeld voordat hij dat in de openbaarheid kon brengen. Otto is behoorlijk gefrustreerd omdat Helmut de informatie niet met hem heeft gedeeld en hij niet kan afmaken wat Helmut in gang had gezet.'

'Ha, dat snap ik wel, dat Otto gefrustreerd is. Waarom denk je dat Helmut niets aan hem heeft verteld?'

'Om eerst zekerder van zijn zaak te zijn? Ik weet het eigenlijk niet. Ze werkten goed samen en hielden elkaar in balans. Otto was niet voor niks de tweede man, toch?'

'Laten we het er maar op houden dat dat tweedemangedoe meer symbolisch was om Otto rustig te houden. Als je mensen niet voor honderd procent vertrouwt, dan kun je ze maar beter in je buurt houden.'

'Zeg je nu dat Otto niet te vertrouwen is?'

'Otto is de neef van Brigitta Neuberg.'

'Wat?!' Ik word licht in mijn hoofd van het onverwachte bommetje dat Rosa dropt.

'Ik kan me voorstellen dat dat als een schok komt.'

'Nogal, ja. Maar hoe dan? Hij háát Brigitta. Ik weet zeker dat dat niet gespeeld is.'

'Neem deze wijze les van een oude vrouw aan, Maaike: niets in het leven is zeker. Leg mij eens uit waarom Otto geen open kaart met je heeft gespeeld over zijn familieband met Brigitta? Misschien omdat hij een dubbele agenda heeft? Brigitta aan de ene kant verguizen en aan de andere kant heimelijk informatie voor haar inwinnen?'

'Heb je daar bewijzen voor?'

'Voor mij is het genoeg bewijs dat Helmut zijn informatie niet met Otto wilde delen. Ik sluit zelfs niet uit dat hij meer weet van Helmuts ongeluk. Helmut heeft zich weleens laten ontvallen dat hij zijn positie als leider van de club niet cadeau kreeg en dat hij steeds vaker het gevoel kreeg dat Otto stond te trappelen om het van hem over te nemen.'

'En er op die manier voor te zorgen dat de milieubeweging in de toekomst geen gevaar meer voor Brigitta vormt?' ga ik door op Rosa's redenatie.

'Klinkt niet geheel onlogisch, toch?'

'Nee, maar ik kan me gewoon niet voorstellen dat Otto me zo heeft belazerd. Zijn verdriet en woede om wat er met Helmut is gebeurd leken zo oprecht.'

'Mensen zijn goede toneelspelers als het ze uitkomt.'

'Ik moet dit echt even laten bezinken.'

'Dat snap ik. Ik zal je alles vertellen wat ik weet en dan is het aan jou om je eigen conclusies te trekken.'

'Oké, kom maar op.'

'Gaat het nog qua kou trouwens?'

'Ja. Ik ben warm aangekleed.'

'Een aantal maanden geleden werd ik benaderd door Helmut. Ik heb hem ooit leren kennen tijdens een wereldbekerwedstrijd in het Olympia Eisstadion Innsbruck. We zijn allebei enorme schaatsfans en raakten aan de praat op de tribune. Het klikte en vanaf dat moment spraken we samen af om de wedstrijden te kijken. Het laatste jaar hebben we elkaar niet veel gezien omdat Helmut het steeds drukker kreeg met zijn strijd voor het milieu, maar ineens kwam hij weer op de lijn om de hulp in te roepen van mijn dochter. Ze is ethisch hacker en Helmut vroeg haar om wat dingen uit te zoeken over Brigitta, onder andere of ze het afgelopen jaar verdachte betalingen had gedaan. Dat bleek zo te zijn. Mijn dochter wist betalingen te achterhalen die ze had gedaan aan een ambtenaar die in Garmisch-Partenkirchen verantwoordelijk is voor het toekennen van bouwvergunningen.'

'Smeergeld...'

'Daar leek het wel op, ja. Ik heb de informatie aan Helmut doorgespeeld en die is er weer verder mee aan de slag gegaan. Vlak daarna heb ik een paar maanden bij mijn zoon en zijn gezin in Australië doorgebracht. Toen ik terugkwam nam een onbekende man contact met me op. Hij beweerde een vriend te zijn van Helmut en vertelde me van zijn ongeluk.'

'Wie was het?'

'Voor de veiligheid heeft hij zijn naam nooit genoemd en ik heb hem nooit ontmoet, maar hij wist me zoveel dingen te vertellen die hij alleen maar van Helmut had kunnen horen dat ik besloot hem het voordeel van de twijfel te geven. Tot nu toe heeft hij dat vertrouwen nog niet beschaamd. Door hem ben ik er ook achter gekomen dat jij naar me op zoek was.'

'Dat was gelijk een van mijn vragen. Ik heb me suf gepiekerd, maar kon er niet achter komen hoe je aan mijn naam en nummer was gekomen. Maar hoe komt die meneer X aan mijn naam en nummer?'

'Dat kun je hem binnenkort zelf vragen. Hij wil ons morgen allebei graag ontmoeten, maar daar kom ik zo op.'

'Maar...'

'Daar kom ik zo op. Laat me eerst even mijn verhaal afmaken voordat ik de draad kwijtraak en dingen vergeet. Ik heb ze nog goed op een rijtje, hoor, maar de jaren beginnen wel hun tol te eisen.'

Ik klem mijn kaken met moeite op elkaar.

'Meneer X, laten we hem voor het gemak inderdaad maar even zo noemen, vertelde me dus over Helmuts "ongeluk" en dat hij sterke vermoedens heeft dat Brigitta er iets mee te maken heeft.'

'Otto denkt hetzelfde. En hij is bang dat alle geheimen die Helmut ontdekt had voor altijd verborgen zullen blijven als Helmut niet meer wakker wordt. En inmiddels is dat al maanden het geval en lijkt er nog geen verbetering op te treden.'

'Die vrees is ongegrond, maar dat moet tussen ons blijven. Helmut werkte samen met meneer X en had hem volledig in vertrouwen genomen. Op dit moment is meneer X de enige die weet wat er precies speelt en ik denk dat hij ons daar deelgenoot van wil maken om zeker te weten dat de informatie niet verloren gaat mocht er iets met hem gebeuren.'

'Wordt hij ook bedreigd?'

'Hij bevindt zich in een risicovolle positie, dat is alles wat ik weet.'

'Denk je dat mijn zus Judith contact had met Helmut of meneer X?'

'Ik weet niet of ze contact had met Helmut, maar ik heb als tussenpersoon op verzoek van meneer X contact met Judith gezocht. Hij vroeg me haar een foto te geven.'

'Die van Brigitta en die onbekende vrouw.' Ik pak mijn telefoon en laat de foto aan haar zien. 'Weet jij wie de vrouw is met wie Brigitta staat te praten? Of wie die man daar bij de bosrand is. Dat is toch een man?'

'Ik weet niet wie die vrouw is, maar je zus leek haar wel te kennen. Ze schrok enorm toen ik haar de foto liet zien. Die man op de achtergrond is Brigitta's klusjesman, als je begrijpt wat ik bedoel, maar het fijne weet ik daar ook niet van. Ik neem aan dat meneer X daar meer over kan vertellen.'

'Maar je moest die foto dus aan mijn zus geven van meneer X?'

'Ja, samen met de coördinaten van de plek waar hij haar wilde ontmoeten om iets met haar te bespreken. Vlak bij die plek is haar lichaam gevonden.'

Er gaat een schok door mijn buik. Mijn zus is dus naar de Osterfelderkopf gegaan omdat ze daar een ontmoeting met meneer X zou hebben. Rosa beweert wel dat hij betrouwbaar is, maar wat als hij Judith naar die plek heeft gelokt om haar iets aan te doen? En richt hij nu Judith is uitgeschakeld zijn pijlen op Rosa en mij omdat we inmiddels ook te veel weten? Door mij op te zetten tegen Otto en mij op die manier van hem te isoleren, heeft meneer X vrij spel. Of denk ik nu te ver door? Moet ik instemmen met die ontmoeting of is het te gevaarlijk?

'Vind jij het niet toevallig dat Judith is omgekomen bij de plek waar ze meneer X zou ontmoeten?' vraag ik aarzelend aan Rosa.

Ze denkt even na over mijn woorden en schudt dan haar hoofd. 'Ik denk eerder dat Judith door iemand anders gevolgd werd. Maar jij denkt dus dat meneer X iets met haar dood te maken heeft?'

Ik haal mijn schouders op.

'O, nee, beslist niet.' Haar woorden zijn stelliger dan haar gezichtsuitdrukking. Ik zie de onzekerheid van haar afstralen. Als meneer X inderdaad iets te maken heeft met Judiths dood, dan heeft Rosa mijn zus rechtstreeks naar hem toe geleid en is ze indirect medeverantwoordelijk voor haar dood.

Inmiddels duizelt het me zo van de tegenstrijdige verhalen en signalen dat ik even helemaal niet meer weet wie ik kan vertrouwen. Ondanks het gezelschap van Rosa voel ik me ontzettend alleen.

# 36

Ik sla het autoportier dicht en zwaai Rosa na als ze wegrijdt. Ze stond erop om me persoonlijk voor het Ferienhaus af te zetten en wilde me onder geen beding met de trein terug laten reizen. Ik heb niet geprotesteerd want eerlijk gezegd zag ik het zelf ook niet zitten om de trein te pakken. De angst dat ik die vent weer achter me aan zou krijgen en dat het deze keer wellicht niet zou lukken om hem te ontlopen, liet me niet los. Evenals de gedachte dat mijn belager misschien wel de mysterieuze meneer X is.

Terwijl ik naar mijn appartement loop, probeer ik die gedachte zo ver mogelijk weg te stoppen. Ik heb met Rosa afgesproken dat we morgen samen naar die ontmoeting gaan, maar dan moet ik nu ophouden met doemscenario's in mijn hoofd halen. Hoe meer ik me realiseer dat het misschien een kamikazeactie is, hoe sterker de neiging om heel hard weg te rennen en de boel af te blazen. Maar dat kan ik niet maken. Judith verdient beter en daarom moet ik risico's durven nemen.

Zonder iemand tegen te komen bereik ik mijn appartement en ga naar binnen. Ik ben opgelucht dat Otto niet voor mijn deur staat, want dat had ik ergens wel verwacht. Blijkbaar heeft hij mijn berichtje met het verzoek me even met rust te laten ter harte genomen en dat valt me dan weer mee.

Otto. Wat moet ik nu weer met hem en de informatie die

Rosa me over hem heeft gegeven? Hoe meer ik erover nadenk, hoe meer me iets dwarszit. Ik kan me niet herinneren dat ik tijdens mijn zoektocht naar de familie Neuberg de naam Otto ben tegengekomen. Als hij werkelijk een neef is van Brigitta, dan had ik daar iets over moeten terugvinden in de stamboom. Probeert meneer X Otto te framen en hem op die manier buitenspel te zetten? Maar volgens Rosa wist Helmut ook van de familieband af. Maar het kan natuurlijk zijn dat meneer X Helmut ook om de tuin heeft geleid door Otto in een kwaad daglicht te stellen. Ik heb er moeite mee om Otto meteen af te schrijven nadat ik de afgelopen dagen met hem ben opgetrokken. Ik heb op geen enkel moment het gevoel gehad dat ik op mijn hoede moest zijn of dat hij kwaad in de zin had. Ik werd nerveus en ongemakkelijk van zijn geagiteerde gedrag, maar ik heb nooit het gevoel gehad dat het tegen mij gericht was. En ik kan niet geloven dat zijn verdriet om Helmut gespeeld was. Ik vind dat ik Otto in elk geval de kans moet geven om open kaart met me te spelen, voor zover hij dat nog niet gedaan heeft. Ik stuur hem een appje met het voorstel om over een uur samen een hapje te eten. Al snel krijg ik een berichtje terug. *19.00 uur in Gasthaus Schneeballen, Griesstraße 10.* Ik stuur een duimpje terug. Daarna neem ik een lange douche en bel een taxi.

Het is gezellig druk in het Gasthaus als ik naar binnen stap. Ik laat mijn ogen langs de tafeltjes gaan en zie dat Otto er nog niet is. Als ik op mijn horloge kijk, zie ik dat ik ook tien minuten te vroeg ben. Ik neem plaats aan het eerste het beste lege tafeltje en bestel vast twee biertjes als de ober komt aansnellen.

Die eerste slok bier smaakt me meteen goed. Zo tussen het geroezemoes van de andere gasten waan ik me zo veilig dat het me eindelijk lukt om een beetje te ontspannen. Maar mijn relaxmoment is van korte duur. Als halverwege mijn bier de deur opengaat en er nieuwe gasten binnenstappen, komt er ook een golf van geluid mee naar binnen. Het is keihard geschreeuw dat niet alleen mijn hoofd, maar dat van alle aanwezige gasten naar de deur doet omdraaien. Ik spring op en loop naar de deur om te kijken wat er aan de hand is. Binnen twee seconden sta ik buiten en zie ik dat Otto onderdeel is van het opstootje dat zich voor het restaurant afspeelt. Hij staat met zijn vuisten te bonken op de motorkap van Brigitta Neubergs auto en schreeuwt: 'Ik weet dat je hebt geprobeerd om Helmut te vermoorden. Het was géén ongeluk. Je komt er niet mee weg.'

Het portier aan de chauffeurskant gaat open en Klaus stapt uit. Hij maakt zich breed en loopt op Otto af. Ik voorzie dat dit gaat escaleren en wil Otto tegen zichzelf beschermen. Ik moet ingrijpen, maar mijn lijf wil geen millimeter zijn kant op bewegen en alles wat ik tegen hem wil zeggen stokt in mijn keel. Klaus legt zijn hand op Otto's schouder en probeert hem weg te trekken bij de auto terwijl hij hem dingen toefluistert die ik niet kan verstaan. Otto lijkt niet onder de indruk en maait hem van zich af. Hij balt zijn vuisten en springt soepel van de ene op de andere voet. Zijn gezicht is bijna paars aangelopen van woede en het is duidelijk dat hij op het punt staat om Klaus een enorme klap voor zijn hoofd te geven. Otto's rechterarm maakt een schijnbeweging en dat is het moment dat ik uit mijn bevroren toestand kom. 'Otto! Hij is het niet waard. Niet doen!' Ik ren naar hem toe en ga voor hem staan. Hij haalt uit en ik kan net op tijd bukken. Zijn vuist scheert rakelings over mijn hoofd. 'Otto!' krijs ik. Dan pas heeft hij door dat ik het ben. Ik leg mijn ene hand op zijn schouder en de andere tegen zijn wang in de hoop hem te kalmeren. 'Kom, die mensen zijn je energie niet waard. Je brengt jezelf alleen maar in de problemen.'

Otto snuift zo hard dat zijn neusvleugels vacuüm trekken en even lijkt het erop dat hij me aan de kant wil duwen en Klaus alsnog te lijf wil gaan. Maar dan bedenkt hij zich en staat toe dat ik zijn hand pak en hem een paar meter bij Klaus vandaan trek. Als ik omkijk staat Klaus me aan te staren. Door het zachte licht van de lantaarns is het lastig om zijn blik te peilen. Ik denk iets te zien wat het midden houdt tussen woede en schok. Langzaam wordt Otto's ademhaling rustiger en ontspant hij zijn schouders. Zijn armen hangen nu slap langs zijn lichaam en zijn vuisten zijn niet langer gebald. Toch verlies ik hem geen seconde uit het oog. Aan de elektriciteit die nog steeds om hem heen hangt is te voelen dat er maar weinig voor nodig is om hem weer uit zijn plaat te laten gaan.

Als Klaus naar de zijkant van de auto loopt en een van de achterdeuren opent, houd ik mijn arm dan ook beschermend voor Otto's borst. Ik weet dat ik fysiek niet de kracht heb om hem te stoppen, maar ik hoop dat de druk tegen zijn borst voldoende is om hem achter me te houden. Klaus stapt opzij en Brigitta komt als een ware diva uit de auto. Zodra hij haar ziet versnelt Otto's ademhaling weer. Zonder na te denken ga ik voor hem staan. Als hij Brigitta wil aanvliegen, moet hij eerst langs mij. Ik word onpasselijk als ik de arrogante blik op Brigitta's gezicht zie. Ze draait zich naar ons toe en kijkt Otto recht aan met een blik van pure haat. 'Je moet hier echt mee ophouden, Felix,' bijt ze hem toe.

*Felix?*

'Het was een ongeluk waar ik niks mee te maken heb. Als je niet stopt met je valse beschuldigingen en ophitserij, dan moet je de consequenties ook aanvaarden. Dit is echt je laatste waarschuwing.'

‘Ik ben niet bang voor je, Brigitta. De tijd dat je overal mee wegkwam is voorbij. Je bent nu echt een stap te ver gegaan.’

‘Poeh, jij durft wel,’ schampert Brigitta. ‘Voor iemand die zelf ook nogal wat op zijn kerfstok heeft heb je wel een heel grote mond. Over wegkomen met dingen gesproken.’

Ik heb geen idee waar Brigitta het over heeft, maar het is duidelijk dat ze een snaar raakt bij Otto want hij valt in één klap helemaal stil.

‘Mooi, ik zie dat we elkaar begrijpen, Felix.’ Ze loopt naar de ingang van het restaurant en Klaus snelt voor haar uit om de deur open te houden. Vlak voor ze naar binnen stapt, draait ze zich nog een keer om. ‘O, en Felix, je snapt natuurlijk wel dat je even een ander restaurant moet zoeken met je vriendinnetje. Ik wil graag rustig eten.’ Ze draait zich om en loopt met opgeheven hoofd naar binnen. Klaus houdt ons even in de gaten voordat hij naar zijn auto loopt en weer achter het stuur plaatsneemt. Met een harde klap gooit hij het portier dicht en rijdt stapvoets langs ons heen. Ik zet automatisch een stap naar achteren als zijn grimmige blik zich kort in me boort. Het lukt me pas weer om goed door te ademen als de auto verderop staat geparkeerd en Klaus geen aanstalten maakt om uit te stappen.

Als ik weer een beetje ben gekalmeerd valt mijn oog op het smalle steegje naast het restaurant. Het is extreem slecht verlicht en grotendeels gehuld in duisternis. Op het punt waar de laatste resten van de straatverlichting overgaan in het donker ontwaar ik een gestalte. In schaduw gehuld, maar duidelijk een mens. Ik geef Otto een por en wijs hem erop. Hij aarzelt geen moment en loopt op de steeg af. De gestalte zet het op een lopen en Otto gaat achter hem aan. Ik aarzel of ik moet volgen, maar besluit het niet te doen. Ik heb allang gezien dat ik ze met geen mogelijkheid kan bijhouden. Als ik heel eerlijk ben, durf ik de achtervolging ook niet in te zetten. De angst dat de gestalte in het steegje de man is die me vandaag in de trein en op het station achtervolgde is levensgroot en werkt verlammend.

# 37

Aan de overkant van Gasthaus Schneeballen sta ik tegen een lantaarnpaal geleund als Otto op me af komt rennen.

'Hij was te snel,' hijgt hij teleurgesteld. Uitgeput buigt hij zich voorover en steunt met zijn handen op zijn knieën om bij te komen.

'Heb je kunnen zien hoe hij eruitzag?'

'Nee. Hij had zo'n vliegeniersmuts op.'

Mijn mond wordt droog en ik slik. Zal ik Otto vertellen dat ik vandaag ben achtervolgd door een man met eenzelfde muts? Maar als ik dat doe, ontkom ik er niet aan om hem over mijn uitstapje naar Mittenwald te vertellen en daar ben ik nog niet aan toe. Otto heeft eerst heel wat uit te leggen voordat ik kan beslissen of ik hem vertrouw ondanks Rosa's waarschuwingen en haar bewering dat hij Brigitta's neef is. Want waar de naam Otto niet voorkomt in de stamboom van de Neubergs, geldt dat voor de naam Felix wel degelijk. Hij is het kind van Brigitta's broer. Haar broer die vermist is en eigenlijk op haar positie had moeten zitten. Terwijl ik me dat realiseer, ontstaat er ook een ander besef in mijn hoofd. Haat Otto Brigitta zo omdat hij vindt dat niet zijn tante maar hij als zoon van de gedroomde opvolger aan het hoofd van de organisatie had moeten staan? Probeert hij Brigitta dwars te zitten of zelfs te vernietigen, omdat hij met lege handen staat en zij alles heeft? En gebruikt hij de club milieuactivisten om dat doel te realiseren? Deze gedachtegang werpt weer een heel ander licht op de zaak en eerlijk gezegd maakt het alles nog complexer.

Otto gaat weer rechtop staan. 'Zit ze nog binnen?' wijst hij naar de Schneeballen.

'Tenzij ze via de achterdeur is ontsnapt wel.'

'Dan gaan we daar wat eten.' Hij wijst naar een restaurant met een uithangbord aan de gevel waar met sierlijke letters TAVERNE KASTELLAUN op staat. Hoewel alle nieuwe informatie die ik vandaag heb opgedaan zwaar op mijn maag drukt, protesteer ik niet. Mijn lijf heeft vandaag weer veel te weinig brandstof gehad en ik moet zorgen dat ik op de been blijf. Om dit onderzoek vol te kunnen houden zal ik beter voor mezelf moeten zorgen. Na een blik op de krijtborden die als menukaart aan de wand achter de bar hangen, bestel ik een grote *Schnitzel mit Kartoffeln. Sorry Judith.* Otto kiest iets vaags met kikkererwten. Als we tegenover elkaar zitten met onze dampende borden kijk ik hem aan. 'Waarom noemde Brigitta je Felix?' steek ik van wal.

Hij stopt vlug een hap eten in zijn mond en neemt uitgebreid de tijd om erop te kauwen. 'Otto is mijn tweede naam,' zegt hij uiteindelijk nors. 'Ik heb altijd een hekel aan Felix gehad, dus die naam gebruik ik niet meer.'

'Wat is er zo erg aan Felix?'

'Het doet me denken aan tijden waar ik niet aan herinnerd wil worden.'

'Tijden waarin je "iets op je kerfstok" had?' herhaal ik Brigitta's woorden.

'Brigitta lult uit haar nek,' antwoordt hij zonder me aan te kijken. 'Je moet geen woord geloven van wat ze zegt.' Met zijn vork prikt hij in het prutje op zijn bord en schuift een grote hap naar binnen. Ik besluit het hierbij niet te laten. 'Ik kon me tijdens jullie gesprekje niet aan de indruk onttrekken dat Brigitta wel degelijk wist waar ze over sprak. Ik kreeg zelfs het idee dat jullie elkaar goed kennen...'

'Dan geloof je haar toch. Maar wat zit ik hier dan eigenlijk te doen?' Boos schuift hij zijn stoel naar achteren. De poten maken een schrapend geluid op de houten plankenvloer. 'Ik dacht dat wij elkaar probeerden te helpen, maar blijkbaar heb ik me vergist.' Hij wil opstaan.

'Otto,' zeg ik smekend, 'loop nou niet weg als het moeilijk wordt. Ik wil je graag vertrouwen, maar het is toch niet zo gek dat ik vragen heb?'

'Ik heb je verder niets te vertellen wat je niet al weet.'

'Otto...'

'Weet je wat ik niet begrijp? Dat jij zo rustig bleef toen je Brigitta zag en haar geen enkele vraag stelde over de dood van je zus. Dat roept pas vragen op!'

'Ik begrijp wat je probeert te doen, Otto, maar daar trap ik niet in. We hebben het nu over jou en niet over mij. Ik zal je een eindje op weg helpen. Ik weet dat Brigitta je tante is, dat je de zoon bent van haar broer. Ik weet ook van de vermissing van je vader.'

Otto's gezicht wordt bleek en hij zakt terug op zijn stoel.

'Het moet afschuwelijk voor je zijn dat je vader nooit gevonden is en dat je niet weet wat er met hem gebeurd is,' zeg ik zachtjes. 'Daardoor kun je de hoop dat hij misschien toch nog leeft nooit helemaal loslaten.'

Otto kijkt me met een gepijnigd gezicht aan. 'Je hebt werkelijk geen idee.'

'Misschien niet, maar ik doe mijn best. Hoe afschuwelijk ik Judiths dood ook vind, ik weet wel waar ik aan toe ben. Ik heb haar dode lichaam gezien en aangeraakt. Ik heb afscheid genomen en kan het hopelijk daardoor ooit afsluiten. Voor jou is er tot nu toe alleen een open einde.'

Otto kijkt me weer aan met dat gepijnigde gezicht, maar neemt niet meer de moeite om te reageren. Hij buigt zich over zijn bord eten en begint het in een tempo naar binnen te werken dat wij in Brabant typeren als '*spaaien*'. Met lange tanden kauw ik op mijn eigen schnitzel, die al aardig koud is geworden. Koortsachtig denk ik na. Is het slim om Otto nog verder te agiteren en hem op de man af te vragen of zijn openbare vete met Brigitta eigenlijk een familieruzie is. Of dat ze samen een toneelstukje opvoeren omdat hij heimelijk voor haar werkt en zich als mol bij Helmuts club heeft gevoegd om ze van binnenuit te kunnen dwarsbomen?

Ik kijk nog eens met een schuin oog naar Otto en besluit dan toch dat het wellicht beter is om morgen eerst mijn gesprek met meneer X te hebben. Ik hoop dat ik dan beter kan inschatten of ik Rosa's vertrouwen in hem moet volgen of dat ik mijn eigen pad moet kiezen met Otto. Nadat ik meneer X heb gesproken is het nog vroeg genoeg om Otto verder te confronteren en dan kan ik ook bepalen hoeveel ik hem vertel over Rosa en meneer X. Ik concentreer me weer op mijn schnitzel. Het naar binnen zien te krijgen van die enorme lap koud vlees is het hoogste doel dat ik mezelf voor vanavond nog stel. Otto heeft zijn bord inmiddels leeg. 'Ik ga bier halen, jij ook?' vraagt hij kortaf.

'Goed idee, lekker,' antwoord ik bevestigend. Ik kijk hem na als hij naar de bar loopt. Er is iets veranderd in zijn houding sinds ik hem heb verteld dat ik zijn ware identiteit ken. Er lijkt een muur tussen ons in te staan die niet zo makkelijk af te breken is. Op zijn gezicht is voornamelijk teleurstelling te lezen en hij is meer op zijn hoede. Het is duidelijk dat hij ons gesprek als een rechtstreekse aanval heeft opgevat en nu moet ik erachter komen of dat is omdat hij echt iets te verbergen heeft of omdat hij het gevoel heeft dat ik hem laat vallen met mijn onterechte wantrouwen.

Mijn hoofd begint alweer op volle toeren te malen en ik roep mezelf tot de orde. *Schnitzel, concentreer je op het eten van die schnitzel.* Otto reikt me mijn bierpul aan en slaat die van hem er zo hard tegenaan dat ik bang ben dat het glas ter plekke breekt. 'Proost dan maar, hè,' zegt hij met een cynische ondertoon in zijn stem. 'Ook al weet ik even niet wat er op dit moment te proosten valt,' mompelt hij erachteraan. Ik ga er maar niet op in en neem een slok van het koude, bittere vocht. Otto drinkt zijn glas in hoog tempo leeg en zet het met een klap op tafel. 'Nou, ik zie je wel weer.' Hij staat op, beent naar buiten en laat mij hier in verbazing achter.

# 38

Zenuwachtig houd ik vanaf de oprit van het Ferienhaus de weg in de gaten. Rosa zou me tien minuten geleden al ophalen, maar er is nog geen spoor van haar te bekennen. Mijn drie pogingen om contact te zoeken hebben tot nu toe geen resultaat. Ze neemt haar telefoon niet op en de appjes heeft ze niet gelezen. Normaal heb ik niet zo'n moeite met *fashionably late*, maar in dit geval ben ik als de dood dat er iets met Rosa is gebeurd. Dat ze haar ook te pakken hebben gekregen.

Van Otto heb ik ook helemaal niets meer gehoord. Toen ik hem vanochtend belde sprong zijn telefoon meteen op de voicemail en achter het appje dat ik hem daarna stuurde staat een grijs vinkje. Niet ontvangen en niet gelezen. De enige informatie die ik heb, is dat hij vlak nadat hij me gisteravond heeft laten zitten, niet meer online is geweest.

Met mijn telefoon in mijn hand geklemd loop ik een stukje de weg op zodat ik voorbij de bocht kan kijken. De condens die vrijkomt bij mijn ademhaling kringelt voor me uit. Op een wit autootje in de verte na is de weg leeg. Geen Rosa, geen blauwe huurauto. Ik huiver, hoewel de temperatuur vandaag hoger is dan de afgelopen dagen en de wind eindelijk is gaan liggen. Een waterig zonnetje probeert door de bewolking boven de bergen heen te breken. Ik kijk weer naar het witte autootje. Het lijkt deze kant op te komen in een behoorlijk tempo. Het geluid van de motor die op volle toeren draait in een te lage versnelling klinkt steeds luider. Als ik zie dat de auto recht op het Ferienhaus afkoerst, stap ik van de weg af en ga achter het geopende toegangshek staan. Met de spanningen die steeds hoger oplopen neem ik geen enkel risico. Het laatste wat ik wil is het volgende slachtoffer van een mysterieus ongeluk worden. Vlak voor de oprit van het Ferienhaus trapt de bestuurder van de witte auto flink op de rem. Gelukkig is de weg geveegd en gestrooid en blijft de auto op een kleine uitglijder na vrij stabiel op de weg liggen. De claxon wordt een keer lang en een keer kort ingeduwd en daarna volgt wat staccato gesein met de koplampen. Rosa?

Ik loop naar de auto toe en loer naar binnen door een van de ramen. En inderdaad, Rosa zit met een verhit hoofd achter het stuur en maakt me met ongeduldige handgebaren duidelijk dat ik in moet stappen.

'En ik maar uitkijken naar een blauwe auto...'

'Ook goedemorgen, Maaike. Sorry dat ik zo laat ben. Het liep allemaal wat uit bij het verhuurbedrijf. Het leek me veiliger om vandaag met een andere auto te komen. Ik denk niet dat we gisteren zijn gevolgd, maar toch.'

'Ik was doodongerust. Je reageerde niet op mijn belletjes en appjes,' zeg ik met enig verwijt in mijn stem.

'Ik kan maar één ding tegelijk. Dat krijg je als je ouder wordt.'

'Maar had je me dan niet even kunnen laten weten dat je later was?'

'Had gekund, niet aan gedacht. Nou, hup, maak je gordel vast, dan kunnen we gaan. Het zou toch jammer zijn als we meneer X mislopen.' Ze toetst wat coördinaten in op haar routeplanner en zodra ik goed geïnstalleerd ben, geeft ze gas na een vluchtige blik op de weg. Na een halfuur rijden we uiteindelijk een terrein op dat verscholen ligt achter een naaldbos. Er staat een oud vervallen huisje, een houten schuurtje en een stalen opslagcontainer die is beveiligd met een paar grote discussloten met cijfercode. Verder is er op het terrein geen enkel teken dat er op ons na iemand aanwezig is. We stappen uit en kijken een beetje verloren om ons heen. Op het gekraak van wat takjes en gekras van een kraai na is het stil. 'En nu?'

'Wachten maar?' antwoordt Rosa.

'Maar waarop en hoe lang? Heb je een nummer waar je die meneer X op kunt bereiken?'

'Nee. Hij neemt altijd contact met mij op met een afgeschermd nummer.'

Ik loop naar het huisje toe en probeer door de vuile ruiten naar binnen te kijken. Dat valt nog niet mee. Ik zie vaag wat simpele meubels en op de tafel ligt een krant. Verder geen tekenen van menselijke aanwezigheid. Ik loop naar de deur en duw ertegenaan. Tot mijn verbazing gaat hij krakend open. 'Rosa!' sis ik. Ze komt meteen naar me toe en houdt de deur open terwijl ik zoek naar een lichtknop. Ik vind een gammel schakelaartje en als ik het omzet begint er een peertje te branden dat met een kroonsteentje aan het plafond hangt. Op de vloer van het smalle gangetje ligt grijskleurig vinyl en aan het einde zit een houten deur die op een kier staat.

'Hallo? Is daar iemand?' vraagt Rosa en mijn hart begint sneller te kloppen, omdat ik schrik van haar stem die weerkaatst tegen de stilte. We houden allebei onze adem in en luisteren ingespannen. Er komt geen reactie. Op mijn tenen loop ik door naar de deur en duw hem voorzichtig een stukje verder open. Ik tast met mijn hand over de muur aan de rechterkant en weet ook hier een lichtschakelaar te vinden. Met Rosa vlak achter me loop ik de kamer in. Ik verbaas me erover hoe schoon de meubels zijn. Na het zien van de smerige ramen had ik minstens een paar centimeter stof en een heleboel spinnenwebben verwacht. Niets van dat alles. Ik loop naar de tafel en pak de krant die erop ligt. 'Deze is van vandaag.'

'Dan is hier vandaag dus in elk geval iemand geweest. Maar waar is die iemand dan gebleven?'

'Weggegaan omdat we te laat zijn?' opper ik.

'Zoveel te laat waren we nou ook weer niet,' zegt Rosa licht geërgerd.

'Zullen we anders even bij die schuur gaan kijken?' stel ik voor. Rosa knikt instemmend. Ik leg de krant terug op tafel en schrik me dan helemaal kapot. Er wordt een deur dichtgeslagen. De voordeur. Rosa blijft net als ik verstijfd staan en ik werp haar een paniekerige blik toe.

'Vast de wind. Ik had de deur op een kier laten staan,' fluistert ze. Ik wil haar zo graag geloven dat ik de opmerking inslik dat er vandaag niet veel wind staat. Maar dan klinkt er gekraak in de gang, voetstappen. De klink van de kamerdeur gaat langzaam naar beneden. In een reflex ren ik naar de andere kant van de kamer, zo ver mogelijk bij die deur vandaan. Koortsachtig vliegen mijn ogen door de kamer op zoek naar vluchtwegen en ik begin aan het handvat van een raam te trekken. Het geeft geen millimeter mee. Ik duw mezelf tegen de muur. Samen met Rosa staar ik naar de deur die krakend verder opengaat en ik vergeet bijna te ademen als een man met een zwarte vliegeniersmuts de kamer instapt.

# 39

Vol afschuw staar ik de man die de kamer binnenkomt aan. Had ik maar naar mijn intuïtie geluisterd. We zijn in de val gelokt. Meneer X is de man die me gisteren achtervolgde op het station. Naast me hoor ik Rosa zwaar ademen. Bezorgd kijk ik opzij en vergeet even mijn eigen angsten als ik zie hoe krijtwit haar huid is. Ze grijpt met haar hand naar haar borst en even ben ik bang dat ze ter plekke een hartstilstand krijgt. 'Mijn pillen, in mijn broek,' brengt ze haperend uit. Ik kom meteen in actie, graai met mijn handen in haar broekzakken en haal er een smal potje uit waar een paar ronde witte pillen in zitten. Ik geef haar een pil en ze legt hem onder haar tong. Ze wankelt en ik vang haar op. Pas als ze stevig met haar rug tegen de muur zit en haar ademhaling rustiger wordt, kijk ik weer naar de man. Hij heeft nog niets gezegd en staat nog steeds op dezelfde plek. Ik bekijk hem nog eens goed en ineens begin ik te twijfelen. Is dit wel de man die gisteren achter me aan zat? Zijn postuur is anders, minder breed. Hij is ook langer en zijn uitstraling is niet agressief. Als ik hem in de ogen kijk, dan weet ik het zeker. De man van gisteren had felblauwe ogen en de ogen van deze man zijn bruin.

'Dag Rosa en Maaike, fijn dat jullie er zijn. Sorry dat het allemaal zo omslachtig gaat, maar ik kan geen enkel risico lopen. Ik speel al met mijn leven door hier te zijn.'

'Klaus? Ben jij het?' vraag ik verbaasd als ik de stem van

Brigitta's chauffeur denk te herkennen. Bij het horen van de naam verstart hij even, maar hij herstelt vrijwel meteen weer. 'Het doet er niet toe wie ik ben.'

'Dat doet er wel degelijk toe. Het geeft de doorslag of ik je wel of niet kan vertrouwen en ik kan je vertellen dat mijn vertrouwen op dit moment heel laag is.'

'Ik ben te vertrouwen. Ik ben een vriend van Helmut en ik had een afspraak met je zus Judith op de dag dat ze werd vermoord.'

'Ver... vermoord?' stamel ik.

'Ik heb alles gezien en heb er nog elke nacht nachtmerries over. Ik voel me zo schuldig. Eerst Helmut en toen Judith. Ik ben zo voorzichtig geweest, maar toch ging het mis. Er mogen niet nog meer slachtoffers vallen en daarom moet Brigitta gestopt worden.'

'Dus Brigitta heeft inderdaad iets te maken met Judiths dood?'

'Ze heeft niet zelf de opdracht gegeven om Judith te vermoorden, maar is gelinkt aan de organisatie die dat wel heeft gedaan. Het is een van Brigitta's belangrijkste investeerders en ze hebben een zware jongen – zijn naam is Wolf – toestemming gegeven om te doen wat nodig is om een nog geheim project veilig te stellen. Judith had de macht in handen om op het laatste moment nog een streep door dat project te zetten door een clausule in haar conceptwet die een beschermde status zou verlenen aan gletsjergebieden erdoor te duwen.'

Van alles wat er net is gezegd heb ik alleen het meest schokkende meegekregen. 'Is mijn zus vermoord door die Wolf?'

'Ja. Ik had met haar afgesproken vlak bij de plek waar haar lichaam gevonden is. Ik weet niet hoe het kan, maar Wolf is er op de een of andere manier achter gekomen. Hij was er eerder dan ik en deed zich voor als de man met wie ze een afspraak had. Hij deed net alsof hij haar iets wilde laten zien en toen ze zich naar hem toe boog, greep hij haar vast en brak haar nek. Het ging zo snel dat ik zeker weet dat ze er niks van heeft meegekregen. Daarna pakte hij haar lichaam op en gooide het in de gletsjerspleet die daar vlakbij was en skiede op zijn dooie akkertje weg alsof er niks gebeurd was. Ik heb alles van een afstand gezien en kon niets meer doen. Het was verschrikkelijk en ik vind het vreselijk dit aan jou te moeten vertellen.'

Ik heb mijn hand voor mijn mond van afschuw en bijt er zo hard mogelijk in om die andere pijn maar niet te hoeven voelen. De pijn van het verdriet dat ik niet kan verdragen.

'Wolf weet niet dat ik alles gezien heb en gokte er natuurlijk op dat Judiths lichaam nooit gevonden zou worden, of in elk geval voorlopig niet. Er verdwijnen wel vaker lichamen in gletsjerspleten die nooit of pas jaren later gevonden worden. Ik heb een anonieme melding bij de politie gedaan van waar ze haar lichaam konden vinden.'

'Maar je hebt niet gezegd dat ze is vermoord. Waarom niet?'

'Omdat dat mij en alles wat ik samen met Helmut had ontdekt in gevaar zou brengen. Judith was niet meer te redden, maar onze missie wel.'

'Serieus? Je laat de moordenaar van mijn zus vrijuit gaan omdat je "missie" anders in gevaar komt? Hoe durf je?'

'Ik probeer te voorkomen dat er nog meer doden en gewonden vallen.'

'Een moordenaar van de straat halen lijkt me een prima manier om dat doel te bereiken.'

'Voor Wolf tien anderen, Maaike. Als we hem uitschakelen dan sturen ze weer een nieuwe Wolf. De enige manier om dit allemaal te stoppen is door bloot te leggen wat Brigitta en haar investeerders in het geheim hebben bekokstoofd.'

'En wat mag dat dan wel niet wezen?'

'De bouw van een hoogwaardig hotel voor de elite, in en onder de gletsjer.'

'Maar dat zou desastreus zijn voor de gletsjer en de natuur hier!'

'Sterker nog, het kan de hele omgeving in gevaar brengen. Het risico dat de gletsjer instort door de bouwwerkzaamheden in combinatie met de opwarming van de aarde is groot.'

'Maar er is toch geen weldenkend mens die daar toestemming voor geeft?'

'Was dat maar waar. Met behulp van Rosa's dochter zijn Helmut en ik erachter gekomen dat Brigitta met veel politiek gekonkel, steekpenningen en omkoping van ambtenaren alle lokale en landelijke wetten en regels heeft weten te omzeilen. Al haar vergunningen voor de bouw van het hotel zijn rond en de graafmachines staan al zo goed als klaar om te beginnen. Op de een of andere manier is het haar ook nog gelukt om dit alles achter de schermen te laten plaatsvinden zodat niemand bezwaar kon maken. Het is dat Helmut Brigitta een aantal keer zag smoezen met een ambtenaar die verantwoordelijk is voor de bouwvergunningen hier en zo achterdochtig werd dat hij met Rosa's dochter heeft uitgezocht hoe het zit. Anders hadden wij ook niks geweten. Omdat de vergunningen al rond waren toen wij ontdekten wat Brigitta van plan was, bleef er nog maar één mogelijkheid over om haar te stoppen: Judiths wet waarin de Europese gletsjergebieden een beschermde status zouden krijgen moest er komen. Daar zou ik haar die dag over spreken. Nogmaals: ik heb werkelijk geen idee hoe Wolf dat te weten is gekomen, want het gekke is dat hij niet achter mij aan is gekomen en voor zover ik weet heeft hij nog steeds geen idee wie ik ben. Daarom is het veiliger als mijn identiteit ook voor jullie verborgen blijft.'

'Rosa vertelde me dat jij haar hebt gevraagd om een foto aan Judith te geven. Een foto waar ze heel erg van schrok en die op haar lichaam is gevonden. Wat staat er op die foto?' Ik laat bewust een omschrijving van de foto achterwege om te checken of hij daar zelf mee komt. Als hij me geen concreet antwoord kan geven en niet kan omschrijven wat er op de foto te zien is, dan weet ik dat ik hem niet kan vertrouwen.

'Ik zal je meer vertellen over die foto als jij me vertelt waarom je mijn waarschuwing over Otto in de wind hebt geslagen. Wat deed je gisteravond met hem in dat restaurant en hoeveel heb je hem verteld? Weet hij waar je nu bent?'

'Sorry hoor, maar ik bepaal zelf wel met wie ik omga.'

'Je weet dat Otto Brigitta's neef is?'

'Ja, dat heeft hij zelf toegegeven.' Ik laat achterwege dat het min of meer gedwongen was. Pas nadat Rosa me over de familieband had geïnformeerd, kon ik Otto er immers mee confronteren. Ook dat hij het in eerste instantie nog probeerde te ontkennen houd ik voor mezelf. 'Otto haat Brigitta en haar acties net zo erg als jij en Helmut dat doen, neem dat maar van mij aan.'

'Hij is niet te vertrouwen.'

'Hij is net zo te vertrouwen als jij,' zeg ik uitdagend. 'Hij heeft in elk geval het lef om zijn gezicht open en bloot te tonen.'

'Dat ik mijn identiteit verborgen hou heeft niets met lafheid te maken, maar met veiligheid. Als je nu nog niet doorhebt dat er gevaarlijke krachten actief zijn, dan heeft het weinig zin om verder te praten. Ik moet er honderd procent op kunnen vertrouwen dat alles wat ik je vertel onder ons blijft en ik ben er niet van overtuigd dat dat zo is zolang je met Otto omgaat.' Hij draait zich om en maakt aanstalten om naar de deur te lopen. Dat mag ik niet laten gebeuren. Als hij nu wegloopt, dan weet ik zeker dat hij nooit meer terugkomt. Dan zal ik nooit alle antwoorden krijgen waar ik zo hard naar op zoek ben. 'Wacht! Ik heb Otto niets verteld over mijn ontmoeting met Rosa en hij weet ook niets van onze ontmoeting.'

'Hoe weet ik dat dat echt zo is?'

'Het enige wat ik je kan geven is mijn woord. Het is aan jou om te bepalen of dat genoeg is.'

Hij kijkt me een tijdje peilend aan en knikt dan. Ik zucht opgelucht. 'Je moet me één ding vertellen: als Otto zo onbetrouwbaar is, waarom heeft Helmut hem dan toegelaten in zijn organisatie en zelfs als tweede man aangesteld?'

'Je kent die uitdrukking toch wel? *Keep your friends close, but your enemies closer.* Door Otto onder zijn hoede te nemen kon Helmut hem goed in de gaten houden. Hij gaf hem net genoeg informatie om hem het gevoel te geven dat hij er helemaal bij hoorde, maar echt gevoelige kwesties hield hij buiten zijn gezichtsveld. Helmut had maar één echte vertrouweling en dat was en ben ik. En dat verhaal dat Otto de tweede man zou zijn, moet je ook met een korreltje zout nemen. Hij heeft zichzelf die rol min of meer toebedeeld en omdat hij zo dominant is, heeft niemand bezwaar gemaakt. We hebben hem wat taken op laten pakken en verder werkt iedereen een beetje om hem heen.'

'Dus eigenlijk wordt Otto continu door jullie voor de gek gehouden?'

'Ik zou kiezen voor de formulering dat we alles in goede banen proberen te leiden om onze missie niet in gevaar te brengen. Onze missie is belangrijker dan de ego's van onze leden.'

‘Vertel me over die foto,’ zeg ik, terwijl ik met een schuin oog naar Rosa kijk. Ze heeft gelukkig weer wat meer kleur op haar gezicht en ademt nu rustig, maar ze heeft al die tijd nog geen woord gezegd. Als ze me ziet kijken, steekt ze haar duim op om me te laten weten dat ze oké is.

‘Die foto heb ik gemaakt. Brigitta zul je er wel op herkend hebben. En die schim daar bij de bosrand is Wolf.’

Ik knik. ‘Maar wie is die andere vrouw?’

‘Haar naam is Steffie. Ze is een partijgenoot en goede vriendin van Judith.’

‘Bedoel je soms Steffanie Leijenhorst?’ vraag ik geschokt.

‘Ja, die bedoel ik. Die foto is gemaakt in Innsbruck waar ze een heimelijke ontmoeting had met Brigitta. Helmut en ik vermoedden dat Brigitta Steffanie had omgekocht om Judith en haar wet zo dwars te zitten dat LINN uiteindelijk tegen zou stemmen. Zonder de steun van LINN haalt de wet geen meerderheid en staat niets Brigitta’s gletsjerhotel meer in de weg.’

‘Mijn god, nu begrijp ik waarom Judith zo schrok toen ze de foto zag. De vrouw van wie ze dacht dat het haar vriendin was en die ze in vertrouwen nam, bedonderde haar achter haar rug. Judith was altijd erg wantrouwend naar andere mensen, maar ze zal er niet op gerekend hebben dat haar grootste vijand zich zo dichtbij bevond. Ik heb die trut nog aan de lijn gehad. Poeslief was ze en o, wat vond ze het erg van Judith. Ik ben er ook helemaal in getrapt. Maar ze gaat hier niet mee wegkomen, daar ga ik persoonlijk voor zorgen. Desnoods stap ik naar de pers en maak ik er een heel mediaschandaal van.’

‘Ik denk dat het verstandiger is om Steffie te confronteren met wat we weten en haar op die manier onder druk te zetten. Dreigen met publiciteit om alles in de openbaarheid te brengen is wellicht voldoende om haar voor ons karretje te spannen. Als ze alsnog haar stinkende best gaat doen voor die wet, dan gaan wij niet naar de pers en lopen haar imago en dat van LINN geen schade op. Ik denk dat ze daar wel gevoelig voor is. Steffie is een uiterst ambitieuze vrouw en als dit naar buiten komt, dan is dat de doodsteek voor haar politieke carrière.'

Ook al is het met tegenzin, ik moet toegeven dat het hout snijdt om de dreiging met publiciteit als een zwaard van Damocles boven Steffie te laten bungelen. Maar het idee dat ze mijn zus ongelofelijk heeft belazerd en er misschien mee wegkomt, dat verdraag ik niet. Voor de man voor me is uiteindelijk alleen het slagen van zijn 'missie' belangrijk, maar voor mij staan de eer en het belang van mijn zus op de eerste plaats. In dat kader weet ik niet of ik mijn mond wel wil houden. Of ik hem kán houden.

'Ik begrijp dat het voor jou moeilijk te accepteren zal zijn als Steffie meewerkt en op die manier uit de wind wordt gehouden na wat ze je zus heeft aangedaan, maar ik weet zeker dat je zus erachter zou staan. Die wet erdoor krijgen en een stempel op de toekomst drukken was haar grote droom. Daar moest alles voor wijken en daar heeft ze tot aan haar dood voor gestreden. Help me haar en onze droom werkelijkheid te laten worden. Help ons om Brigitta te stoppen.'

'Ik geloof dat ik even wat frisse lucht nodig heb om alles op een rijtje te zetten.'

'Ik begrijp dat het veel voor je is, maar ik heb liever dat je binnenblijft. Het idee dat je daar in je eentje buiten staat, bevalt me niks. Ik denk niet dat we gevolgd zijn, maar ik wil geen enkel risico lopen.'

'Als ik hier nog vijf minuten langer sta, dan stik ik.' Met opgeheven hoofd loop ik langs hem heen en hij houdt me niet tegen.

# 40

De naaldbomen die de grens vormen tussen het terrein waar ik me op bevind en het daarachter gelegen bos ruisen zachtjes in de wind. Af en toe klinkt er een plofgeluid als de sneeuw die van de takken waait de grond raakt. Ik leun tegen de vervallen houten schuur en zuig mijn longen vol met koude lucht. Dit is het tweede moment sinds ik Breda amper een week geleden verliet dat ik ineens enorm verlang naar een sigaret, alsof ik daarmee de chaos zou kunnen ordenen. Want alle informatie die ik heb gekregen zweeft door elkaar heen in mijn hoofd en het lukt me niet om alles op een rij te zetten. Eén zin schreeuwt boven alles uit: Judith is vermoord! Wat ik al steeds vermoedde is bevestigd door de man die er getuige van was. Maar het antwoord dat ik nu heb over het hoe en waarom brengt me niet de rust die ik had verwacht. De wraakgevoelens en de haat naar de mensen die haar dit hebben aangedaan, zijn zo hevig dat ik er alleen maar onrustiger van word.

Weten wat er gebeurd is blijkt niet voldoende om Judiths dood te accepteren, laat staan te kunnen afsluiten. Het is juist een extra drijfveer om door te vechten totdat de schuldigen gepakt en gestraft worden. De vraag is alleen op welke manier ik dat het beste kan doen. Op mijn manier, of op de manier die meneer X voorstelde? Ik kom er niet uit. Wat zou ik graag even sparren met Sophia, maar ik bedwing de behoefte om haar te bellen. Ze heeft me – net als mijn moeder – vanochtend al geappt of ik haar inderdaad wil bellen, maar ik weet gewoon niet wat ik haar moet zeggen. Als ik uit de doeken doe waar ik in verzeild ben geraakt, dan zal ze eisen dat ik onmiddellijk naar huis kom, zoals ze dat de afgelopen dagen al een paar keer heeft aangegeven. Ik kan het haar niet kwalijk nemen, als ik in haar schoenen had gestaan, had ik hetzelfde gedaan. Maar druk vanuit het thuisfront is het laatste wat ik er nu bij kan hebben. Ik heb al te veel aan mijn hoofd.

Ik ben zo in gedachten dat ik schrik als mijn telefoon gaat. Ik rits mijn jas open en haal hem uit mijn binnenzak. Otto's naam staat op het scherm. Opnemen of laten gaan? Als meneer X ontdekt dat ik hier met Otto sta te bellen na alle waarschuwingen die hij me heeft gegeven, dan weet ik niet wat hij doet. Ik kan bij hem niet goed inschatten hoe ver hij bereid is te gaan voor de goede zaak. Maar ik ben ook wel nieuwsgierig naar wat Otto te melden heeft. Hem even te woord staan kan vast geen kwaad en als hij vervelend doet of lastige vragen stelt, dan heb ik vlug genoeg weer opgehangen. Ik loop richting de bosrand achter de schuur zodat meneer X me niet kan zien en neem dan vlug op.

'Net op tijd, ik wilde al ophangen.'

'Otto? Wat klinkt je stem raar. Ik kan je amper verstaan.'

'Ik ben in het ziekenhuis, kun je me komen ophalen?'

'In het ziekenhuis? Wat is er gebeurd?' vraag ik geschrokken.

'Toen ik gisteravond wegliep uit het restaurant kreeg ik weer een dreigberichtje. Eentje die ik al eerder had gehad. "*Als je met vuur speelt, dan loop je het risico te verbranden*". Ze hebben mijn huis in de fik gezet, Maaike.'

'O mijn god. Was je binnen toen het gebeurde? Ben je gewond?'

'De boel stond al in de hens toen ik aankwam, maar mijn poes was nog binnen. Ik heb dat beestje al vijftien jaar dus ik ben naar binnen gegaan om haar te redden. Het is me gelukt om haar in veiligheid te brengen, maar op het nippertje. Ze was doodsbang. Ik heb zelf nogal wat rook ingeademd en wat oppervlakkige brandwonden opgelopen dus ik moest een nacht ter observatie in het ziekenhuis blijven. Mijn poes ligt bij te komen bij de dierenarts. Het komt dus allemaal wel goed, maar het was nogal schrikken.'

'Dat geloof ik graag. En je huis?'

'Op dit moment niet te betreden. Er wordt onderzoek gedaan naar de oorzaak van de brand en er is een heleboel schade. Kan ik misschien een paar dagen bij jou in het appartement blijven? Kun je me komen halen?'

'Ik ben op dit moment niet in de buurt, Otto, en ik kan voorlopig niet weg.'

'Waar ben je dan?'

'Ik heb een afspraak. Een hoop geregel nog met de repatriëring van Judiths lichaam.'

'Hm. Mag ik dan wel in je appartement?'

Eigenlijk wil ik nee zeggen. Ik wil hem niet dag en nacht om me heen, want dan kan ik helemaal geen kant meer op. Maar het voelt ook niet oké om hem aan zijn lot over te laten. 'Vannacht kun je bij mij slapen en daarna zien we wel verder. Ben je in staat om een taxi te nemen naar het Ferienhaus?'

'Ja, dat denk ik wel.'

'Ik bel Liene wel even of ze je binnen wil laten. Ik kom zo snel mogelijk naar je toe. En Otto, doe voorzichtig. Iets zegt me dat het de volgende keer niet bij een waarschuwing blijft.' Als de verbinding is verbroken, stop ik mijn telefoon weer in mijn jaszak en draai me om. Als ik een paar stappen richting het huis heb gezet, word ik van achteren ruw vastgegrepen. Een hand met een zwarte leren handschoen sluit zich over mijn mond en een arm oefent zware druk uit op mijn keel. 'Geen kik. Anders breek ik jouw nek net zo makkelijk als die van je zus.'

# 41

'Je zus was al dood voordat ze zich realiseerde wat er gebeurde. Ik heb er weinig lol aan beleefd. Daarom ga ik voor jou en je vrienden rustig de tijd nemen.'

Ik wil me met al mijn kracht verzetten, maar de druk op mijn nekwervels is zo stevig dat ik me niet durf te bewegen. Wolf sleurt me mee richting het huis. Zijn hand op mijn mond en de arm op mijn keel maken het me bijna onmogelijk om te ademen. Zwarte vlekken die worden afgewisseld door felle lichtflitsen dansen voor mijn ogen en ik moet alles op alles zetten om bij kennis te blijven. Mijn voeten weigeren mee te lopen in Wolfs pas en laten een sleepspoor achter in de sneeuw. We naderen het huis en als Rosa of meneer X naar buiten kijken, zouden ze ons moeten kunnen zien. Alsof ze mijn gedachten kan lezen, sein ik achter elkaar waarschuwingen naar Rosa: *Vlucht nu het nog kan!* Maar ik hoor geen deuren slaan of andere geluiden die erop wijzen dat Rosa en meneer X zichzelf in veiligheid brengen en we naderen zonder problemen de voordeur. Koortsachtig probeer ik een manier te verzinnen om ze te laten weten dat er iets mis is. Een keiharde trap tegen de voordeur is het hoogst haalbare. Maar Wolf is alert en zodra ik probeer uit te halen met mijn voet, trekt hij me naar achteren. Verder dan een schop in de lucht kom ik niet.

'Ik zou het niet nog eens proberen,' laat Wolf me weten terwijl hij mijn nek zo hard vastklemt dat ik bang ben dat mijn strottenhoofd ter plekke breekt. Hij verlaagt de druk en ik probeer meteen zo veel mogelijk zuurstof in mijn brandende longen te krijgen. Het is een automatische reactie van mijn lijf waardoor mijn focus op Wolf even verslapt. Hij maakt meteen gebruik van dat moment en duwt me het huis in. Ik stamp een paar keer op de vloer, maar het klinkt eerder alsof ik de sneeuw van mijn schoenen schop dan dat ik alarm sla. Ik hoor Wolf achter me grinniken om mijn halfzachte poging. 'Die schattige reddingsfantasie moet je echt loslaten. Je maakt geen enkele kans.' Hij duwt me de gang door en trapt met geweld de deur naar de woonkamer open. Het kozijn beschadigt en er spatten houtsplinters vanaf. De deur hangt scheef en bungelt nog maar aan één scharnier. Ik hoor Rosa geschrokken schreeuwen en hoop dat dit niet de doodsteek is voor haar hart. Meneer X gaat beschermend voor haar staan en balt zijn vuisten.

'Muhammad Ali,' schampert Wolf. Daarna geeft hij me een enorme zet en ik struikel recht in de armen van meneer X. Het brengt hem even uit balans. In dat moment van chaos klinkt een klikgeluid en we kijken allemaal geschrokken op. Wolf houdt een pistool op ons gericht en dan weet ik zeker dat onze kansen zijn verkeken.

'Allemaal tegen de muur,' commandeert Wolf ons. Met ongeduldige armgebaren maant hij ons om op te schieten. Meneer X en ik helpen Rosa overeind en blijven haar ondersteunen als we tegen de muur gaan staan. Wat moeten we anders? Wolf richt zijn pistool op de hartstreek van meneer X en knijpt zijn ogen tot spleetjes. Net als het lijkt alsof hij de trekker over wil halen, zwenkt zijn arm een stukje naar rechts en heeft hij mijn borstkas in het vizier. Ik doe mijn ogen dicht en begin te jammeren. Dit is niet hoe ik wil eindigen. Ik denk aan Keesje, Sophia, mijn moeder. Het is onverdraaglijk als ik ze nooit meer zou zien en ik in the middle of nowhere verdwijn en ze nooit zullen weten wat er met me gebeurd is. Naast me begint Rosa te schokken en ik open mijn ogen weer. Het pistool wijst niet langer naar mij, maar naar Rosa. Er trekt een opluchting door mijn lijf waar ik me meteen voor schaam en ik grijp de oude vrouw nog wat steviger vast.

Het pistool zwenkt weer van Rosa naar meneer X. 'Tijd voor de ontmaskering,' bijt Wolf hem toe. 'Haal die kap van je hoofd zodat ik kan zien met wie ik te maken heb.'

Meneer X maakt geen aanstalten om te gehoorzamen, maar als ik opzijkijk zie ik de doodsangst in zijn ogen. Wolf zet dreigend een stap in zijn richting, zijn wapen met vaste hand gericht. Meneer X slaakt een trillende zucht en brengt zijn hand naar de flap waar zijn gezicht achter verscholen gaat. Hij trekt de drukknopen los en trekt langzaam de vliegeniersmuts van zijn hoofd. Wolf zegt wat ik denk: 'Klaus.' *Dus toch.*

'Ik wist het wel, jij vuile verrader. Ik heb Brigitta nog zo gewaarschuwd dat ze je niet moest vertrouwen, maar ze wilde niet luisteren. Ze geloofde heilig in jou. Je hebt al die tijd de boel lopen naaien. Nu snap ik ook waarom die Louisa bleef ontkennen dat ze in Brigitta's kantoor had gespioneerd. Zelfs toen ik haar vinger op een haar na brak, bleef ze volhouden dat ze onschuldig was. Ik begin toch sterk het vermoeden te krijgen dat ze de waarheid sprak en dat we de verkeerde de laan uit hebben gestuurd. Hoe kijk jij daar tegen aan, Klaus? Vertel het me, want ik ben zeer benieuwd naar jouw visie op het geheel.'

Klaus blijft zwijgen.

'Oké, ik begrijp dat ik je een handje moet helpen. Je gaat nu praten en anders schiet ik haar naar de andere wereld.' Hij zet een stap dichterbij en richt zijn pistool eerst op Rosa, dan op mij om vervolgens weer terug te gaan naar Rosa.

Haar gezicht is nog grauwer dan het al was en ik zie aan de natte plek tussen haar benen dat ze van angst in haar broek plast. Klaus ziet het ook en gelukkig doorbreekt hij zijn zwijgen voordat Wolf Rosa iets heeft kunnen aandoen. 'Louisa was onschuldig,' zegt hij vastbesloten.

'Maar er had wel iemand in Brigitta's papieren gesnuffeld. Jij was het.'

Klaus knikt afgemeten als Wolf zijn conclusies trekt.

'Goed, dan hebben we dat ook weer helder. Dan ga je me nu vertellen wat je hebt ontdekt.'

Klaus aarzelt, maar als Wolf weer dichter naar Rosa toe loopt begint hij toch te praten. 'We weten alles over die walgelijke plannen van Brigitta om een hotel in de gletsjer te bouwen, maar dat gaat niet gebeuren. Je kunt Helmut, Judith, mij of wie dan ook uitschakelen, maar jullie komen hier niet mee weg. Er is altijd weer iemand die het stokje overneemt om geldbeluste criminelen zoals jullie te stoppen, geef dat maar door aan Brigitta.'

'Ik heb niks te maken met Brigitta. Ze is slechts een pion in het grote plaatje. Ik werk voor mensen die veel machtiger zijn dan zij. De reden dat ik haar als een schaduw volg, is puur om haar in de gaten te houden, niet om naar haar pijpen te dansen of haar te beschermen. Ik bescherm alleen het project waar achter de schermen al heel veel in is geïnvesteerd door mijn bazen en daarvoor mag ik alle middelen inzetten die ik nodig denk te hebben.'

'Zoals de moord op mijn zus,' zeg ik woest. 'De poging tot moord op Helmut.'

'Helmut was een ongeluk. Daar heb ik niks mee te maken. Je zus daarentegen... Zij moest worden uitgeschakeld, net als die wet van haar. En dat is gelukt.'

'Daar zou ik maar niet te zeker van zijn.' Ik moet me inhouden om Wolf niet aan te vliegen. 'De race is nog niet gelopen, vriend,' bijt ik hem toe. 'Judiths partij stond achter haar en de wet die de gletsjers extra bescherming moet bieden voor de toekomst. Haar dossier wordt overgenomen door haar collega's en die zullen de stemming alsnog tot een goed einde brengen.'

Wolf kijkt me sceptisch aan. 'Tot een goed einde voor mijn bazen, ja. Ik heb alles onder controle.'

*Steffie!* De foto van haar en Brigitta verschijnt op mijn netvlies en alles wat Klaus me over haar heeft verteld schiet door mijn hoofd. Brigitta en de bazen van Wolf hebben Steffie omgekocht om alles te doen wat in haar macht ligt om de wet tegen te houden. De manier waarop Wolf zegt dat hij alles onder controle heeft bevestigt dit. Er gaat een schok door mijn buik als ik me realiseer dat Steffie misschien zelfs wel op de hoogte was van Wolfs plan om Judith uit te schakelen en dat ze van de zijlijn heeft toegekeken zonder in te grijpen. Het hele verhaal wordt steeds walgelijker. Ik wist door de dingen die Judith me verteld heeft dat politiek vies is, maar zo smerig? Wordt er echt over lijken gegaan? 'Wij zijn niet de enigen die weten van het gletsjerhotel. Als je ons iets aandoet, dan staan er weer anderen klaar om jullie tegen te houden,' bluf ik.

'Felix Otto bedoel je zeker? Het zwarte schaap van de familie Neuberg.'

'Heb jij Otto's huis gisteravond in de fik gestoken?'

'Wat?' reageert Klaus geschokt.

'Hij heeft een nacht in het ziekenhuis doorgebracht, maar hij is oké,' stel ik Klaus gerust. En dan weer tegen Wolf: 'Otto is niet bang voor jullie. Hij weet wat hem te doen staat om de gletsjer te redden.'

'Zo naïef, het is bijna schattig,' zegt Wolf lachend. 'Hij heeft jullie allemaal voor de gek gehouden. Otto heeft heel andere beweegredenen om de gletsjer ongeschonden te laten en daar heeft een hart voor de natuur niks mee te maken. De gletsjer maskeert iets wat Otto koste wat het kost verborgen wil houden. Het risico dat het aan de oppervlakte komt tijdens de graafwerkzaamheden voor het hotel is levensgroot.'

'Waar heb je het over?'

'Dat moet je Otto zelf maar vragen. Ik voel me niet geroepen om zijn geheimpjes te verklappen. Trouwens, de kans dat je Otto nog te spreken krijgt is... nul procent. Want jullie begrijpen wel dat jullie mijn bazen ontzettend in de weg lopen, dus dat probleem moet ik nog even oplossen.'

'Wat ben je van plan?' vraagt Klaus.

'Er verdwijnen wel vaker mensen spoorloos in dit gebied doordat ze in een gletsjerspleet vallen. De meesten worden jaren later of zelfs nooit gevonden. Er breken ook weleens stukken van gletsjers en bergen af waar mensen onder bedolven worden, ach, er zijn zoveel mogelijkheden voor ongelukken in dit gebied.'

Van de gedachte dat Sophia over een paar dagen een telefoontje krijgt dat ik vermist ben geraakt in dit gebied krijg ik koude rillingen. Of erger nog, dat ze geen contact meer met me krijgt, zelf op onderzoek uitgaat en zich net als ik stukloopt op Wolf. Wat moet er van Keesje worden als allebei zijn moeders er niet meer zijn? De gedachte aan mijn kleine mannetje breekt mijn hart en ik kan de tranen niet meer tegenhouden. Ik ga over op het enige wat ik nog kan verzinnen: smeken. 'Alsjeblieft, ik heb een zoontje, hij is pas drie jaar oud.'

'Dan zal hij zich al snel niet meer herinneren dat je ooit bestaan hebt. Het geheugen is op die jonge leeftijd nog heel selectief. Een kind wordt er niet slechter van als hij alleen door zijn vader wordt opgevoed. Kijk maar naar mij.'

*Niet slechter van? In- en inslecht en totaal verrot!* Ik houd me in. Want de aanname van Wolf dat Keesje wordt opgevoed door mij en een vader geeft aan dat hij weinig van me weet en dat hij Sophia al helemaal niet op zijn radar heeft. Dat stelt me enigszins gerust. Nu heb ik er spijt van dat ik hem heb verteld over Keesjes bestaan. Het is een aanknopingspunt waarin hij nu wellicht niet geïnteresseerd is, maar dat hij onmiddellijk zal gebruiken als Sophia zelf of met hulp van de autoriteiten naar me op zoek zal gaan. Kon ik haar op de een of andere manier maar bereiken. Ik heb maar heel even nodig om haar te vertellen dat ik van haar en Keesje houd en dat ze me voor haar eigen en Keesjes veiligheid niet moet gaan zoeken als ze geen contact meer met me kan krijgen. Dat ik dan naar alle waarschijnlijkheid dood ben. Vermoord door dezelfde man die ook mijn zus heeft gedood. Het enige wat ze in dat geval nog voor me kan doen is voor Keesje zorgen. Hem beschermen tegen het kwaad in de wereld en zorgen dat hij een mooie toekomst krijgt. Accepteren dat ik niet meer thuiskom en doorgaan met haar leven.

Maar eigenlijk wil ik nog helemaal niet zo denken. Wolf had ons al tien keer dood kunnen schieten, maar tot dusver staan we hier nog en weten we hem al een tijdje aan de praat te houden. Misschien is er op de een of andere manier toch nog een ontsnapping mogelijk. Het is alsof Wolf mijn gedachten kan lezen, want hij pakt wat tiewraps uit zijn jaszak en gooit ze naar Klaus toe. 'Geef haar er eentje.' Met een hoofdknikje in mijn richting geeft hij aan dat hij mij bedoelt. 'Bind zijn armen op zijn rug. Polsen aan elkaar. En aantrekken tot het in zijn huid snijdt, geen geintjes.'

Met trillende handen pak ik een tiewrap van Klaus aan en bind hem volgens Wolfs instructies vast. Klaus kreunt en vloekt als ik de tiewrap aantrek. Strak genoeg om Wolf geen argwaan te laten krijgen, maar los genoeg om in een onbewaakt ogenblik een poging te wagen om los te komen. Klaus kreunt demonstratief nogmaals en ik hoop dat Wolf gelooft dat ik hem pijn doe.

'En nu jij. Bind Maaikes armen op dezelfde manier vast,' commandeert hij Rosa. Ik pak een tiewrap van de grond en geef hem haar aan. Ze staart er glazig naar en daar blijft het tot Wolfs ongenoegen bij. 'Kom op, bejaarde, ik heb niet de hele dag de tijd.'

Ik draai me om naar Rosa, pak voorzichtig haar kin in mijn hand en dwing haar om me aan te kijken. 'Doe maar wat hij vraagt, lieverd, voordat hij echt boos wordt.'

'Ik ben zo bang,' jammert ze. 'Als ik dit van tevoren had geweten... Ik ben nog lang niet levensmoe.'

'Dat zijn Klaus en ik ook niet, Rosa. Daarom kunnen we het beste maar doen wat Wolf vraagt.' Ik draai mijn rug naar haar toe en vouw mijn handen achter mijn rug in elkaar om het haar zo makkelijk mogelijk te maken. Niet lang daarna voel ik de tiewrap straktrekken rond mijn polsen.

'Strakker!' blaft Wolf. Rosa reageert als door een wesp gestoken en mijn gekreun is echt – in tegenstelling tot dat van Klaus – als het harde plastic pijnlijk in mijn huid snijdt. Mijn polsen kunnen geen kant meer op en ik voel al een tinteling ontstaan in mijn handen, veroorzaakt door bloed dat niet meer vrij kan stromen. Ik vervloek Rosa dat ze me niet wat meer ruimte heeft gelaten. Als we nog een ontsnappingspoging willen doen, zullen we het van Klaus moeten hebben.

'Nu jij. Omdraaien,' blaft Wolf tegen Rosa. Ze krimpt in elkaar alsof elk woord gelijkstaat aan een klap en gaat met haar rug naar Wolf toe staan. Wolf stopt zijn pistool in zijn broeksband en ik kijk hoopvol naar Klaus. Ik wil in zijn ogen lezen dat hij mogelijkheden ziet, maar met een subtiele beweging van zijn hoofd laat hij me weten dat die er niet zijn. Teleurgesteld bijt ik op mijn lip terwijl Wolf Rosa's polsen samenbindt. Als hij klaar is, pakt hij iets uit de binnenzak van zijn jas. Ik doe mijn uiterste best, maar kan niet zien wat het is. Rosa staat nog steeds met haar rug naar hem toe en trilt over haar hele lijf. In een razendsnelle beweging slaat Wolf zijn linkerarm om haar nek en spuugt over zijn schouder iets uit. Het is een plastic huls die als bescherming dient voor een injectienaald. Op het moment dat ik me realiseer wat er staat te gebeuren, is het al te laat. Een naald verdwijnt in Rosa's nek en ze slaakt een geschrokken gil. Haar lichaam verslapt binnen enkele seconden. Alleen Wolfs arm om haar nek voorkomt dat ze hard ten val komt. Hij legt haar niet al te zacht neer op de vloer. Bezorgd kijk ik of ze nog ademt en Wolf maakt van dat moment gebruik om me te overmeesteren. Ik probeer me nog te verzetten, maar hij is veel te sterk. Ik voel een prik in mijn hals en op het moment dat ik mijn bewustzijn verlies, verdwijnt ook mijn hoop.

# 42

Ik word totaal gedesoriënteerd en met knallende hoofdpijn wakker. Om me heen is het vrijwel helemaal donker. Slechts een smal strookje licht komt ergens verderop vandaan. Mijn mond is zo droog dat mijn tong aan mijn gehemelte zit geplakt. Mijn armen zijn op mijn rug gebonden en mijn schouders doen ongelofelijk veel pijn door de ongemakkelijke houding. Scherpe, harde punten en randen van de intens koude ondergrond waar ik op lig, drukken pijnlijk in mijn rug. Ik probeer mijn benen te bewegen, maar mijn voeten zitten aan elkaar vast. Ik span mijn buikspieren tot het uiterste en probeer overeind te gaan zitten. Na een paar pogingen geef ik het op.

Ik probeer me te herinneren waar ik ben, waarom ik hier ben, maar in mijn hoofd zit een dichte mist die maar niet op wil trekken. Ergens naast me klinkt gekreun. Ik ben hier dus niet alleen. En dan valt me nog een geluid op. Er piept iets in het ritme van een secondewijzer op een klok. Het lijkt ergens achter me vandaan te komen. Ik strek mijn nek in allerlei onmogelijke bochten en dan zie ik het. Een klok met grote rode cijfers die aftelt. 38:34, 38:33, 38:32... In het rode schijnsel van de cijfers zie ik dat de klok is verbonden met een aantal staven. Dynamiet. De schok van die ontdekking maakt mijn hoofd in één klap helder en brengt alle herinneringen terug. 'Klaus! Rosa!' roep ik in paniek. 'We moeten hier weg! Over achtendertig minuten ontploft hier een bom!' Links van me hoor ik iemand in een soort trance gebeden prevelen. Het is Rosa, die het duidelijk al heeft opgegeven. 'Klaus!' gil ik. Hij is onze laatste hoop. Maar een zacht slaperig gekreun is het enige antwoord dat ik krijg.

Met mijn laatste kracht kom ik heel langzaam overeind om naar Klaus toe te komen. Ik schreeuw het uit van de pijn als ik op het nippertje kan voorkomen dat mijn schouders uit de kom schieten. Mijn huid scheur ik op verschillende plekken open aan scherpe rotsranden, maar ik laat me niet weerhouden. Vraag me niet hoe, maar het lukt me om bij Klaus te komen. Met mijn samengebonden voeten trap ik tegen hem aan terwijl ik onophoudelijk zijn naam schreeuw. De klok staat op eenendertig minuten. 'Klaus! Wakker worden! Er ligt hier een bom!' Ik zet mezelf weer af, net zo lang tot ik bij zijn gezicht ben. 'Klaus!' gil ik. Het lijkt eindeloos te duren, maar dan maakt hij een geluid dat het midden houdt tussen een kreun en een schreeuw en er gaat een schok door zijn lijf.

'Huh? Waar ben ik?' vraagt hij uiteindelijk met schorre stem.

'Ik denk dat we ergens in een grot zijn.'

'Wolf.'

'Er ligt hier dynamiet in de grot met een timer die nog maar drieëntwintig minuten aangeeft. We moeten heel snel wegwezen voordat de boel ontploft met ons erbij. Je moet proberen om je handen te bevrijden zodat je jezelf en ons in veiligheid kunt brengen. De tiewraps van mij en Rosa zitten te strak.'

'Ik moet op mijn zij zien te komen.'

Klaus begint naast me te bewegen, maar hoe hij ook worstelt, het lukt hem niet om zich te draaien. Steeds als hij er bijna is, zakt hij weer terug.

'Wacht, laat me je helpen. Als jij je zo ver mogelijk draait, dan probeer ik je een laatste zet te geven met mijn voeten.' Ik schuif mezelf in de juiste positie. Nog vijftien minuten voordat het te laat is. Ik tel af. 'Drie, twee, een, ja!' Het lukt Klaus om iets met zijn rug van de grond te komen en een stukje te draaien. Ik zet mijn voeten tegen zijn ribben en duw uit alle macht. Ondanks de kou breekt het zweet me uit. Mijn rechteroog begint te branden als er een zoute druppel in loopt. Klaus en ik slaken tegelijkertijd een oerkreet. Een laatste uiterste krachtsinspanning en hij ligt op zijn zij. 'Nog twaalf minuten!'

'Ik heb geen gevoel in mijn handen en polsen! Ik voel niet wat ik doe!' De paniek klinkt nu ook door in Klaus' stem. Ik weet mezelf zo te verplaatsen dat ik met mijn mond bij Klaus' handen kom. 'Ik ga proberen dat ding door te bijten.' Met mijn mond tast ik zijn handen af totdat ik de tiewrap tegen mijn lippen voel. Onmiddellijk zet ik mijn tanden in het harde plastic en begin te trekken en te knagen. De tiewrap verschuift een stukje en dat schept meer ruimte voor Klaus' polsen, maar het is bij lange na niet genoeg. Nog acht minuten en drieëntwintig seconden... Het piepen van de tijdklok is meedogenloos en bij elke piep verlies ik een stukje hoop. 'Ik krijg het niet voor elkaar,' huil ik uiteindelijk verslagen. 'Ik krijg het verdomme niet voor elkaar.' *Piep, piep, piep...*

# 43

'Maaike! Ben je hier?' Tegelijk met Otto's stem dringt er een lichtstraal de grot binnen.

'Otto! Help! Over een paar minuten ontploft de boel hier!' De lichtstraal schampt de wanden van de rots en blijft ergens achterin hangen. 'Shit,' hoor ik Otto zeggen. Hij rent als een kamikazepiloot langs me heen en pakt zonder na te denken de klok met dynamiet op. Met de gevaarlijke lading in zijn handen rent hij de grot uit en laat ons weer in het donker achter. Het gaat allemaal zo snel dat ik me nauwelijks realiseer wat er gebeurt. Langzaam begint tot me door te dringen dat het piepgeluid is verdwenen en dat het acute gevaar misschien is geweken. Voor mij, Klaus en Rosa dan. Otto loopt daar ergens buiten met een bom rond die elk moment kan ontploffen. Het is maar de vraag of hij zichzelf op tijd in veiligheid kan brengen en wat de impact is van de aanstaande explosie op de rots waar we in liggen. Zal hij instorten en ons alsnog bedelven onder het puin?

Tijd om daar lang over na te denken krijg ik niet. Er klinkt een enorme knal en de schokgolf dreunt duidelijk voelbaar door de grond en de wanden van de rots. Stukken steen ter grootte van tennisballen regenen naar beneden en klappen naast en op ons neer. Wonderbaarlijk genoeg is er niet eentje dat mijn hoofd raakt en ik doe schietgebedjes dat Klaus en Rosa ook zoveel geluk hebben. Als het gerommel en de stenenregen eindelijk stoppen, durf ik voorzichtig om me heen te kijken. Het strookje buitenlicht dat eerder nog te zien was, is verdwenen. 'Zijn jullie oké?' vraag ik aan Klaus en Rosa. Klaus antwoordt meteen bevestigend. In de hoek waar Rosa ongeveer moet liggen blijft het stil. 'Rosa?' roep ik angstig haar naam.

'Ik moet nog even bijkomen,' zegt ze met een dun, trillend stemmetje.

'Godzijdank,' verzucht ik opgelucht.

'Otto heeft ons leven gered,' mompelt Klaus.

'Ik heb je toch gezegd dat hij te vertrouwen is,' antwoord ik zachtjes. 'Denk je dat hij de explosie heeft overleefd?'

'Geen idee, het was nogal een klap. We weten niet hoe ver hij van het dynamiet af was toen de ontploffing plaatsvond. Het baart me eerlijk gezegd zorgen dat we nog geen teken van leven van hem hebben gekregen.'

'Hij was bereid om zijn leven voor ons te geven. Hoe bijzonder is dat?'

'Een heldendaad die niet veel mensen hem nadoen. Ik kan niet anders zeggen,' beaamt Klaus.

'Is het jou ook opgevallen dat er helemaal geen licht meer van buiten komt?'

'Ja. Dat streepje dat eerst nog te zien was is verdwenen. Ik vrees dat de ingang van de rots is ingestort.'

Ik slik hoorbaar als ik besef dat we hier zonder hulp nooit wegkomen. Als Otto de explosie niet heeft overleefd zijn onze kansen alsnog verkeken. Hoe donker het hier ook is, we kijken de dood weer in de ogen.

# 44

'Zijn jullie oké daarbinnen?' Otto's schorre stem klinkt zo ver weg dat ik me afvraag of ik me die niet inbeeld. 'Maaike, Klaus, Rosa?'

'Otto!' schreeuw ik zo hard als ik kan, terwijl de tranen over mijn wangen stromen. Hij leeft!

'Kun je bij ons komen?' brult Klaus.

'De ingang van de rots is ingestort,' bevestigt Otto ons eerdere vermoeden. 'Het lukt me niet in mijn eentje om het puin voor de ingang weg te krijgen. De brokken zijn te groot en te zwaar, maar er is hulp onderweg. Nog even volhouden. Het komt allemaal goed.'

'Ben je gewond?' schreeuw ik.

'Het valt mee. De reddingsploeg is hier naar verwachting binnen een halfuur. Ze zijn in elk geval met twee helikopters.'

'Pas op, die pitbull van Brigitta heeft dit gedaan en kan hier nog ergens in de buurt rondlopen.'

'Op dit moment is er geen spoor van hem, maar de politie kijkt al naar hem uit. Hij heeft inmiddels iets te veel op zijn kerfstok om te negeren.' Die laatste woorden van Otto zijn nauwelijks hoorbaar doordat zijn stem het begeeft.

'We praten straks wel verder,' roept Klaus nu. Ik sluit mijn ogen en kom algauw tot een conclusie: een halfuur zonder dynamietstaven en een tijdklok duurt een stuk langer dan met. Het lijkt een eeuwigheid te duren voordat het geluid van rotorbladen doordringt in de grot en nogmaals een eeuwigheid voordat er samen met een strook licht een reddingsteam binnenkomt in onze gevangenis van steen. Stevige handen bevrijden mijn handen en voeten en doen een globaal lichamelijk onderzoek voordat ik op een brancard word gehesen en word ingepakt in warmtedekens. Klaus en Rosa ondergaan hetzelfde lot en een voor een worden we naar buiten gedragen, ik als laatste. Otto's gezicht verschijnt boven de brancard en de hulpverleners houden even in als ik mijn hand uitsteek. Otto pakt hem voorzichtig vast en ik zie dat zijn handen dik zijn ingezwachteld. De verwondingen die hij heeft opgelopen bij de brand in zijn huis zijn blijkbaar erger dan hij aan de telefoon deed voorkomen. 'Je bloedt!' wijs ik naar een lelijke snee in zijn wang.

'O, dat is niks. Geraakt door wat rondslingerende ijsbrokken die vrijkwamen bij de explosie. Ik heb het dynamiet in een gletsjerspleet gegooid en ik was net niet snel genoeg om volledig uit de vuurlinie te komen.'

'Hoe wist je waar we waren?' vraag ik.

'Vriendentracker op mijn telefoon. Ik was bloedchagrijnig dat je op pad was gegaan zonder mij en wilde weten waar je uithing. Toen ik uiteindelijk bij die grot kwam waar Wolf jullie naartoe had gebracht, wist ik meteen dat het mis was.'

'We gaan u naar een ziekenhuis brengen, mevrouw, anders wordt u te koud,' zegt de hulpverlener die het hoofdeinde van mijn brancard vasthoudt. 'Misschien moet u ook even meevliegen om naar die wond op uw gezicht te laten kijken,' adviseert hij Otto. 'Hij is vrij diep, dus wellicht moet er wat gehecht worden.'

'Dank voor het aanbod, maar ik blijf hier om de politie op te vangen zodat ze hun onderzoek meteen kunnen starten. Daarna zal ik naar mijn wond laten kijken.'

De hulpverlener knikt.

'Dank je wel, Otto,' prevel ik als de brancard weer in beweging komt. 'Je hebt ons leven gered.'

'Ach, ik moest mijn karma in balans brengen en dit was een mooie gelegenheid,' zegt hij met een knipoog. 'Ik zie je later.'

'Zeker weten.' Ik word in de helikopter geïnstalleerd en als we stabiel in de lucht hangen, sluit ik uitgeput mijn ogen.

# 45

Ik zit met Otto in mijn appartement aan een uitgebreid verlaat ontbijt. Na het telefoontje van Mila Wagner dat de politie Wolf en Brigitta heeft opgepakt, smaakt het me een stuk beter. Mila's toevoeging dat die arrestaties wat haar betreft al een flinke tijd eerder hadden moeten plaatsvinden, maakt voor mij duidelijk dat de politie inderdaad door de machtige Brigitta onder de duim werd gehouden en dat Mila dit zeker niet vanuit eigen beweegredenen deed. Maar gelukkig zijn er dan toch nog grenzen en wordt moord niet door de vingers gezien. Otto heeft de nacht doorgebracht in mijn appartement en me vanochtend vroeg uit het ziekenhuis opgehaald. Een grote hechtpleister bedekt zijn wang en het is duidelijk te merken dat eten pijn doet. Hij merkt dat ik hem observeer.

'Wat?' vraagt hij.

'Ik weet gewoon niet hoe ik je moet bedanken voor wat je hebt gedaan.'

'Allemaal eigenbelang, joh. Iets met een straatje schoonvegen,' zegt hij nonchalant.

'Vlak voor ik de helikopter in ging, zei je ook al iets over je karma. Ik begin bijna te denken dat je heel wat hebt recht te zetten.' Ik laat een stilte vallen die hem ruimte laat voor uitleg. In eerste instantie gaat hij daar tot mijn teleurstelling niet op in, maar uiteindelijk neemt hij toch aarzelend het woord.

'Ik heb hier nog nooit met iemand over gepraat en ik weet ook niet of het verstandig is om er met jou over te praten. Het legt mijn lot in jouw handen.'

Ik kijk hem vragend aan.

'Het is aan jou wat je met de informatie doet die ik je ga geven. Of informatie, eigenlijk is het meer een bekentenis van iets wat al ruim de helft van mijn leven op me drukt.'

'Weet je zeker dat je het wilt vertellen dan?'

'Ja, ik denk dat de tijd rijp is om mijn hart te luchten bij iemand die ik graag mag en vertrouw.'

'Oké, brand maar los dan.'

'Kun je je die avond nog herinneren dat ik ruziemaakte met Brigitta voor dat restaurant en dat ze zei dat ik iets op mijn kerfstok had?'

Ik knik.

'Ze doelde op een geheim waar alleen zij en ik van af weten. Je weet dat mijn vader al heel lang wordt vermist en dat niemand weet wat er met hem gebeurd is. Dat laatste is niet helemaal waar. Brigitta en ik weten wat er gebeurd is en we hebben dat nooit aan iemand verteld. Mijn vader is dood en dat is mijn schuld.'

Hij laat even een stilte vallen zodat ik de impact van zijn woorden op me in kan laten werken. 'Wil je nou zeggen dat je hem hebt vermoord?' stamel ik.

'Ik heb hem niet vermoord, maar ik heb ook niks gedaan om hem te redden.'

'Sorry, maar dat moet je uitleggen.'

'Om te begrijpen wat er gebeurd is, moet ik je eerst wat meer vertellen over mijn jeugd en het gezin waarin ik opgroeide. Mijn vader kwam op de buitenwereld over als een bescheiden, vriendelijke man. Hij was de gedroomde opvolger voor het Neuberg-imperium en zijn reputatie was smetteloos. Iedereen mocht hem graag, maar ik haatte hem.

Als de voordeur dicht was en de gordijnen gesloten, dan veranderde hij in een ware tiran. Hij was uiterst gewelddadig naar mij en mijn moeder. Er waren weken bij dat mijn moeder zich niet buiten de deur kon vertonen omdat ze eerst moest genezen van haar verwondingen. De mishandelingen waren niet alleen fysiek, ook mentaal maakte hij vooral mijn moeder helemaal kapot door haar dag in, dag uit tot op het bot te kleineren. Mij pushte hij altijd tot het uiterste. Hij schiep er groot genoegen in om wedstrijdjes met me te houden. Me keer op keer te verslaan en me dan in te peperen dat ik niets waard was, dat het nooit wat met me zou worden. Hij verzon elke keer weer een nieuwe challenge en in de loop van de jaren werden ze steeds gevaarlijker. Hij liet me nooit met rust. Mijn moeder en ik leefden in continue angst.'

'Maar was er dan niemand met wie je kon praten of aan wie je kon vertellen wat jij en je moeder allemaal moesten doorstaan?'

'Er was maar één iemand die me geloofde en dat was mijn tante Brigitta. Ze was twee jaar jonger dan mijn vader en was haar hele jeugd door hem geterroriseerd. Mijn opa had een blinde vlek waar het mijn vader betrof en deed zijn gewelddadige pesterijen naar haar af als onschuldige spielerei en kwajongensgedrag.'

'Maar je oma dan?'

'Mijn oma was mentaal niet zo sterk. Ze was manisch-depressief en had nauwelijks oog voor haar gezin. Tijdens haar ups was ze niet bepaald toerekeningsvatbaar en tijdens haar downs sloot ze zich met de gordijnen dicht op in haar slaapkamer en liet ze zich soms weken niet zien. Ik wil verder niet al te veel op de details ingaan, maar dat was de wereld waarin ik leefde.'

'Wat afschuwelijk voor je.'

'Ja, dat was het. Maar een paar weken voordat mijn vader "verdween", veranderde er iets. Hij verloor zijn interesse in mij en mijn moeder en liet ons volledig met rust. Hij trok zich veel terug in zijn werkkamer en als hij daaruit kwam, stuiterde hij door het huis en was hij duidelijk ergens opgetogen over. Mijn moeder was allang blij dat ze even niet in elkaar werd gebeukt, maar ik vertrouwde het niet. Toen mijn vader op een dag een lunchafspraak met mijn opa had, spijbelde ik van school en doorzocht ik zijn werkkamer op zoek naar aanwijzingen voor zijn rare gedrag. Ik hoefde niet lang te zoeken. Open en bloot op zijn bureau lag een keurig ingebonden conceptprojectplan voor een nieuw te bouwen hotel. Maar niet zomaar een hotel. Mijn vader wilde het eerste hotel bouwen dat zich in en onder een gletsjer bevond en daarmee wereldwijd faam vergaren voor zichzelf en het Neuberg-imperium.'

Ik kijk Otto met grote ogen aan en slik. Het gletsjerhotel is dus oorspronkelijk niet het idee van Brigitta. Ze heeft het op de een of andere manier gejat van haar broer. Ik heb Otto op verzoek van Klaus nog niets verteld over het gletsjerhotel dat zij wil bouwen. Hij wil het hem vanmiddag zelf vertellen nu Otto meer dan bewezen heeft dat hij te vertrouwen is. Maar nu ik dit weet, vind ik het heel lastig om mijn mond te houden. Ik besluit om Otto eerst verder te laten vertellen en daarna te besluiten of ik hem wel of niet inlicht over Brigitta's plannen. Otto zit zo in zijn verhaal dat hij toch wel doorpraat.

'Mijn vader had altijd al een ongezonde fascinatie voor de gletsjer. Volgens planning zou hij het stokje van het Neuberg-imperium van mijn opa overnemen op zijn veertigste verjaardag. Dat zou binnen een jaar zijn vanaf het moment dat ik dat plan op zijn bureau vond. Toen ik tante Brigitta een paar dagen later sprak vroeg ze of ik wist waarom mijn vader zo vrolijk was. Ik heb haar vervolgens over zijn plannen verteld. Ze beloofde me haar mond te houden en bedankte me dat ik haar op de hoogte had gebracht. In de week erna begon mijn vader weer in zijn oude gedrag te vervallen. Hij deelde hier en daar weer eens een tik uit aan mijn moeder en hij verzon weer een nieuwe challenge voor mij. We zouden samen de Zugspitze beklimmen en hij daagde me uit om als eerste boven te zijn. Op de dag dat we zouden gaan klimmen was het extreem slecht weer en levensgevaarlijk om op pad te gaan. Mijn moeder smeekte hem om een andere dag uit te kiezen, maar hij sloeg haar tegen de muur en sleurde mij met zich mee. Het brak mijn hart om mijn moeder in die staat achter te laten, ze bloedde en had zoveel pijn, maar ik had geen keus. Ik denk niet dat de haat voor mijn vader ooit groter is geweest dan op dat moment.'

Otto staart langs me heen en ik vraag me af wat hij ziet. Hij gaat volledig op in zijn herinneringen en er lopen tranen over zijn wangen. Hij is weer die kleine jongen van toen en het liefste zou ik hem troosten. Maar hem nu aanraken is het slechtste wat ik kan doen. Het zou hem volledig uit zijn verhaal halen en hem misschien wel op slot laten gaan.

'We gingen op pad en de wind trok steeds verder aan. De lucht was grauw en zwaar van de sneeuw. Het was zo koud. Ik smeekte mijn vader om me naar huis te brengen, maar hij trapte me vooruit en schreeuwde: "Je bent toch geen watje! Jij en ik gaan die gletsjer trotseren!" Hij leidde ons naar de zijkant van de gletsjer, een gevaarlijk stuk dat bekendstaat om zijn vele spleten, en dwong me om mijn klimuitrusting aan te trekken. Hij trok de zijne ook aan, maar liet na om te checken of alles goed gezekerd was. Hij was zo overmoedig. Hij telde af en we begonnen te klimmen. Ik deed niet eens mijn best om in zijn spoor te blijven. Ik was doodsbang om in een spleet te vallen en koos mijn route zorgvuldig. De afstand tussen mij en mijn vader werd steeds groter en hij was woedend toen hij dat zag. Hij schreeuwde en zwaaide zo wild met zijn arm dat hij uit balans raakte. Zijn voet schoot weg en hij begon te vallen. Zijn klimtuig had zijn val moeten stoppen, maar dat gebeurde niet. Blijkbaar was hij niet goed gezekerd en was er iets losgeschoten. Het leek erop dat een dik pak sneeuw zijn val zou breken, maar hij viel erdoorheen. Er zat een spleet onder. Op de een of andere manier wist hij zich vast te klampen aan een uitstekende rand en voorkwam daarmee dat hij verder de diepte in viel. Zo snel als ik kon klom ik naar beneden en hij commandeerde me om hem te helpen. Het lukte hem niet om zelf uit de spleet te klimmen. Ik staarde hem aan en kon me niet bewegen.

Mijn vaders gevloek en getier ging over in smeken. Voor het eerst in mijn leven zag ik hem kwetsbaar en dat voelde zo goed. En toen verscheen het beeld van mijn gewonde moeder op mijn netvlies. Tot nu toe had ik haar niet kunnen helpen omdat ik niet tegen mijn vader op kon, maar nu waren de rollen omgedraaid. Ik besefte dat ik maar één kans had en besloot mijn moeder te redden door mijn vader aan zijn lot over te laten. Want de dag dat hij haar zo hard zou slaan dat ze nooit meer op zou staan kwam steeds dichterbij. In plaats van mijn hand uit te steken en mijn vader te helpen zette ik een paar stappen bij hem vandaan. Ik ben blijven staan totdat hij zijn houvast kwijtraakte en de diepte in viel. Toen heb ik me omgedraaid en ben ik naar huis gegaan.

Ik heb mijn moeder verteld dat mijn vader per se wilde doorklimmen, maar mij toestemming had gegeven om bij haar te gaan kijken. Ik zag dat ze me niet geloofde maar ze liet het erbij. Die dag kwam mijn vader niet thuis. De dag erna ook niet. Op de derde dag hebben we hem als vermist opgegeven. De zoektochten leverden tot mijn opluchting niets op en ik dacht dat mijn moeder en ik eindelijk aan een nieuw leven konden beginnen. Zonder tirannie, zonder angst. Behalve ik wist immers niemand wat er echt met mijn vader was gebeurd. Maar dat bleek anders te zitten. Toen de zoektochten gestaakt waren, stond tante Brigitta ineens op de stoep. Ik was alleen thuis en liet haar binnen. We dronken thee en praatten in eerste instantie over koetjes en kalfjes. Ineens veranderde de blik in haar ogen en zei ze dat ze wist wat er met mijn vader was gebeurd. Dat ze ons gevolgd was op de dag dat hij me meenam naar de gletsjer en alles had gezien. Ze beschuldigde me van moord en zei dat er maar één manier was om te voorkomen dat ze naar de politie zou gaan. Ik moest haar het plan voor het gletsjerhotel van mijn vader geven en als opa me ooit zou vragen of ik het Neuberg-imperium wilde leiden, dan moest ik weigeren zodat zij de leiding zou krijgen. Ik was werkelijk in shock. Tante Brigitta was mijn enige vertrouweling en vanuit het niets spande ze me voor haar karretje om de macht naar zich toe te trekken. We spraken af dat zij niets zou doen met de plannen voor het gletsjerhotel omdat de kans dat het lichaam van mijn vader gevonden zou worden groot was en dat mogelijk alsnog vragen zou oproepen. Ze beweerde dat ze het paradepaardje van mijn vader slechts wilde gebruiken ter inspiratie voor haar eigen ideeen. Wat kon ik anders dan haar het projectplan geven?'

'Dus de natuur is niet de enige reden dat je de gletsjer wilt beschermen,' concludeer ik na ademloos geluisterd te hebben zachtjes, terwijl ik bedenk dat Klaus toch gelijk had wat betreft Otto's dubbele agenda.

Otto knikt bevestigend. 'Er speelt ook eigenbelang mee.

Sommige geheimen van de gletsjer kunnen maar beter niet aan de oppervlakte komen. Totdat mijn opa het stokje aan Brigitta overdroeg bleef ze me regelmatig herinneren aan de macht die ze over me had. Daarna werd het rustiger en lag haar focus niet langer op mij. Ik moet het haar nageven, ze heeft zich aan haar woord gehouden en nooit iets met de plannen voor het gletsjerhotel gedaan.'

En dan kan ik niet langer mijn mond houden. Het zou niet eerlijk zijn naar Otto die zich vol vertrouwen extreem kwetsbaar naar mij heeft opgesteld door zijn allergrootste geheim te delen. 'Ik vrees dat dat niet helemaal waar is, Otto. De spectaculaire informatie die Helmut samen met Klaus heeft gevonden gaat over Brigitta's plannen voor de bouw van een gletsjerhotel. Klaus had het je vanmiddag zelf willen vertellen, maar ik kan dit niet verzwijgen na alles wat jij me net hebt verteld.'

Otto wordt lijkbleek en even ben ik bang dat hij ter plekke flauwvalt. Hij staat op en leunt met zijn handen op tafel. 'Waarom heeft Brigitta na al die jaren alsnog dat plan voor een gletsjerhotel uit de kast getrokken? Waarom heeft ze haar belofte om er niets mee te doen alsnog gebroken? Ik begrijp het niet.' De paniek in zijn ogen verandert in woede. 'Hoe lang weet je dit al?'

'Nog niet zo lang.'

'Waarom heb je niks tegen me gezegd?'

'Omdat de juiste gelegenheid zich nog niet voor heeft gedaan en omdat ik een afspraak met Klaus had.'

'Ik dacht dat ik je kon vertrouwen, maar jij bent net als die anderen. Dat zelfs jij me een mes in mijn rug zou steken...'

'Ik ben ook te vertrouwen, Otto. Er speelden alleen heel veel dingen door elkaar en ik moest eerst voor mezelf uitmaken hoe alles precies zat en wie ik kon vertrouwen. Ik heb nogal wat op mijn bordje gekregen sinds ik hier ben. Ga alsjeblieft weer zitten en laat me vertellen hoe de zaken er op dit moment voor staan met het hotel.'

Zijn nieuwsgierigheid wint het van zijn woede en teleurstelling en hij zakt weer neer op zijn stoel. 'Vertel op.'

'Helmut heeft met behulp van Rosa's dochter, die ethisch hacker is, uitgevonden dat Brigitta grote geldbedragen heeft gestort naar een lokale ambtenaar die gaat over het verstrekken van bouwvergunningen. Op dat moment was wel duidelijk dat er iets gebouwd ging worden, maar nog niet wat. In openbare stukken was er niks over te vinden. Klaus infiltreerde op verzoek van Helmut in Brigitta's organisatie als haar privéchauffeur om te achterhalen wat ze precies van plan was. Vlak daarna kreeg Helmut zijn ongeluk. Klaus gelooft net als jij dat Brigitta Wolf de opdracht heeft gegeven om Helmut het zwijgen op te leggen en was er nog meer op gebrand om uit te vinden wat er precies aan de hand was. Hij ontdekte dat Brigitta door politiek gekonkel en het omkopen van ambtenaren alle vergunningen voor het hotel al rond had. Het enige wat haar nog kon stoppen was Judiths wet waarin speciale bescherming voor Europese gletsjers was opgenomen. Als Judith die wet erdoor zou krijgen, dan was het alsnog einde oefening voor Brigitta's gletsjerhotel. Daarom moest Judith ook uitgeschakeld worden.'

'Wat een ongelofelijke puinhoop.' Otto verbergt zijn hoofd in zijn handen en wrijft daarna hard in zijn ogen. 'We moeten dit aan Steffanie vertellen. Zij is in de positie om die wet er alsnog door te krijgen. Dat is wel het minste wat ze voor Judith kan doen. Je moet haar nu meteen bellen.'

Ik pak mijn telefoon, maar niet om te bellen. Ik laat hem de foto zien en licht hem toe. 'Ik ben er inmiddels ook achter wie deze vrouw is die met Brigitta in gesprek is. Het is Steffanie, Steffie voor intimi... Klaus was erbij toen ze elkaar in het geheim ontmoetten in Innsbruck. Hij vermoedt dat Steffie ook is omgekocht door Brigitta en dat ze er alles aan zal doen om de wet te laten sneuvelen.'

Otto vloekt hartgrondig als hij onze laatste strohalm door zijn vingers ziet glippen. We schrikken allebei op als mijn telefoon gaat. Het is Klaus. Hij neemt niet eens de tijd om me te begroeten maar begint meteen opgewonden te ratelen. 'Oké, we komen er meteen aan,' zeg ik als hij zijn verhaal heeft gedaan.

'Wat?' vraagt Otto.

'Dat was Klaus. Helmut is zojuist ontwaakt uit zijn coma.'

# 46

Samen met Otto zit ik op Klaus te wachten in het ziekenhuisrestaurant. Hij is op dit moment bij Helmut. Na een hoop gesteggel met Helmuts artsen hebben we het voor elkaar gekregen dat een van ons kort naar Helmut toe mocht. Otto roert al een tijdje zenuwachtig in zijn koffie zonder een slok te drinken. Als hij zich opmaakt voor het volgende rondje met zijn roerstaafje, pak ik zijn hand. 'Je koffie wordt koud.'

'Nu niet meer.' Hij pakt het kopje en klokt de koffie in een paar slokken achterover. Daarna begint hij zenuwachtig met zijn vingers op tafel te trommelen. Ik rol met mijn ogen.

'Ja, sorry hoor, maar ik hou het gewoon bijna niet meer. Zal ik toch even mijn neus om het hoekje van Helmuts deur steken?'

'Beter van niet. Klaus kan elk moment terug zijn. Hij kreeg maar vijf minuten en die zijn nu wel om.'

'Vijf minuten worden makkelijk tien minuten,' moppert Otto.

'Daar ben ik niet zo bang voor. Die arts was zo streng dat hij Klaus waarschijnlijk na exact vijf minuten die kamer uit sleurt.'

'Als dat zo zou zijn, dan was hij nu al hier.'

'Nou, wat zei ik je,' zeg ik terwijl ik naar Klaus wijs, die het restaurant binnen komt lopen. Otto geeft hem amper de tijd om een stoel te pakken en bij ons te komen zitten. 'Hoe was het met hem? Kan hij zich nog herinneren wat er is gebeurd?'

'Hij is nog zwak en had moeite met praten, maar de artsen denken dat hij uiteindelijk na een lange revalidatie weer de oude kan worden. Tijd, geduld en doorzettingsvermogen zijn daarvoor de belangrijkste ingrediënten.'

'En zijn geheugen?'

'Dat is nog intact.'

'Was het Wolf? Heeft Wolf geprobeerd hem te vermoorden?'

Klaus schudt zijn hoofd. 'Het was echt een ongeluk. Hij vertelde me dat het offpiste stuk waar hij op skiede steeds slechter werd en vol met ijshobbels zat die verborgen zaten onder een laagje poedersneeuw. Over de meeste wist hij goed heen te komen, maar er was een hobbel die hem volledig uit balans bracht en toen ging het mis. Hij werd gelanceerd en kwam met zijn hoofd ongelukkig terecht tegen een rotspunt. Het eerste wat hij zich daarna kan herinneren was dat hij wakker werd in het ziekenhuis. Hij schrok zich kapot toen de artsen hem vertelden dat hij een paar maanden weg is geweest.'

'Gewoon een ongeluk,' brengt Otto uit. 'Dat had ik echt niet gedacht.'

'Ik ook niet,' beaamt Klaus.

'Heb je hem verteld wat er in die tijd allemaal gebeurd is?' vraagt Otto.

'Daar was niet genoeg tijd voor. Ik kon nog net in zijn oor fluisteren dat Brigitta is opgepakt voordat ik de kamer uitgeschopt werd door een strenge verpleegkundige. Het hele verhaal krijgt hij later wel te horen. Hij viel in elk geval met een glimlach op zijn gezicht in slaap.'

'Ik denk dat we ons niet moeten blindstaren op het feit

dat Brigitta is opgepakt,' waarschuw ik. 'Ze heeft vast wel weer ergens een slimme advocaat die haar op een dag vrij weet te krijgen. En als die dag komt, moeten we zorgen dat ze haar hotelplannen niet alsnog door kan zetten.'

'Of dat er andere Brigitta's opstaan, want dat risico is er ook,' beaamt Klaus.

'Er is maar één manier om daar voorgoed een einde aan te maken en dat is door ervoor te zorgen dat Judiths wet er alsnog doorkomt,' opper ik. 'De vraag is alleen hoe we dat gaan doen nu we weten dat Steffanie corrupt is en haar partijgenoten ervan zal proberen te overtuigen om tegen te stemmen.'

'Ik heb daar wel ideeën over,' zegt Klaus. Hij wenkt mij en Otto dat we dichterbij moeten komen en dan doet hij zijn plan uit de doeken.

# 47

'Maak het jezelf gemakkelijk,' zeg ik tegen Klaus en Otto. We zijn net samen aangekomen bij mijn appartement nadat we Rosa en haar dochter hebben uitgezwaaid en een bliksembezoekje hebben gebracht aan Helmut. Rosa is door de artsen inmiddels sterk genoeg bevonden om overgeplaatst te worden naar een ziekenhuis in Innsbruck. Ook Helmut gaat goed vooruit. Toen we hem vertelden van Klaus' plan verscheen er een strijdlustige twinkel in zijn ogen. 'Het is de gok waard. Als het werkt, dan winnen we alsnog.' En nu zijn we in mijn appartement en wachten we gespannen op een telefoontje dat de boel aan het rollen moet brengen.

Om de tijd te doden zet ik een grote pot koffie en als we alle drie met een dampende mok voor onze neus aan de eettafel zitten gaat eindelijk mijn telefoon. Ik knik bevestigend als Klaus en Otto me vragend aankijken terwijl ik tegen de beller zeg: 'Kom maar naar boven. Het is het eerste appartement links op de eerste verdieping.' Ik verbreek de verbinding, trek de deur open en wacht mijn gast leunend tegen de deuropening op. 'Steffanie,' zeg ik afgemeten als de vrouw die mijn zus heeft verraden aan komt lopen. Ze ziet er slecht uit. De wallen onder haar ogen zijn te donker om ze met make-up te verbloemen, rimpels lopen in dikke groeven over haar voorhoofd en haar huid heeft een onnatuurlijk grauwe kleur. De trap naar boven heeft haar duidelijk de adem benomen en de rokerige hoest die ze tevergeefs probeert te onderdrukken klinkt bijzonder ongezond.

Steffanie steekt haar hand uit, maar ik weiger hem te pakken en draai mijn rug naar haar toe. Ze volgt me het appartement in en als ik de deur met een klap dichtsla, springt ze geschrokken op. 'Slecht geweten?' vraag ik haar terwijl ik met mijn rug tegen de deur ga staan om te voorkomen dat ze er meteen weer vandoor gaat. Uit de angstige blikken die ze naar de deur werpt maak ik op dat ze dat serieus overweegt. Klaus en Otto staan allebei op uit hun stoel en Steffanie zet automatisch een stap achteruit. Het is bijna niet te geloven dat deze angstige vrouw de reputatie van een leeuw heeft in de politieke wereld. 'We hebben een voorstel voor je,' val ik met de deur in huis. 'Als ik jou was zou ik het met beide handen aannemen. Het is een eenmalig aanbod en er valt niet over te onderhandelen.'

'Dat klinkt niet per se als een voorstel.' Steffanie lijkt bekomen van de eerste schrik en wordt meteen bijdehand. 'Wat willen jullie van me?'

'Jij gaat er persoonlijk voor zorgen dat Judiths wet alsnog wordt aangenomen.'

Steffanie stoot een hoog lachje uit. 'En waarom zou ik dat doen?'

'Omdat we anders naar buiten brengen dat je zo corrupt bent als de pest en dat betekent het einde van je politieke carrière. Is dat reden genoeg om te doen wat we vragen?' vraag ik haar uitdagend.

'Het is reden genoeg om jullie aan te klagen voor laster en smaad en dat ga ik dik winnen.' Voor iemand die honderd procent zeker weten bluft, komt Steffanie verdomd zeker over. Ze heeft haar politieke pokerface weer helemaal hervonden.

'We weten dat Brigitta Neuberg je heeft omgekocht om te

lobbyen tegen Judiths conceptwet zodat haar gletsjerhotel niet in gevaar komt,' gooi ik er dan nog maar een schepje bovenop. Nu ik het gletsjerhotel ter sprake breng, schrikt Steffanie zichtbaar. De zekere blik in haar ogen wordt ingewisseld voor een waakzame.

'Wat weten jullie van het gletsjerhotel?' kan ze niet nalaten te vragen.

'We weten alles. De enige mogelijkheid om de bouw nog tegen te houden is Judiths wet.'

'Helaas moet ik jullie teleurstellen. Ik heb geen steekpenningen aangenomen van Brigitta. Sterker nog, dat heb ik geweigerd.'

Ik pak mijn telefoon en duw haar de foto onder haar neus waar ze samen met Brigitta op staat. 'En hoe verklaar je dit dan?'

'Nou, met wat ik net al zei. Ik weet niet wie deze foto heeft genomen, maar wel waar hij is genomen. Dit is in Innsbruck en tijdens dit gesprek probeerde Brigitta me inderdaad om te kopen, maar ik ben daar niet op ingegaan.' Steffanies stem klinkt zeker, maar haar ogen verraden dat ze iets verbergt. Hoe kom ik erachter wat dat is? Snel vertaal ik Steffanies beweringen voor Klaus en Otto en haal subtiel mijn schouders op om te laten weten dat ik even niet weet hoe het nu verder moet. Steffanie laat zich duidelijk minder makkelijk onder druk zetten dan we hadden ingeschat.

'Ik moet even een belletje plegen,' zegt Klaus en hij verlaat meteen het appartement. Een minuut of tien later klopt hij weer aan en als ik opendoe heeft hij een triomfantelijke grijns op zijn gezicht. Ik trek mijn wenkbrauwen vragend op en hij steekt zijn duim in de lucht. Dat gaat ook aan Steffanie niet ongemerkt voorbij en er verschijnen zweetdruppeltjes op haar voorhoofd. Klaus loopt naar Otto en fluistert hem iets in het oor. Daarna wenkt Otto mij dat ik mee moet komen naar de keuken. 'Toen we vandaag afscheid namen van Rosa en haar dochter liet haar dochter hem weten dat ze Steffanie had nagetrokken en dat ze wat interessante dingen te weten was gekomen die we nog tegen haar konden gebruiken. Ze moest nog een laatste ding checken en beloofde Klaus te bellen als ze dat had gedaan en haar moeder veilig in een ziekenhuisbed in Innsbruck lag. Klaus heeft haar zojuist gesproken en het blijkt dat Steffanie toch niet zo'n heilig boontje is als ze zelf beweert. Ze heeft ruim een jaar geleden vertrouwelijke informatie doorgespeeld aan haar man en zijn bedrijf heeft daar op de beurs behoorlijk wat voordeel van gehad. Sterker nog, het heeft een faillissement voorkomen en het bedrijf weer helemaal teruggebracht als belangrijke speler op de Europese markt.'

'Handel met voorkennis,' zeg ik glimlachend. 'Dat staat niet goed op een cv.'

'Zeker niet. Als dit naar buiten komt, dan zijn Steffanie en haar man de klos.'

'Voor Judith wil ze zich niet inspannen, maar we zullen eens zien hoe ver ze bereid is te gaan voor haar man. Kijken of ze nog zo stoer is als we haar met deze nieuwe informatie confronteren.' Samen met Otto loop ik nu met stevige pas terug. 'Goed, we beginnen het gesprek even opnieuw. Hoe gaat het met je man en zijn bedrijf?' vraag ik Steffanie. Ze slikt en veegt met haar mouw over haar bezwete voorhoofd. 'Wat heeft mijn man met dit alles te maken?' Ze probeert nog steeds zelfverzekerd over te komen, maar haar stem trilt.

'Weet je dat echt niet? Dan zal ik je even helpen. Je hebt vertrouwelijke informatie doorgespeeld aan je man waar hij zijn voordeel mee heeft gedaan op de beurs. Ontkennen heeft geen zin want we hebben zwart-op-wit bewijs.'

Steffanie wankelt en grijpt naar haar hoofd. Klaus pakt

haar vast en helpt haar op een stoel voordat ze op de grond valt. Voor onze ogen stort ze volledig in. Haar huilen gaat over in hyperventileren. Ik geef haar heel even om op adem te komen en dan ga ik door. 'Voorstel nummer twee: jij helpt Judiths wet erdoorheen en wij houden onze mond over je "cadeautje" aan je man.'

Steffanie kijkt me verslagen aan. 'Heb ik een keus?'

'Ik denk dat je daar zelf het antwoord wel op weet, toch?'

'En als het me niet lukt om LINN achter de wet te krijgen?'

'Dan gaan we met deze informatie naar de pers en sturen we de financiële autoriteiten op jullie af. Als ik jou was zou ik dus heel goed mijn best doen.'

'Maar ik heb LINN er net van overtuigd dat we tegen de wet moeten stemmen, omdat deze wet met name de minder rijke Europese landen hard zal treffen. Het maakt het voor landen als Roemenië, Hongarije en Albanië namelijk moeilijk om hun natuurgebieden te ontsluiten voor toerisme. En dat terwijl die landen juist met man en macht proberen om op hetzelfde welvaartsniveau te komen als hun rijkere bondgenoten. Een eerlijke verdeling van welvaart is een van de paradepaardjes van het gedachtegoed van LINN en weegt voor de meerderheid van de partij zwaarder dan het milieu. Het is totaal ongeloofwaardig als ik mijn betoog nu intrek en alsnog pleit voor de wet.'

'Hé, niet ons probleem. Gebruik je creativiteit zou ik zeggen. Je weet wat de consequenties zijn als je er niet in slaagt.'

Steffanie buigt voorover en ademt een paar keer hard in en uit.

'Maar wat ik me nog afvraag, als Brigitta je niet heeft omgekocht, waarom heb je Judith dan achter haar rug om toch zo tegengewerkt? Ze vertrouwde je!'

'Omdat ik werd gechanteerd.' Steffanie kijkt met betraande ogen op. 'Hij noemde zich Wolf, maar ik weet niet of dat zijn echte naam is. Hij had dezelfde belastende informatie over me als jullie en dreigde me aan te geven als ik de stemming van LINN niet zou beïnvloeden in Brigitta's voordeel. Hij dwong me om een spionageprogrammaatje op Judiths telefoon te zetten zodat hij al haar gesprekken en berichten kon volgen.'

'Dus hij heeft haar ook met Klaus horen bellen en zo is hij te weten gekomen waar ze elkaar zouden ontmoeten op de dag dat hij haar vermoordde,' beantwoord ik het laatste open eindje. 'Jij hebt Wolf dus indirect naar haar toe geleid.'

'Maar ik had geen keus, ik werd gechanteerd.'

'Je hebt altijd een keus. Je hebt ervoor gekozen om in dit hele verhaal je eigen belang voorop te zetten en was bereid daar alles voor op te offeren. Zelfs het leven van mijn zus. Je hebt net als Wolf en Brigitta haar bloed aan je handen.'

'Ik weet niet eens of Brigitta wel van de chantage en Wolfs moordplannen af wist,' zegt Steffanie snikkend.

'Misschien niet. Die Wolf was nogal een ongeleid projectiel. Hij kreeg zijn orders van een van Brigitta's belangrijkste investeerders en niet van Brigitta zelf. Maar wat doet het ertoe, de uitkomst is hetzelfde: mijn zus is dood.'

'Wacht, Wolf "was"? Wat bedoel je daarmee?'

'Wolf en Brigitta zijn allebei gearresteerd en het ziet er niet naar uit dat ze snel weer op straat staan. Ze hebben allebei een waslijst aan delicten op hun naam staan die niet onbestraft kunnen blijven. Wolf kan je dus niks meer maken en naar zijn baas, het hoofd van een grote investeringsmaatschappij, loopt een onderzoek. Zonder de financiële injectie van die investeringsmaatschappij is Brigitta nergens meer. Door een paar heel slechte beleggingen heeft ze het Neuberg-vermogen zo goed als verspeeld. Ze staat op de rand van een faillissement en als noodgreep heeft ze het plan voor een gletsjerhotel uit de kast getrokken. Dat hotel, en de forse investeringen die daarin gedaan zouden worden, was haar laatste kans op redding,' vertel ik.

'Allemaal leuk en aardig dat Brigitta en Wolf zijn opgepakt, maar dat geeft mij geen garantie dat ik niks meer van Wolf te vrezen heb. Als hij met zijn rug tegen de muur staat, zal hij er alles aan doen om zichzelf te redden. Wie geeft me de garantie dat hij me niet alsnog verraadt of iets aandoet?'

'Garanties bestaan niet in het leven. Wat Wolf doet kan ik niet voorspellen, maar wij zullen niet aarzelen om jou en je man aan te geven als je niet aan onze eis voldoet.' Met tranen in mijn ogen pak ik mijn telefoon en zoek een foto op van Judith. Ik hou hem Steffanie voor. 'Dit is mijn mooie, prachtige zus en ik houd jou medeverantwoordelijk voor haar dood.'

'Ik heb dit allemaal nooit gewild. Heb je enig idee hoeveel stress ik het afgelopen jaar heb gehad? Hoe bang ik ben geweest dat Wolf me iets zou aandoen?'

'Arme jij, moet ik nu medelijden met je hebben? Ik word kotsmisselijk van je. Een beetje het slachtoffer uithangen, hoe durf je? De enige die het slachtoffer is in dit hele verhaal, een onschuldig slachtoffer, dat is mijn zus.'

'Ik had er geen rekening mee gehouden dat Wolf Judith uiteindelijk te grazen zou nemen. Echt niet, dat moet je geloven. Ik was er kapot van toen ik het hoorde. Dat ben ik nog steeds.'

'Bespaar me je zielige praatjes alsjeblieft. Het lijkt me beter als je nu vertrekt voordat ik mijn geduld verlies. Je weet wat je te doen staat. Stel ons niet teleur.' Ik loop naar de deur en gooi hem demonstratief open. Otto en Klaus pakken Steffanie allebei bij een arm en duwen haar naar buiten. Als we haar hebben buitengesloten, slaan ze allebei een arm om me heen. Om me te troosten en om me te laten weten dat ik het goed heb gedaan. Het enige wat we nu nog kunnen doen is afwachten.

Als ik een beetje ben bijgekomen van wat zich hier zonet heeft afgespeeld, loop ik naar de koelkast en pak er drie biertjes uit. 'Op een goede afloop,' zeg ik als we onze flesjes tegen elkaar ketsen. 'Ik weet niet wat jullie de komende dagen gaan doen, maar ik ga eindelijk mijn zus naar huis brengen.'

# Epiloog

Keesje loopt tussen mij en Sophia in als we naar het graf van Judith lopen. In zijn handen heeft hij wat bloemetjes geklemd die hij met toestemming uit onze eigen tuin heeft geplukt. Sophia heeft ze samengebonden met een elastiekje en op weg hiernaartoe hebben we een klein vaasje gekocht om ze in te doen. Net als onze vader heeft ze haar laatste rustplaats gevonden op begraafplaats Zuylen in Breda. Vorige week is een duurzaam houten gedenkteken op haar graf geplaatst. Ik vind het zelf ontzettend mooi en helemaal recht doen aan Judith en haar overtuigingen. Sophia ziet het nu voor het eerst. 'O wauw, Maaik, het is prachtig. Helemaal Judith.'

Mijn vrouw kijkt me aan en de reflectie van de meizon in haar ogen doet ze nog meer fonkelen dan anders. Er gaat een golf van liefde door me heen en wederom besef ik hoe weinig het heeft gescheeld of ik had haar en Keesje nooit meer teruggezien. Als Otto me niet had opgespoord in die grot, dan had ik het niet kunnen navertellen. De nachtmerries over de explosie en de moord op mijn zus worden wel minder, maar beheersen nog steeds het grootste deel van mijn onrustige nachten. Sophia heeft me aangeraden om naar een traumapsycholoog te gaan en ik ben van plan om haar advies op te volgen.

Keesje gaat op zijn knietjes op Judiths graf zitten en steekt zijn bloemetjes in de lucht. We helpen hem om ze in het vaasje te zetten, gieten er een flesje water in leeg en plaatsen het naast het verse bloemstuk dat mama gisteren heeft neergelegd. Mijn lieve mama, die naast haar enorme verdriet zo opgelucht is dat de waarheid naar boven is gekomen. Toen ik haar bij thuiskomst opzocht heeft ze me eerst zo lang vastgehouden dat ik even dacht dat ze me nooit meer los zou laten. Daarna vertelde ze me dat ze eigenlijk niet in woorden kan uitdrukken hoe trots ze op mij is door alles wat ik voor Judith heb gedaan. We spraken af dat wij er samen het beste van gaan maken en elkaar nooit uit het oog zullen verliezen. Dat zijn we papa en Judith verplicht.

Keesje loopt spontaan naar Judiths foto en drukt er een smakkende natte kus op. Het gebaar ontroert me diep en met betraande ogen kijk ik hoe de afdruk van zijn lippen op het glas langzaam vervaagt. Sophia pakt mijn hand en samen met Keesje gaan we bij het graf zitten. De zon verwarmt onze ruggen en zet het graf in een gouden gloed. Mijn telefoon ligt op mijn schoot.

'Het is bijna zover,' fluistert Sophia terwijl ze in mijn hand knijpt. Ik knik en zucht. Mijn hart is al een paar keer op hol geslagen van de stress en staat even stil als mijn telefoon een paar minuten later dan eindelijk gaat. 'Steffanie,' neem ik op. Ze begint te praten en de tranen springen me in de ogen. 'Dank voor je telefoontje.' Langzaam haal ik het toestel van mijn oor.

'En?' vraagt Sophia maar ik moet zo hard huilen dat ik niet in staat ben om te praten. Keesje schrikt en slaat zijn mollige armpjes om me heen om me te troosten. Daar moet ik alleen maar nog harder van huilen. Het duurt even voordat ik mezelf weer onder controle heb. 'Het is gelukt, Soof! LINN heeft vóór de wet gestemd,' zeg ik met dikke stem.

'O, Maaik, wat geweldig!' Ze vliegt me om de hals en huilt

met me mee. Als we weer een beetje gekalmeerd zijn en ons zoontje hebben gerustgesteld, hurk ik neer bij Judiths foto. Net als Keesje geef ik er een kus op. 'Het is gelukt, Judith, voor en dankzij jou!'

In april 2023 verschijnt de nieuwe zomerthriller van Suzanne Vermeer:

# *Strandfeest*

Hanneke is met haar stiefkinderen Vera en Max op een prachtig resort aan het Meer van Ohrid. Het is hun eerste vakantie sinds het overlijden van hun vader en Hannekes grote liefde. Hier kunnen ze weer ontspannen en op het resort zijn veel Nederlandse leeftijdsgenoten bij wie Vera en Max aansluiting vinden.

Maar de sfeer op het resort slaat om wanneer een van de leiders van het animatieteam op tragische wijze om het leven komt. Als Hanneke hoort dat hij niet de eerste jongere is die daar is verdronken, ontstaan er twijfels. En wat hebben de beruchte plaatselijke strandfeesten hiermee te maken?